Das Wirken des Bösen

Das Wirken des Bösen

von

Alexander Bunde

Die Handlung und alle handelnden Personen sind frei erfunden. Jegliche Ähnlichkeit mit lebenden oder realen Personen wäre rein zufällig.

Bibliografische Information der Deutschen
Nationalbibliothek:

Die Deutsche Nationalbibliothek verzeichnet diese
Publikation in der Deutschen Nationalbibliografie;
detaillierte bibliografische Daten sind im Internet über
http://dnb.dnb.de abrufbar.

TWENTYSIX – Der Self-Publishing-Verlag

Eine Kooperation zwischen der Verlagsgruppe Random
House und BoD – Books on Demand

© 2019 Alexander Bunde

Herstellung und Verlag:
BoD – Books on Demand, Norderstedt

ISBN: 9783740754327

Illustration: www.pixabay.com

Das Wirken des Bösen

> *Sie haben mich oft bedrängt,*
> *die Pflüger haben auf meinem Rücken geackert*
> *und ihre Furchen gezogen.*
> *Der Herr, der gerecht ist, hat der Gottlosen Stricke*
> *zerhauen.*
> *Psalm*

1.

Eine achtundvierzigstündige Zugreise kann eine Herausforderung sein, vor allem wenn man weder erster Klasse reiste, noch einen Schlafwagen gebucht hatte. Zu dieser Erkenntnis kam Albert spätestens, als der Zug in Belgrad einfuhr und noch nicht einmal die Hälfte der Strecke zurückgelegt war. Aber wenn man eine Reise bei einer Organisation buchte, die ausschließlich Reisen für junge Leute anbot, durfte man keinen Luxus erwarten. Bis Istanbul würde er noch einen Tag und eine Nacht in dem voll besetzten Abteil verbringen müssen. Nach einigen Tagen Sightseeing in Istanbul sollte es mit dem Flugzeug weiter an die türkische Riviera, nach Antalya, gehen. Baden im Meer und Ausflüge nach Perge, Aspendos und Manavgat waren geplant.

Es war Ende Juli und die Sonne brannte unbarmherzig. Fast unerträglich war es, wenn der Zug in den Stationen hielt, damit die Dampflokomotive Wasser tanken und Kohle aufnehmen konnte. Albert nutzte diese Stopps, um sich die Füße am Bahnsteig zu vertreten. Zu weit entfernte er sich nie, denn oft setzte sich der Zug ohne Vorankündigung in Bewegung.

In der ersten Nacht wurde Alberts Ausdauer auf eine harte Probe gestellt. Von Schlafen konnte keine Rede sein, nur ein paar Mal war er eingedöst. Sich nicht bewegen und seine langen Beine nicht ausstrecken zu können, bereitete ihm starkes Unbehagen.

Als die zweite Nacht dieser endlosen Zugreise hereinbrach, hoffte er, dass er vielleicht doch Schlaf finden würde, hatte er doch in der vorigen Nacht kein Auge zugedrückt. Die Stunden vergingen, er versuchte es mit Schäfchenzählen, doch ohne Erfolg. Fröstelnd erhob er sich, denn in den Nachtstunden kühlte es empfindlich ab, und verließ das Abteil. Einige Reiseteilnehmer standen am Gang herum, rauchten und unterhielten sich. Mit steifen Schritten gesellte sich Albert zu ihnen.

Als er neugierig gemustert wurde, sah er sich veranlasst, etwas zu sagen. „Ein Königreich für einen starken Kaffee!"

„Das wäre fein", sagte eine großgewachsene Blondine. Sie hatte ein hübsches Gesicht, doch die leicht hervortretenden Wangenknochen verliehen ihrem Antlitz einen herben Ausdruck.

„Vielleicht hat der Speisewagen schon offen?", sagte ein rotblonder Hüne mit bartstoppeligem Gesicht.

„Dann probieren wir es doch!", ließ ein anderes Mädchen verlauten. Sie hatte dunkle, halblange Haare, schöne, leicht schräg gestellte braune Augen und einen hübschen Mund.

Albert folgte den beiden und dem rotblonden Hünen in Richtung Speisewagen. Sie hantelten sich, denn der Zug wackelte gewaltig hin und her, entlang der Gänge zu den vorderen Waggons. Sie hatten Glück, im Speisewagen war noch Betrieb. Dieser musste noch aus der Zeit der K. u. K. Monarchie stammen, die Wände waren mit poliertem Nussholz getäfelt, die Tischchen hatten geschwungene, mit geschnitzten Ornamenten verzierte Beine und die Bänke und Sitze waren mit bordeauxrotem Velours überzogen. Die Zeit hatte zwar ihre Spuren hinterlassen, aber trotzdem strahlte dieser Wagen ein gemütliches Ambiente aus. Es war wohltuend, die harten Plastiksitze des Abteils mit den weichen Sitzen des Speisewagens zu tauschen und heißen, türkischen Kaffee zu trinken, der in kleinen Kupferkannen serviert wurde. Im Laufe des sich entwickelnden Gesprächs erfuhr Albert, dass die Blonde Margot hieß und die Dunkle Katrin. Der Rotblonde hieß Konrad, er war Soldat, nutzte aber den Militärdienst hauptsächlich, um Sport zu betreiben, denn er war ein guter Leichtathlet und ein guter Zehnkämpfer, wie er nicht ohne Stolz anmerkte. Katrin hatte bereits ihr Studium an der Hochschule für Welthandel abgeschlossen und arbeitete nun im Modegeschäft ihrer Eltern. Margot, die Blonde, arbeitete in einer Verlagsauslieferung. Albert interessierte sich für Katrin, sie gefiel ihm, denn sie hatte Charme und sie war es auch, die die Unterhaltung durch ihre Gesprächigkeit in Fluss hielt. Margot sprach wenig, ab und zu warf sie Albert Blicke zu und lächelte freundlich. Ihr Zigarettenkonsum war beachtlich. Eine leichte Enttäuschung befiel Albert, als er merkte, dass Konrad seine Hand auf die von Katrin legte. Offensichtlich hatten sich die beiden bereits angefreundet.

„Und was machst du, Albert?", wollte Katrin wissen, dabei entzog sie Konrad langsam ihre Hand.

Albert war in einem Unternehmen angestellt, das sich mit der Rationalisierung innerbetrieblicher Transportabläufe beschäftigte. Er war der Verbindungsmann zwischen den Kunden und den Technikern seiner Firma. Das Stammhaus des Unternehmens befand sich in Bayern, wo Albert ein Jahr lang auf seine Tätigkeit in der österreichischen Niederlassung eingeschult worden war.

„Ich habe auch ein Auto zur Verfügung, das ich privat nutzen darf!", sagte er abschließend.

Konrad kniff die Augen zusammen. Vielleicht habe ich zu dick aufgetragen, dachte Albert. Die Unterhaltung plätscherte noch einige Minuten dahin, aber Schlafmangel rief wiederholtes Gähnen hervor und ließ sie in ihre Abteile zurückkehren.

2.

Alle waren froh, als der Zug endlich in den Sirkeci-Bahnhof einfuhr. Dort erwartete die Gruppe bereits ein Autobus, der die Ankömmlinge in ein Hotel in der Nähe der Galata-Brücke brachte. Albert merkte, dass Margot seine Nähe suchte. Er war ihr beim Einladen ihres Koffers behilflich und im Bus saßen sie nebeneinander. Dieser kam nur stockend vorwärts, denn auf den Straßen wimmelte es von Menschen, die sich zwischen den uralten, unaufhörlich hupenden Autos durchschlängelten. Als sie die Galata-Brücke überquerten, entdeckte Albert einen Tanzbären, der von seinem Besitzer an einem Nasenring geführt und im Kreise gedreht wurde. Albert betrachtete das Spektakel mit Widerwillen, der arme Bär erweckte sein Mitleid. Es fiel ihm auf, dass auf den Straßen fast keine Frauen zu sehen waren, trotz der Massen, die unterwegs waren. Das ist der Orient, dachte er. Das kleine Hotel, das für die Übernachtung vorgesehen war, dürfte im vorigen

Jahrhundert gebaut worden sein. Es war ein zweistöckiges Bauwerk, wobei es bis zur ersten Etage gemauert war, die zweite bestand aus einer Holzkonstruktion. Peter, der Reiseleiter erzählte ihnen, dass es in Istanbul, vor allem auf der asiatischen Seite, ganze Stadtviertel mit mehrstöckigen, aus Holz erbauten Häusern gab. Als Albert sein Zimmer aufsuchte, das er mit einem gewissen Arnold, einem Bankangestellten, teilte, hatte er nun definitiv den Eindruck, sich in einer anderen Welt zu befinden. Der Orient begann seinen Reiz auf ihn auszuüben und ließ ihn die Strapazen der Anreise vergessen. Von irgendwo her tönte der Singsang eines Muezzins, der die Gläubigen zum Gebet aufrief. Wenn man das Fenster öffnete, konnte man einen Blick auf den nahen Galataturm werfen. In einer halben Stunde sollten sie sich in der Lobby versammeln, um gemeinsam ein Restaurant zum Abendessen aufzusuchen. Albert und sein Zimmergefährte nutzten die Zeit, um sich zu erfrischen, wobei aus der Dusche nur ein paar laufwarme Tropfen auf sie herabrieselten.

Sie marschierten im Gänsemarsch durch schmale Gassen, ein muffiger, dampfiger Geruch stieg aus diesen empor. Im Restaurant wurden ihnen schmackhafte Salate und Lammspießchen angeboten. Wein gab es nicht zu trinken, aber Bier und diverse Fruchtsäfte. Peter, der Reiseleiter, empfahl vor allem Kirschensaft, der hervorragend schmeckte. Jene, die es wollten, konnten auch Raki probieren. Vor der Reise hatte man Albert empfohlen, zu jeder Mahlzeit diesen Schnaps zu trinken, er sei ein hervorragendes Mittel, um Magen- und Darmprobleme zu verhindern, von welchen Touristen häufig in der Türkei geplagt wurden. Also bestellte Albert Raki, einen Weinbrand, der mit Anis versetzt war. Margot folgte seinem Beispiel und ließ noch einen zweiten und dritten folgen. Erst jetzt wurde sie etwas gesprächiger. Albert erfuhr, dass sie in Graz bei ihren Eltern wohnte. Sie war erst achtzehn, wirkte aber reifer. Albert fand ihr hübsches Gesicht und den makellosen Körper sehr anziehend, doch ihr Zigaretten- und Alkoholkonsum irritierten ihn. Immer wieder schaute er zu Katrin, als sich ihre Blicke einmal kreuzten, lächelte sie ihm zu, um sich aber gleich wieder Konrad, dem rotblonden Hünen, zuzuwenden. Das Lokal war ausschließlich von Männern besucht. Die bärtigen, kräftigen Gesellen fixierten mit ihren Blicken stetig die Frauen ihrer Reisegruppe. Irgendwann erschienen vier türkische Musikanten, das Lokal wurde mit einer schleppenden, dunkel klingenden Musik erfüllt. Die Unterhaltung wurde immer schwieriger, man musste fast schon schreien, um sich bei diesem Lärm verständlich zu machen. Margot war ganz nahe an ihn herangerückt, es dauerte nicht lange, dann lehnte sie sich an ihn. Sie war keine Ausnahme, denn es hatten sich mittlerweile auch andere Pärchen gebildet. Nicht verwunderlich, wenn junge Frauen und Männer zwei Tage und zwei Nächte in einem Zugabteil auf engstem Raum verbringen. Er beobachtete Katrin, die Annäherungs- versuche von Konrad sanft abwies. Albert war froh, als der Reiseleiter zum Aufbruch gemahnte, der Lärm war ermüdend geworden. Im Hotel angelangt, verabschiedete sich Margot bei Albert mit einem Kuss. Katrin musste es gesehen haben, denn als er aufblickte, wandte sie sich blitzschnell ab.

Am nächsten Tag verkündete Peter, der Reiseleiter, beim Frühstück das Tagesprogramm. Am Vormittag war der Besuch der Blauen Moschee und der Hagia Sophia vorgesehen, nachmittags war das Topkapi-Museum am Programm. Peter erklärte ihnen das System der Dolmus, der sogenannten Mitfahrtaxis. Es genügte, eines der gelben

Taxis anzuhalten und sein Fahrtziel anzugeben. Lag dieses auf der Fahrtroute des Chauffeurs, brauchte man nur zuzusteigen, wobei Peter darauf achtete, dass die Frauen nicht ohne männliche Begleitung in die Taxis stiegen. Es funktionierte reibungslos, denn nach und nach trafen alle vor der Blauen Moschee ein. Albert fand reichlich interessante Motive für Fotoaufnahmen. Bevor sie in das Innere der Moschee eintraten, legten sie die Schuhe beim Eingang ab. Männer beteten mit auf den Boden gesenkten Köpfen. Den Frauen wurde erlaubt, abseits in einem dunklen Nebenraum die Gebete zu verrichten. Dann besuchten sie die Hagia Sophia, die Albert außerordentlich beeindruckte. Die Kuppel dieses mächtigen Bauwerks in über fünfzig Meter Höhe hatte einen Durchmesser von dreißig Metern, wobei sie nur auf vier Pfeilern ruhte. Bis ins fünfzehnte Jahrhundert war sie die Hauptkirche des Byzantinischen Reiches und religiöser Mittelpunkt der Orthodoxie. Am Tag der Eroberung durch die Osmanen im Jahre 1453 ritt Sultan Mehmet zu Pferde in die Kirche, um dort zu Allah zu beten. Bis zum heutigen Tag konnten jedoch nicht alle Spuren des christlichen Glaubens entfernt werden. Albert gefiel ein wunderschönes Jesus-Mosaik, er stellte am Fotoapparat eine lange Belichtungszeit ein und fotografierte es.

Nachmittags besuchten sie das Topkapi-Museum. Sammlungen von Porzellan, Handschriften, Porträts, Gewändern, Juwelen und Waffen aus dem osmanischen Reich waren zu sehen, ferner osmanische Reliquien wie die Barthaare des Propheten Mohammed. Margot war fast immer an seiner Seite. Ihr Interesse an den Besichtigungen war jedoch enden wollend. Sie beschwerte sich vielmehr über die langen Fußwege, und, wenn sich eine Sitzgelegenheit darbot, nutzte sie diese, um eine Rast einzuschieben und eine Zigarette zu rauchen. Katrin und

Konrad schienen die Ausführungen von Peter, der in der islamischen Geschichte gut bewandert war, mit höchstem Interesse zu verfolgen, und stellten viele Fragen. Margots kulturelles Desinteresse und ihre Rauchgewohnheiten nervten Albert. Außerdem war es schwierig, eine anregende Unterhaltung mit ihr zu führen, denn sie verlor sich in Banalitäten, die Albert nicht interessierten. Hatte er sich von der falschen Frau einfangen lassen?

3.

Nächstes Reiseziel war Antalya, aber mit dem Flugzeug. Für viele in der Gruppe war es der erste Flug überhaupt. Vorschriften schienen in der alten Propellermaschine nicht zu existieren, man konnte sich frei bewegen, Albert wagte sich sogar in das Cockpit und begann eine Unterhaltung mit den beiden Piloten. Er nutzte die Gelegenheit, um einige interessante Aufnahmen zu machen. Als das Flugzeug nach knapp zwei Stunden zu einem Sinkflug ansetzte, nahm Albert an, dass es sich nur um eine Notlandung handeln könnte, denn als er aus der Luke nach unten blickte, sah er eine endlos lange Schotterpiste. Das kann doch nicht das Rollfeld sein, dachte er. Aber es war das Rollfeld. Er sah einen Mann mit einer Winkerkelle, sonst war niemand zu sehen. Ein Bauwerk aus Holz, mehr einem Schuppen ähnelnd als einem Flughafengebäude, stand abseits der staubigen Piste. Als er dem Flugzeug entstieg, prallte unbarmherzig die Sonne herab. Er glaubte, sich in einem Backofen zu befinden, noch nie in seinem Leben war er einer solchen Hitze ausgesetzt gewesen.

Der Aufenthalt war in einem der wenigen Hotels Antalyas gebucht. Albert teilte das Zimmer wieder mit Arnold. Er war froh, mit ihm eine Zimmergemeinschaft bilden zu können, denn Arnold war gebildet und hatte ein freundliches Wesen. Arnold erinnerte ihn an einen Intellektuellen mit seiner hohen Stirn, den Brillen und den gescheitelten Haaren. Kaum hatten sie ihre Koffer ausgepackt, verspürten sie gewaltigen Durst. Sie verließen das Hotel, um Ausschau nach einem Café zu halten. Sie gingen an ebenerdigen Häusern vorbei, deren Fenster nicht verglast waren, viele hatten nur einen rechteckigen Mauerdurchbruch. Im Innern lungerten Frauen und Kinder auf erdigen Fußböden herum. Die Hitze war unerträglich. Café kam keines in Sicht, aber sie entdeckten einen Limonadenverkäufer. Die kleinen Flaschen enthielten nicht einmal ein Viertel Liter Flüssigkeit. Die Limonade war süß und kaum zum Durstlöschen geeignet. Albert trank fünf Flaschen hintereinander, Arnold stand ihm nicht viel nach. Aufgrund der Hitze war der Flüssigkeitsbedarf enorm. Während der ersten Tage ihres Aufenthalts tranken sie Unmengen, zeitweilig glaubte Albert, in seinem Oberbauch das Wogen der Flüssigkeit zu spüren. Erst nach und nach hatten sie sich etwas akklimatisiert und an die Hitze gewöhnt. Am Tag hielten sie sich am herrlichen Sandstrand auf, der direkt vor dem Hotel lag. Da es weder Sonnenschirme noch sonst irgendwelche Schattenspender gab, waren sie gezwungen, von der Sonnencreme reichlich Gebrauch zu machen und oft Erfrischung im Meer zu suchen. Die Mädchen der Reisegruppe wurden von den einheimischen Männern pausenlos mit Blicken verfolgt. Im Meer schwammen sie nah an sie heran, manche mit heftigen Schwimmtempi und Armbewegungen, wobei es vorkam, dass sie dabei die Mädchen berührten. Offenbar war eine Frau im Bikini eine Sensation, mussten doch die Frauen in diesem Land Schleier und bodenlange Kleidung tragen. Auch beim Baden trugen sie Baumwollbekleidung bis zu den Knöcheln.

Die Gruppe hatte sich mittlerweile zusammengeschweißt, man trieb Späße und lachte viel. Jene, die sich bereits näher gekommen waren, sonderten sich ab. Auch Albert und Margot entfernten sich zeitweise von der Gruppe, um sich in einer sandigen Senke niederzulassen. Margot war nicht prüde, ihr Busen war klein, passte aber gut zu ihrer makellos schlanken Figur. Sie fand nichts dabei, wenn er sie berührte, sie ließ ihn gewähren, wo auch immer sich seine Hände hin verirrten. Es störte ihn jedoch, dass ihre Küsse nach Zigaretten schmeckten. Außerdem befremdete es ihn, dass sie am Abend stark dem Raki zusprach.

Währenddessen war sein Interesse an Katrin nicht erloschen. Wenn er ihr über den Weg lief, versuchte er, ein paar Worte mit ihr zu wechseln, doch sie wirkte reserviert. Dennoch - immer wieder trafen sich ihre Blicke, vor allem im Hotelrestaurant, wenn sie ihre Mahlzeiten einnahmen, warf ihm Katrin verstohlene Blicke zu.

4.

Ein interessanter Tagesausflug stand auf dem Programm. Sie planten, mit einem Bus die antiken Städte Perge und Aspendos zu besuchen und abschließend auch den Manavgat-Wasserfall. Albert, höchst interessiert an der Antike, glaubte sich in einer anderen Epoche, als er in der antiken Stadt Perge an den Säulen, den sogenannten Kolonnaden, entlangschritt. Und er staunte nicht schlecht, in welch gutem Zustand das römische Theater in Aspendos war. Es hatte fast zwei Jahrtausende überdauert und noch immer wurden dort Theaterstücke aufgeführt. Von Aspendos ging es weiter nach Manavgat, zum Wasserfall. Der Fluss führt auch im Hochsommer während der Trockenzeit Wasser, gespeist von Winterschnee und

Karstquellen. Den Mittagstisch nahmen sie in einem Fischrestaurant neben dem Fluss, unterhalb des Wasserfalls, ein. Margot sprach wieder dem Raki ausgiebig zu. Sie rechtfertigte ihren Konsum mit der Feststellung, dass ihr dadurch die Hitze nichts anhaben könne.

Konrad, der Supersportler, sah im reißenden Manavgat eine Herausforderung, diesen schwimmend zu durchqueren. Er hatte sich schon seiner Kleider bis auf die Badehose entledigt und studierte am Ufer stehend den Verlauf des Flusses. Sein athletischer, braun gebrannter Körper hob sich vom eisig blauen Wasser des Flusses imposant ab. Als er sprang, wurde er durch die starke Strömung weit abgetrieben, aber mit weit ausholenden Armbewegungen schaffte er es, ans andere Ufer zu kraulen. Nach einer kurzen Rast überquerte er den Fluss in der anderen Richtung und kehrte zu Fuß wieder zum Ausgangspunkt zurück. Alle warfen ihm bewundernde Blicke zu.

„Eisig diese Fluten", sagte er und rieb sich den Oberkörper, „wenn ich das geahnt hätte, wäre ich nicht gesprungen!"

Die Überquerung des Manavgat war nun Gesprächsthema, vor allem bei den Männern. Es wurde diskutiert, wo die beste Einstiegsstelle wäre und wie man es anstellte, die reißende Mitte des Flusses zu überwinden, um wieder in Ufernähe zu gelangen, wo die Strömung nicht so heftig war. Aber es fand sich niemand, es Konrad gleichzutun. Albert schwieg, er gab sich den Anschein, als ob ihn das alles nicht interessierte. Doch sein Entschluss war gefasst. Er vertraute auf seine Kraft, er war nicht nur ein guter Schwimmer, sondern stieg auch ab und zu trainingshalber in den Boxring, um körperlich fit zu bleiben.

„Mir ist heiß, ich werde mich etwas erfrischen", sagte er leichthin und erhob sich.

„Bist du wahnsinnig, es ist viel zu gefährlich!", sagte Margot und wollte ihn zurückhalten.
Doch er ließ sich nicht abhalten und ging zum Flussufer, gefolgt von Margot. Konrad verzog spöttisch den Mund, er schien nicht daran zu glauben, dass Albert es schaffen könnte. Selbst er, als Leistungssportler, hatte kämpfen und bis ans Limit gehen müssen. Gespannt verfolgte die Gruppe die Vorbereitungen Alberts. Er entkleidete sich langsam, legte sorgfältig seine Oberkleider zusammen und deponierte sie am Ufer. Dann gab er seinen Fotoapparat Margot zur Aufbewahrung. Er spannte seinen Körper und hechtete in den Fluss. In den eisigen Fluten hatte er das Gefühl, als ob sein Herzschlag einen Moment aussetzte. Während dieser Schrecksekunde wurde er schon an die zwanzig Meter abgetrieben. Nun begann er, mit kräftigen Tempi gegen die Strömung anzukämpfen, ohne sich jedoch dem anderen Ufer zu nähern. Flussabwärts ging es aber rasend schnell dahin. Albert kämpfte verbissen, endlich gelang es ihm, die Flussmitte zu überwinden und das gegenüberliegende Ufer zu erreichen. Hauptsache, ich bin rübergekommen, dachte er. Sein Atem ging schwer, er gönnte sich einige Minuten Pause, bevor er die Überquerung in die andere Richtung startete. Da er aber wusste, was ihn erwartete, war es halb so schlimm. Margot saß noch immer dort, wo er sie zurückgelassen hatte, eine kleine Gruppe hatte sich um sie versammelt, alle starrten in das eisige Wasser. Margot machte einen verdatterten Eindruck.

„Was ist los?", fragte er, noch etwas außer Atem.

Betretene Blicke begegneten ihm, Margot hielt die Augen

gesenkt. Einer der Umstehenden klärte ihn auf. „Dein Fotoapparat ist ins Wasser gefallen."

Margot, scheinbar benebelt vom Raki, hatte den Fotoapparat ins Wasser fallen lassen. Aber nicht nur das, auch seine Sonnenbrille nahm den gleichen Weg. Albert, noch erschöpft von seinem Flussbad, begriff vorerst gar nicht so recht. Doch dann realisierte er den Schaden. Der Fotoapparat hatte einen Monatslohn gekostet. Die Fotos, die er in Istanbul aufgenommen hatte, waren ebenfalls verloren. Margot zur Rede stellen wollte er nicht, das Unheil war geschehen. Gesenkten Hauptes wandte er sich ab. Jemand reichte ihm ein Badetuch. Als er den Kopf hob, blickte er geradewegs in die Augen von Katrin. Mitgefühl und Anteilnahme las er darin. Sie verzog den Mund zu einem leichten Lächeln.

„Was ist ein Fotoapparat gegen ein Leben. Stell dir vor, du wärst im Manavgat untergegangen!" Ihre Anteilnahme ließen ihn den Verlust für einen Augenblick vergessen.

„Meine Tante ist in einem Fotogeschäft angestellt, dort bekomme ich Sonderkonditionen. Wenn du willst, bin ich dir behilflich", bot sie an. Sie machte einen kleinen Schritt auf Albert zu und trocknete ihm das Gesicht ab.
Er blickte in ihre dunklen Augen. Erst jetzt fand er Worte. „Du bist so nett, Katrin, wirklich, so nett …"

„Setz dich hin, Albert, du siehst nicht gut aus, ich bringe dir deine Kleider."

Sie deutete auf eine Bank, die vor der Terrasse des Restaurants stand. Albert wollte protestieren, doch sie hatte sich schon entfernt. Albert blickte zum Flussufer. Konrad hatte alles beobachtet. Um seinen Mund spielte ein sarkastisches Grinsen. Er rief Katrin etwas zu, was Albert nicht verstehen konnte, diese machte jedoch eine wegwerfende Handbewegung. Als Albert seine Kleider anlegte, zitterten seine Hände ein wenig. War es die durchgestandene Anstrengung, war es der Schock über den verlorenen Fotoapparat, oder war es die unerwartete Annäherung von Katrin? Albert wusste es nicht. Sie hatte neben ihm Platz genommen und blickte ihn lächelnd an. Plötzlich drängte es ihn auszudrücken, was er für sie fühlte.

„Es ist schade, dass wir getrennte Wege gegangen sind. Als ich dich das erste Mal sah, habe ich mich in dich verliebt. Ich hoffe, dass dein Interesse nicht auf mein Missgeschick zurückzuführen ist."

Katrin schien durch diesen emotionalen Direktangriff irritiert. Sicher verbot es ihr Stolz, sich Albert auf die gleiche Weise zu öffnen. Einige Augenblicke verstrichen. Dann sagte sie leise: „Nein, nicht nur auf dein Missgeschick!"

5.

Die Rückfahrt ins Hotel am Spätnachmittag im aufgeheizten Bus war eine schweißtreibende Angelegenheit. Hatte man Shorts an, musste man ein Badetuch auf den Sitz legen, denn die Plastiksitze waren brennheiß. Als die Zeit zum Abendessen nahte, ließ sich Albert viel Zeit. Als er endlich den Speisesaal des Hotels betrat, stellte er mit Genugtuung fest, dass Katrin nicht mehr neben Konrad saß. Ruhig schritt er zu ihrem Tisch und nahm Platz. Als er einen kurzen Blick in die Runde warf, bemerkte er Konrad, der mit finsterer Miene das Geschehen verfolgte. Margot saß alleine an einem Tisch, offensichtlich mied die Gruppe nach den Vorfällen vom Nachmittag ihre Gesellschaft. Lustlos stocherte sie in ihrem Teller herum und verließ den Speisesaal. Konrad stand auf und folgte ihr.

Nach dem Dessert verkündete Peter das Abendprogramm. Es war geplant, eine Bar am Strand aufzusuchen. Als sich die Gruppe auf den Weg machte, blieb Albert an Katrins Seite. Sie ließen sich Zeit, es dauerte nicht lange und sie gingen ein gutes Stück hinter den anderen. Albert focht einen inneren Kampf aus, er wollte Katrin küssen, aber er war nicht sicher, ob die Zeit dafür schon gekommen war. Doch er tat es. Katrin verhielt sich passiv, schon wollte er sich enttäuscht von ihr lösen, als sie ihn umarmte. Er spürte ihre samtigen Lippen und sog ihren Atem ein. Er konnte die Konturen ihres Körpers fühlen, schon wollte er eine kühne Berührung wagen, beherrschte sich aber letztlich. Als sie die kleine Bar am Strand betraten, hatten die anderen bereits Platz genommen. Konrad saß neben Margot. Die Stimmung in der Gruppe war gut, eine gewisse Ausgelassenheit hatte um sich gegriffen. Man begann, die Jukebox mit Münzen zu füttern, und Tanzmusik erklang. Die ersten Paare belebten die Tanzfläche. Margot und Konrad tanzten eng und gaben sich verliebt.

„Müssen wir uns dieses Possenspiel anschauen?", fragte Albert und machte eine Kopfbewegung in Richtung der beiden.

„Mich stört es nicht", meinte Katrin gleichgültig.

„Mich schon, komm, gehen wir."

Katrin warf ihm einen fragenden Blick zu. Doch dann erhob sie sich. Die Straße zum Hotel war menschenleer, man konnte das Rauschen der Wellen hören und die Luft war vom Duft der Jasminsträucher erfüllt. Der Mond war tiefgelb und überdimensional groß. Kein Wort kam über ihre Lippen, die Ausstrahlung dieser herrlichen Nacht schien sie zu verzaubern. Wie auf einen geheimen Befehl blieben sie stehen und küssten sich. Zuerst zärtlich, aber zunehmend immer heftiger und ungestümer.

„Was hältst du von einem Bad bei Mondschein?", fragte Albert. Schon wählte er einen Weg, der von der Straße zum Strand abzweigte, und zog die zaudernde Katrin hinter sich her.

„Ich habe Angst!"

„Wir schwimmen nur ein paar Meter hinaus, es ist völlig gefahrlos", sagte Albert impulsiv.

„Ich habe keinen Badeanzug dabei", flüsterte sie, doch ihr Protest klang halbherzig.

„Und wenn wir nackt baden?"

„Ich glaube, das ist keine gute Idee." Katrin war noch immer zurückhaltend.

„Es ist eine wunderbare Mondnacht, wir werden sie niemals vergessen."

Mittlerweile waren sie am Strand angelangt. Albert entfernte seine Schuhe und ging den Wellen einige Schritte entgegen.

„Herrlich, das Wasser ist so angenehm!" Katrin betrachtete ihn mit Ratlosigkeit.

„Jetzt hinein in die Fluten, so wie uns Gott geschaffen hat", sagte Albert ermunternd. „Hab keine Angst, ich drehe mich um, während du dich ausziehst!"

Er wandte sich ab und begann sich zu entkleiden. Er wartete einige Augenblicke. „Bist du fertig?", fragte er leise.

„Ich geniere mich so!", erklang zaghaft Katrins Stimme.

Albert drehte sich langsam um. Er sah einen fraulichen, gut entwickelten Körper. Plötzlich, gegen seinen Willen, erregte er sich.

„Komm", er reichte ihr die Hand und gemeinsam ließen sie sich in die Fluten gleiten.

Albert nahm das Bad im Meer nicht so richtig wahr, denn die Vorstellung, dass eine nackte Frau neben ihm schwamm, irritierte ihn. Bald kehrte er zum Strand zurück und beobachtete Katrin, die es offensichtlich genoss, im Meer herumzuplantschen.

„Ein herrliches Gefühl", rief sie.

Endlich entstieg sie den Wellen. Erst nach einigen Schritten, Alberts Puls schnellte hoch, bat sie ihn, sich umzudrehen. Es klang halbherzig, Albert schloss daraus, dass er dieser Bitte nicht unbedingt Folge leisten müsste. Außerdem war die ursprüngliche Scheu von ihnen gewichen, doch Alberts Anspannung steigerte sich von Sekunde zu Sekunde. Er umarmte Katrin, der Kontrast ihres vom Meer erfrischten

Körpers und ihres heißen Atems war berauschend. Ohne sich dessen so richtig bewusst zu sein, ließ sich Albert nach unten gleiten, um beim Aufrichten in Katrin einzudringen. Sie verharrten in ihrer Vereinigung, um dann ihre Empfindungen durch behutsame Bewegungen zu intensivieren. Widerstrebend, aber doch, löste sich Katrin auf einmal. Ohne ein Wort wandte sie sich ab und hob ihre Kleider auf. Albert fiel durch die Unterbrechung in ein Chaos der Gefühle.

6.

Albert konnte lange nicht einschlafen. Die Situation am Strand war ihm entglitten. Er fühlte sich schuldig, eigentlich hatte er Katrin nicht verführen wollen, aber sie hatten mit dem Feuer gespielt und sie hatten gebrannt. Was für ihn beglückend war, hatte bei Katrin zu einer Verstimmung geführt.

Als Albert am nächsten Morgen den Strand aufsuchte, entdeckte er Katrin inmitten von anderen Mädchen. Er breitete sein Badetuch in ihrer Nähe aus und ließ sich nieder. Irgendwann gingen die Mädchen ins Meer schwimmen, um sich zu erfrischen, doch Katrin blieb zurück. Ihr sonnengebräunter Körper wirkte in dem weißen Bikini bestechend attraktiv. Albert nutzte die Abwesenheit der Mädchen, um sich neben ihr niederzulassen.

„Du hast eine wunderschöne Bräune", sagte er, um ein Gespräch in Gang zu bringen. Katrin quittierte diese Feststellung mit einem milden Lächeln, sagte aber nichts. Albert dachte krampfhaft nach, wie er die Spannung auflösen könnte.

„Verzeihe mir bitte meinen Ausrutscher von gestern."

Katrin blickte ihm in die Augen. „Ach so, Ausrutscher nennst du das!", sagte sie lakonisch.

„Ich liebe dich und was gestern war, soll unsere Beziehung nur vertiefen. Vielleicht haben wir etwas vorweggenommen, aber …"

Katrin unterbrach ihn. „Nachdem du Margot fallen gelassen hast, hast du plötzlich mich entdeckt, und du redest von Beziehung." Sie schwieg einige Augenblicke. „Warum habe ich mich nur so hinreißen lassen", sagte sie reuevoll, „warum habe ich mich von dir", sie pausierte abermals, „warum habe ich mich nur von dir … verleiten lassen?"

Das Wort „verführen" kam nicht über ihre Lippen, doch Albert fühlte, dass sie den Vorfall so bezeichnen wollte. Die kurze Vereinigung von gestern war für sie kein Ausdruck von Liebe, so wie er es empfand.

„Ich habe Margot nicht fallen gelassen. Als ich dich das erste Mal sah, habe ich mich sofort zu dir hingezogen gefühlt, aber leider musste ich feststellen, dass du mit Konrad befreundet warst."

„Konrad ist ein eingebildeter Tölpel", bemerkte Katrin kurz.

„Und Margot ist jung und sehr naiv!", fügte Albert hinzu.

Sie schauten sich in die Augen. Die Spannung zwischen ihnen hatte ein bisschen nachgelassen.

„Wie alt bist du eigentlich, Albert?", fragte Katrin nach einigen Augenblicken.

„Vierundzwanzig, und du, wie alt bist du, wenn ich indiskret sein darf?"

„Es ist eigentlich komisch, wir wissen nichts voneinander und trotzdem ist schon so viel passiert!"

Albert schlug die Augen nieder. Es betrübte ihn, dass Katrin der Vorfall von gestern nicht losließ, obwohl er ihr vor einigen Augenblicken gesagt hatte, dass er sie liebte. Was störte sie also? Liebte sie ihn nicht? Seine Stimmung fiel auf den Nullpunkt.

„Es ist eben passiert", sagte er brummig, „ich habe dir den Grund genannt. Wenn du mich nicht liebst, hast du vielleicht einen Grund, es zu bedauern. Ich stehe dazu, weil ich dich gern habe. Das Alter ist ohnehin nebensächlich", fügte er verdrießlich hinzu.

„Ich bin aber älter als du."

„Na und!"

„Sei nicht so ablehnend", sagte sie beschwichtigend.

„Also, wie alt bist du?"

„Ich bin schon fünfundzwanzig", sagte sie betreten.

„Na und!" Er lächelte und küsste sie.

Nun lächelte auch Katrin. Sie ließen die wiedergewonnene Harmonie auf sich einwirken.

Sie hielten sich an den Händen und schwiegen. Katrin brach das Schweigen.

„Erzähl mir ein bisschen etwas über deine Familie", bat sie.

Albert berichtete von seiner einfachen Kindheit. Seine Eltern mussten nach dem Krieg aus Brünn flüchten. Der Vater, der einen bekannten Frisiersalon gegenüber der Oper sein Eigen nannte, musste alles zurücklassen. In Wien als Geselle zu arbeiten, jemand unterstellt zu sein und sein spärliches Gehalt mit ein paar Groschen Trinkgeld aufzubessern, war eine große Demütigung für ihn. Er wurde depressiv, erkrankte und starb, nicht einmal fünfzig Jahre alt, an einer Lungenentzündung. Als Albert über das Schicksal seines Vaters sprach, schnürte es ihm die Kehle zu. Er hatte Probleme weiterzusprechen.

Katrin umarmte ihn liebevoll. „Wie traurig", sagte sie mitfühlend.

Albert fing sich und setzte seinen Bericht fort. „Meine Mutter hat als Verkäuferin in einer Konditorei gearbeitet und nebenbei geschneidert. Sie war sehr geschickt und hat mit ihrer Nebentätigkeit gutes Geld verdient. Wir bekamen eine Sozialwohnung und von da an ging es uns besser. Sie hat auch dafür gesorgt, dass wir eine gute Ausbildung bekamen, ich habe das Abitur gemacht und meine Schwester studiert Rechtswissenschaft!"

„Da habe ich mehr Glück gehabt", Mitgefühl klang aus den Worten von Katrin. „Das Haus, in dem sich das Geschäft meiner Eltern befindet, wurde durch die Kämpfe im Stadtgebiet in den letzten Kriegstagen im April 1945 durch Feuer und Plünderer beschädigt. Doch unser Wohnhaus in

Währing blieb Gott sei Dank von allem verschont. Im Erdgeschoss wurden russische Offiziere einquartiert, die sich aber korrekt verhielten und uns oft mit Lebensmitteln versorgten. Als im Juli 1945 Wien in vier Besatzungszonen aufgeteilt und in Währing die Amerikaner stationiert wurden, sind die Russen wieder ausgezogen. Kurz darauf eröffnete mein Vater wieder sein Geschäft im ersten Bezirk. Vorerst mit dem Handel von Stoffen, erst nach und nach hat er wieder mit dem Verkauf von Bekleidung begonnen. Jetzt läuft der Laden ganz gut!"

„Ich bin schon oft bei eurem noblen Geschäft vorbeigegangen, wenn ich gewusst hätte, dass du dort arbeitest, hätte ich mir einen Anzug bei dir gekauft!"

Katrin lachte. „Das kannst du ja nachholen, ich mache dir einen Freundschaftspreis!"

Sie waren froh, dass sich die Situation entspannt hatte, und plauderten angeregt. Ab und zu verließen sie ihren Liegeplatz, um sich im Meer abzukühlen. Sie schwammen weit hinaus, danach ließen sie sich auf ihren Badetüchern nieder und genossen das einmalige Gefühl der Wärme, wenn die Sonne ihre nassen Körper trocknete.

„Du hast einen sehnigen Körper", stellte Katrin fest, „bist du so sportlich?"

„Wenn es meine Zeit erlaubt", sagte Albert zögernd, „boxe ich ein bisschen, um fit zu bleiben!" Dass er boxte, rief immer Erstaunen hervor.

„Waas, du boxt?", rief Katrin erstaunt aus.

„Ich trainiere in einem Box-Club, aber ich trage keine Kämpfe aus. Manchmal stehe ich den Kameraden als Trainingspartner zur Verfügung, das ist alles", sagte Albert. „Der Trainer sagt, dass ich einen harten Schlag habe, er bedrängt mich, auch kampfmäßig zu boxen", bemerkte er nicht ohne Stolz.

„Das wirst du doch hoffentlich nicht tun", Katrin war besorgt.

„Keine Angst, ich möchte mir meine Visage nicht zerschlagen lassen."

Albert sollte jedoch schon bald Gelegenheit bekommen, seine boxerischen Fähigkeiten unter Beweis zu stellen. Die Sonne stand hoch und brannte unbarmherzig herunter. Es war Zeit, das Mittagessen einzunehmen. Albert ging auf sein Zimmer, um trockene Kleidung anzulegen. Arnold, sein Zimmerkollege, lag auf dem Bett und starrte auf den Plafond.

„Ich habe dich gar nicht am Strand gesehen", stellte Albert fest.

Arnold grinste. „Ich war dort, aber du warst so mit Katrin beschäftigt, dass du mich nicht bemerkt hast."

Albert lächelte verlegen. „Warum bist du nicht zu uns gekommen?"

„Ich wollte dich nicht stören. Übrigens, Konrad tröstet Margot, weil du sie verlassen hast."

„So gut waren wir nicht befreundet, dass man von verlassen sprechen kann. Vielleicht passt Konrad besser zu ihr. Mich hat sie eigentlich nur genervt, und sie hat auch noch meinen Fotoapparat versenkt."

„Vielleicht, aber Konrad ist sauer auf dich. Er erzählt überall, dass du ein Playboy bist. Er sagt, es wird Zeit, dass jemand dich zurechtstutzt. Ich würde an deiner Stelle aufpassen."

Albert blickte ihn verwundert an. Aber letztlich traute er es Konrad zu, einen Streit vom Zaun zu brechen. „Danke für den Tipp, Arnold!"

Vor dem Eingang zum Speisesaal erblickten sie Konrad. Er schien auf jemand zu warten. Als Albert die Schwingtür öffnete, drängte sich Konrad ebenfalls durch die Tür und rempelte Albert rüde an.

„Pass doch auf ..." Albert wollte ihm schon ein Schimpfwort entgegenschleudern, verkniff es sich aber.

Konrad drehte den Spieß um. „Man entschuldigt sich, wenn man jemand anstößt, das gehört zur guten Kinderstube!"

Konrad wollte offensichtlich Streit. Sollte er ihm den Gefallen tun und auf seine Provokation reagieren? Doch er sagte nur: „Lass mich in Ruhe" und ließ ihn stehen.

7.

Den Nachmittag verbrachte er wieder mit Katrin am Strand. Bevor ihnen die Sonne die Haut verbrannte, stürzten sie sich in die Wellen und schwammen ausgiebig. Dieses Spiel wiederholte sich mehrere Male, denn allzu lange konnte man es in der Sonne nicht aushalten. Es war ein herrliches Gefühl, sich diesen Vergnügungen mit Katrin hinzugeben. Plötzlich, Albert hatte sich nach dem Bad auf seinem Tuch längs hingestreckt, spürte er wie jemand auf seinen Fuß trat. Er schreckte hoch und bemerkte Konrad, der sich vom sandigen Boden emporrappelte. Er drehte sich um und fixierte Albert.

„Warum hast du mir ein Bein gestellt?", stieß er zwischen den Zähnen hervor.

„Ich?", entgegnete Albert, „du bist absichtlich auf mich gestiegen. Jetzt reicht's aber!"

„So, dem Herrn reicht's!", feixte er höhnisch, „mir reicht es schon lange. Steh auf und hol dir eine Ohrfeige!"

Albert wollte sich erheben, doch Katrin hielt ihn zurück. „Lass ihn, er sucht nur eine Prügelei, es zahlt sich nicht aus!", raunte sie. Doch Albert ignorierte ihre Worte und erhob sich langsam.

Mittlerweile war man auf den Vorfall aufmerksam geworden, gespannt wartete man, was nun kommen sollte. Konrad nahm eine drohende Haltung ein, den Oberkörper leicht gebeugt, die Rechte zur Faust geballt. Mit seinem hünenhaften, muskulösen Körper überragte er den schlaksigen Albert um einen halben Kopf. Arnold versuchte Konrad zu beschwichtigen, doch dieser stieß ihn rüde von sich.

„Er hat eine Abreibung verdient", stieß er hervor und ließ seine Faust vorschnellen.

Albert, überrascht, wurde voll getroffen, aus seiner Nase quoll Blut. Katrin entfuhr ein Schrei des Entsetzens. Doch Albert war noch voll da, tat aber so, als ob er jeden Moment zu Boden gehen würde. Konrad, triumphierend, holte zu einem weiteren Schlag aus. Doch Albert schnellte hoch, versetzte Konrad einen linken Haken und setzte mit einer Rechten nach. Konrad sackte zusammen, doch er fing sich wieder. Vorsichtig geworden, hielt er seine Fäuste vor seinem Gesicht und zog die Schultern hoch, um das Kinn vor Treffern zu schützen. Albert ging ebenfalls in Deckung und erwartete weitere Aktionen. Sie umkreisten sich nun, ihre Fäuste suchten Löcher in der Deckung des Gegners. Konrad, überrascht vom Widerstand Alberts, versuchte ungeduldig mit heftigen Angriffen, den Kampf zu entscheiden. Er kämpfte nicht schlecht, doch seine Schläge waren unkontrolliert. Er schlug viel, in der Annahme, dass wohl ein Schlag sein Ziel finden würde. Albert konnte jedoch die körperliche Überlegenheit seines Gegners mit seiner guten Technik kompensieren. Er war schnell, wich geschickt aus und nutzte die Löcher in Konrads Deckung unbarmherzig aus. Immer wieder fand seine Linke ihr Ziel, und immer öfter konnte er die Rechte nachschicken. Konrads Bewegungen wurden immer statischer. Eine harte linke Gerade Alberts in die Magengrube ließ ihn in die Knie gehen, ein rechter Aufwärtshaken riss ihn wieder empor, und ein weiterer linker Haken schickte ihn vollends ins Land der Träume.

Es war ein erbärmlicher Anblick, wie er nun zusammengekrümmt im Sand lag und sich nicht rührte. Margot eilte mit einem feuchten Tuch herbei und wusch Konrads Gesicht. Nach und nach öffnete er die Augen, mühsam erhob er sich und stolperte auf Albert zu. Er spuckte einen Schwall von Blut vor Alberts Füße.

„Wir sind noch nicht fertig, das zahl' ich dir heim!"

Albert wandte sich ab, nahm Katrin bei der Hand und ließ sich auf seinem Badetuch nieder. Sein Schädel brummte gewaltig und seine blessierte Nase blutete noch immer.

„Ruhe dich ein bisschen aus", sagte sie zärtlich.

Albert durchströmte ein angenehmes Gefühl, als sie ihn küsste und mit ihrer Zunge das Blut seiner geschwollenen Lippen berührte. Nach einigen Minuten hatte er sich halbwegs erholt. Er begleitete Katrin auf ihr Zimmer, damit sie ihn verarzten konnte. Sie hieß ihn sich auf ihrem Bett hinzulegen, und kramte in ihrem Koffer nach Wundsalben und Verbandmaterial. Der rechte Nasenflügel war stark geschwollen. Als sie das Blut entfernt hatte, kam ein kleiner Riss zum Vorschein, der zum Glück nicht sehr tief war. Sie betupfte die Wunde, um den Blutfluss zu stillen, und trug vorsichtig Salbe auf.

„Mein armer Hero", sagte sie zärtlich. Alberts Befinden hatte sich inzwischen spürbar gebessert. Er genoss die liebevolle Behandlung von Katrin. Die Situation schien von Erotik geladen, umso mehr, als der Oberteil von Katrins Bikini verrutschte. Als sie sich zu ihm beugte, um ihn zu küssen, umfasste er ihren Rücken und öffnete das Häkchen ihres BHs.

„Katrin, ich begehre dich so sehr, ich halte es nicht mehr aus", sagte er leise und hielt ihren bloßen Oberkörper an seine Brust gepresst.

„Albert, sei vernünftig, meine Zimmerkolleginnen können jederzeit erscheinen!", mahnte Katrin und richtete sich auf.

„Sperr die Tür ab und setz dich auf mich, nur einen Augenblick. Ich möchte dich spüren, bitte", sagte er drängend.

Sie seufzte, ging zur Tür und drehte den Schlüssel um. Zart und einfühlsam ließ sie sich auf den Lenden Alberts nieder, doch dann nahm Tiefe und Heftigkeit ihrer Bewegungen zu.

„Sag mir wann", bat sie Albert. Als er den Höhepunkt herannahen spürte, fasste er Katrin an den Hüften und wollte sie wegheben, doch sie war wie verschmolzen mit ihm.

8.

Albert trug Konrad nichts nach, für ihn war die Angelegenheit erledigt. Sein Gesicht war noch gezeichnet von der Auseinandersetzung, seine Nasenflügel hatten eine grün-blaue Färbung angenommen. Konrads Konterfei trug ebenso Zeichen des Kampfes, die Partie um sein rechtes Auge war geschwollen und blau unterlaufen. Er kaschierte dies, indem er eine Sonnenbrille trug.

„Es wird ein Nachspiel haben", posaunte er. Albert nahm die Drohung nicht ernst, beschloss aber, vorsichtig zu bleiben.

Sein Hauptinteresse galt Katrin. In ihrer Nähe fühlte er sich glücklich. Immer, wenn Gelegenheit dazu bestand und sie unbeobachtet waren, tauschten sie Küsse aus, manchmal zärtlich, manchmal leidenschaftlich. Das Gefühl ihrer letzten

Vereinigung war noch stark in ihm präsent, es verlangte ihn, Katrin wieder zu lieben.

Der Urlaub neigte sich dem Ende zu. Wieder stand der Flug mit den veralteten Maschinen der türkischen Luftlinie von Antalya nach Istanbul bevor. Von dort ging es weiter nach Wien mit der Bahn, den Balkan durchquerend, in einer achtundvierzigstündigen Bummelfahrt. Meist ruhte sein Kopf auf Katrins Schoß. Wenn es finster im Abteil wurde und die anderen dösten oder schliefen, verirrten sich seine Hände unter Katrins Kleid. Er konnte Katrins Zustand der Erregung spüren und seine eigene nicht unterdrücken. Sie wollten sich vereinigen, konnten aber nicht.

„Hören wir auf", flüsterte Katrin, indem sie sich zu Albert beugte, „wir machen es uns nur schwer."

Als sie endlich am Wiener Südbahnhof eintrafen, waren sie übernächtig, verschwitzt und hungrig. Sie hatten die Länge der Bahnfahrt unterschätzt, aber das Angebot im Speisewagen überschätzt. Trotzdem war die Stimmung gut. In zwei Wochen war ein Wiedersehen in einem Weinlokal in Grinzing geplant, alle freuten sich schon darauf. Der Abschied war herzlich, denn mittlerweile waren sie ein eingeschworener Haufen, nur die beiden Kontrahenten Konrad und Albert sowie deren Begleiterinnen gingen sich aus dem Weg.

9.

Albert wollte sich mit Katrin schon am nächsten Tag treffen.

„Wir könnten morgen im Fotogeschäft bei meiner Tante

vorbeischauen", schlug Katrin vor, „sie macht dir sicher einen guten Preis!" Sie verließen das Bahnhofsgebäude und wandten sich den Parkplätzen zu.

„Mein Vater erwartet mich, wir müssen uns jetzt trennen", sagte Katrin und deutete auf einen mittelgroßen, in einem weißen Sakko elegant gekleideten Mann, „also dann bis morgen."

Albert wartete, bis sie den Koffer in einem großen Mercedes verstaut hatten und davon- fuhren. Seine Wohnung lag im Westen von Wien, nahe dem Lainzer Tiergarten, in einer schönen und ruhigen Gegend. Um die Wohnung finanzieren zu können, hatte er eine Anzahlung geleistet und einen Kredit mit langer Laufzeit aufgenommen. Er leistete sich den Luxus, sich von einem Taxi nach Hause chauffieren zu lassen. Als er am nächsten Morgen erwachte, spürte er eine bleierne Müdigkeit. Er schlurfte in die Küche und braute sich starken Kaffee. Im Badezimmer betrachtete er kritisch sein Konterfei. Die Nase hatte eine grün-violette Färbung angenommen. Katrin hatte ihm in weiser Voraussicht eine Make-up-Creme gegeben, mit welcher er die Färbung ganz gut kaschieren konnte. Im Büro würde man nichts merken, neugierige Blicke würden ausbleiben. Albert setzte sich für die Firma ein und seine Resultate waren gut. Doch Hackmann, sein Chef, hatte immer etwas auszusetzen. Albert erschien mit leichter Verspätung im Büro, und, zu allem Unglück, musste er gerade Hackmann über den Weg laufen.

„Der Urlaub ist vorüber, wir beginnen hier um acht Uhr!", schoss er Albert anstelle einer Begrüßung an.

Hackmann war groß, sein schütterer Haarwuchs war bereits

von grauen Strähnen durchzogen, obwohl er die vierzig noch gar nicht
erreicht haben mochte.

„Das ist mir bekannt", erwiderte Albert und bereute noch im gleichen Augenblick seine patzige Erwiderung. Hackmann zog die rechte Braue hoch, das tat er immer, wenn er sich ärgerte. Er fixierte Albert mit seinen schmalen, eisblauen Augen.

„Kommen Sie in einer Stunde zu mir", ordnete er an, verschwand in seinem Büro und knallte die Tür zu.

Albert seufzte. So schlecht aufgelegt hatte er seinen Chef schon lange nicht erlebt. Bei der folgenden Besprechung erfuhr er den Grund. Ein Konkurrent hatte sich in ein Geschäft gedrängt, das von Albert vorbereitet worden war. Er hatte mit großem Zeitaufwand den Betrieb des Kunden, eine riesige Kammgarnspinnerei, analysiert und ein Konzept vorbereitet. Und nun nutzte der Konkurrent die bereits geleistete Arbeit und bot ebenfalls Transportsysteme zu einem Kampfpreis an.

„Ich weiß nicht, wie die an unsere Planung herangekommen sind. Es muss ihnen jemand in die Hände gespielt haben", meinte Hackmann.

„Ich war mir sicher, dass wir das Geschäft ohne Querschüsse abschließen können. Ingenieur Wagner, der Betriebsleiter, für den lege ich die Hand ins Feuer. Mein Verdacht fällt auf die zentrale Einkaufsabteilung, dem dortigen Einkaufschef traue ich alles zu."

„Schade, dass die liebe Konkurrenz nun zum Nulltarif

unsere Vorarbeit nutzt und uns preislich unterläuft!", warf Hackmann ein.

„Wir hätten für die Ausarbeitung des Konzepts ein Honorar verlangen sollen", sagte Albert sinnierend.

„Darauf wären die doch nie eingegangen, die Initiative ist doch von uns ausgegangen, wir wollten mit dem Kunden ins Geschäft kommen und haben das Rationalisierungskonzept für die innerbetrieblichen Abläufe vorgeschlagen, das wissen Sie doch", Hackmann klang missmutig.

„Was bleibt uns anderes übrig, als mit den Wölfen zu heulen. Wir müssen in den Preiskampf einsteigen, wenn wir den Auftrag haben wollen", riet Albert.

„Leider ist es so. Fahren Sie noch heute zum Kunden und versuchen Sie ein Maximum an Informationen zu bekommen. Wenn wir einen Anhaltspunkt haben, wo die Preislatte liegt, können wir ein neues Angebot abgeben. Aber eines gleich vorweg, um jeden Preis werde ich den Auftrag nicht annehmen!" Dann wandte er sich den Unterlagen auf seinem Schreibtisch zu und signalisierte damit Albert, dass die Besprechung beendet war.

Der Kunde befand sich im nördlichen Waldviertel, die Fahrt dorthin würde drei Stunden in Anspruch nehmen. Für die Besprechung war eine Stunde einzuplanen, für die Rückfahrt wieder drei Stunden. Vor sieben Uhr abends konnte er nicht zurück sein. Er rief Katrin an und erklärte ihr die Situation, ihre Enttäuschung war unüberhörbar.

„Aber ich kann dich abholen und wir könnten eine Kleinigkeit essen gehen", schlug er vor.

„Bist du noch im Geschäft oder schon zu Hause?"

„Normalerweise bin ich um sieben Uhr schon zu Hause. Aber komm ins Geschäft, ich werde dort auf dich warten!"
Der Besuch beim Kunden war insofern erfolgreich, als Albert erfuhr, zu welchen Preisen die Konkurrenz anbot. Das Konzept für die Rationalisierung der Spinnerei war von Albert und Ingenieur Wagner ausgearbeitet worden, die Früchte der gemeinsamen Vorarbeiten wollte Wagner offensichtlich Albert zukommen lassen. Denn im Laufe des Gesprächs konnte er einen Blick auf das Angebot der Konkurrenz werfen. Es lag an der vorderen Kante des Schreibtisches, Ingenieur Wagner hatte es augenscheinlich dort platziert. Jedenfalls konnte Albert den Preis ablesen. Diese Mission konnte er also positiv abschließen und von Vorfreude beseelt, den Abend mit Katrin zu verbringen, fuhr er nach Wien zurück.

Das Modehaus Sander lag im Herzen von Wien. Die groß dimensionierten Auslagenfenster reichten vom Boden bis zur Decke. Zwischen den Auslagen war das breite Geschäftsportal mit grauen Marmorplatten belegt, dies unterstrich den exklusiven Charakter. Die Auslagen selber waren nicht überladen, aber die modischen Stücke zeugten von auserlesenem Geschmack und hoher Qualität. Dementsprechend waren auch die Preise. Eine Beleuchtung, die ein goldig-gelbes Licht verbreitete, wirkte warm und angenehm. Albert war beeindruckt von diesem vornehmen Geschäft. Er läutete, nach kurzer Zeit erschien Katrin und öffnete ihm das Eingangsportal. Albert verschlug es fast die Rede, als er Katrin erblickte. In ihrem raffinierten Hemdblusenkleid, das vorne durchgeknöpft war und den Blick auf die gebräunten Beine freigab, war sie von einer betörenden Schönheit. Sie hatte ein leichtes Make-up aufgetragen, ein bisschen Mascara und Wimperntusche, die Lippen waren mit einem dezenten Rot geschminkt. Sie fiel ihm in die Arme. Das Verlangen, Katrin so schnell wie möglich zu lieben, war plötzlich vorrangig. Sein Vorschlag von Vormittag, mit ihr Essen zu gehen, schien ihm plötzlich hinderlich. Doch ohne Umschweife vorzuschlagen, mit ihm nach Hause zu fahren, um dort mit ihr ins Bett gehen zu können, erschien ihm zu direkt. Er entschied sich für einen Kompromiss.

„Gehen wir irgendwo essen oder soll ich eine Kleinigkeit bei mir vorbereiten?"

Katrin zögerte mit der Antwort. „Ich überlasse es dir, aber eigentlich würde es mich interessieren, wie du wohnst!", antwortete sie und errötete leicht. Offensichtlich sehnte sie sich ebenfalls nach ihm.

Sie schlenderten zu Alberts Auto, einem Ford Taunus 17 M, der mit seinen ovalen Scheinwerfern, dem feingliedrigen Kühlergrill und der gewölbten Karosserie sehr elegant wirkte. Die Zweifarben-Lackierung, die untere Partie nilgrün, das Dach weiß, passte sehr gut zum Styling. Albert versuchte, seinen Stolz nicht zu zeigen, als er Katrin die Tür öffnete.

„Ein schöner Wagen", bemerkte Katrin, „deine Firma scheint großzügig zu sein."

„Der gesamt Firmenfuhrpark besteht aus Ford-Modellen, wir haben sicher sehr günstige Konditionen. Außerdem fahre ich viele Kilometer und die Firma legt Wert auf sichere, bequeme Fahrzeuge!"

Alberts Wohnung lag an der Peripherie von Wien. Es war eine gemischte Wohngegend, bestehend aus Villen und vornehmen Wohnhäusern. In einem solchen bewohnte Albert eine Zwei-Zimmerwohnung im ersten Stock. Vom Balkon konnte man auf die gegenüberliegende, wenig befahrene Straße blicken. Eine alte Linde stand vor dem Haus, die ihre Äste bis zum Dach des Hauses emporstreckte. Alberts Wohnung war modern, aber einfach eingerichtet. Die kleine Küche war mit Einbaumöbeln verbaut, im Wohnzimmer standen ein Sofa, ein niedriges Tischchen und ein Fauteuil sowie eine Kommode mit einer Stereoanlage und eine Stehlampe. Das Schlafzimmer war mit einem Bett und einem Kleiderkasten möbliert.

„Wie gefällt dir meine Wohnung?"

Katrin lächelte. „Die Wohnung ist schön, aber man merkt, dass hier ein Junggeselle wohnt!"

Er hatte gehofft, sie zu beeindrucken, aber er es war ihm bewusst, dass noch einiges fehlte, um der Wohnung ein gemütlicheres Flair zu verleihen.
„Und was möchtest du mir jetzt auftischen?", fragte Katrin leicht amüsiert.

„Ich bin kein großartiger Koch." Albert wirkte nun leicht verlegen. Was er eigentlich wollte, war Katrin lieben und nicht bekochen. Katrin schien ihn längst durchschaut zu haben, war ihm aber in keiner Weise böse.

„Palatschinken mit Marillenmarmelade kann ich eigentlich ganz gut, würde dir so etwas schmecken?"

„Sehr, mir läuft schon das Wasser im Mund zusammen",

sagte Katrin scherzhaft. „Soll ich dir helfen?"

Albert war erleichtert, denn in Wahrheit hatte er kein großes Vertrauen in seine Kochkünste. Die Palatschinken waren schnell zubereitet und schmeckten mit Marillenmarmelade aus der Wachau wirklich gut. Dazu tranken sie Weißwein. Nachdem sie ihr Mahl beendet hatten, beeilte sich Albert, das Geschirr in der Abwasch zu deponieren. Er nahm die Weinflasche und lud Katrin ein, am Sofa Platz zu nehmen. Das Verlangen, sich zu vereinigen, war bei beiden offensichtlich schon stark ausgeprägt, Albert konnte es förmlich spüren. Es zog wie ein Unwetter über sie herein. Fast rissen sie sich die Kleider vom Leib und Albert drang mit einem scharfen Stoß tief in Katrin ein.

Nachdem sich die Wogen ihrer Leidenschaft geglättet hatten, fragte Katrin zaghaft: „Hast du aufgepasst, Albert?"

„Vielleicht habe ich einen Augenblick zu lange gewartet, es war so wunderschön!", gestand Albert.

„Hoffentlich ist nichts passiert, in Antalya haben wir auch nicht aufgepasst!", es lag ein leichter Vorwurf in Katrins Stimme.

Albert umarmte sie und küsste sie zärtlich. „Würdest du mich heiraten, Katrin?"

Katrin stellte eine Gegenfrage. „Wie lange kennen wir uns, Albert?"

Er schwieg eine Weile. „Wir kennen uns schon sehr gut, auch wenn es erst einen Monat her ist!"

„Weil du ein Schlimmer bist", ein Anflug eines Lächelns spielte um ihre Lippen, „du hast meine Zuneigung vom ersten Augenblick an ausgenutzt."

Er küsste sie zärtlich. „Deswegen möchte ich dich ja heiraten!"

Sachte schob er das Kleid, das Katrin übergeworfen hatte, um ihre Blöße zu bedecken, zur Seite und berührte ihren Körper zärtlich. Verlangen glühte noch in ihm und er begann von Neuem das erregende Spiel. Als er sich dieses Mal mit ihr vereinigte, nahm er sich Zeit, um Katrin die Hochgefühle eines Orgasmus zu ermöglichen.

„Du bist schon sehr schlimm", flüsterte sie, „aber ich liebe dich!"

Albert war eingeschlafen, als ihn ein sanftes Schütteln weckte. „Habe ich geschlafen?", fragte er benommen.

„Fast ein Stunde", antwortete Katrin, „aber ich wollte dich nicht aufwecken. Es ist schon sehr spät, meine Eltern werden sich Sorgen machen. Kannst du mich bitte nach Hause bringen?"

Als er sie vor ihrem Haus absetzte, war es bereits zwei Uhr morgens. Es war frisch draußen, der sich ankündigende Herbst ließ die Temperaturen stark absinken. Katrin fröstelte, als sie seinen Wagen verließ. Sie durchschritt den Kiesweg der zum Eingang einer Villa führte, und entglitt seinen Blicken, als sich die schwere Eingangspforte hinter ihr schloss. Albert verharrte noch einige Augenblicke und betrachtete das Haus aus der Gründerzeit. Die großen Vorderfenster hatten ein Bogenformat, die Fassade war mit

Skulpturen verziert. Ebenfalls an der Vorderfront befand sich ein Erker. Im ersten Stock waren die äußeren Räume Mansardenzimmer, bedingt durch die starke Neigung des Daches. Aufgrund des großen Gartens kam die Schönheit dieses Hauses, nicht durch angrenzende Bauwerke beeinträchtigt, besonders gut zur Geltung. Links und rechts wuchsen große Fichten und Föhren in die Höhe. Das Haus zeugte von Wohlhabenheit, wenn nicht von Reichtum. Katrin, diese wunderbare Frau, die er liebte, war nicht nur mit Schönheit, sondern auch mit Reichtum gesegnet.

10.

Eines Tages vereinbarten sie, das Fotogeschäft aufzusuchen, wo Katrins Tante beschäftigt war. Es befand sich mitten in der City. Die Ähnlichkeit der Tante mit der Mutter Katrins war frappierend. Sie hatte ein ebenmäßiges Gesicht und dunkle Haare, nur war sie ein bisschen molliger. Albert fand sie auf Anhieb sympathisch. Auch der Eigentümer des Geschäfts lächelte freundlich, es entstand eine entspannte Atmosphäre und Albert kam sich nicht wie ein Bittsteller vor, der Katrins Beziehungen für eine vorteilhafte Einkaufskondition nutzen wollte.

„Machen Sie dem Herrn ein gutes Angebot, Christine, an diesem Geschäft müssen wir nichts verdienen", ordnete er an, als er vom Missgeschick Alberts in der Türkei erfuhr.

Katrins Tante präsentierte einige Modelle. Albert entschied sich für eine erstklassige Spiegelreflexkamera, denn mit dem gewährten Nachlass war der Apparat ein Schnäppchen. Er freute sich sehr, als er mit Katrin das Geschäft verließ, fotografierte er doch gerne und nun hatte er einen tollen Apparat.

„Ich werde viele schöne Aufnahmen von dir machen", sagte er zu Katrin und küsste sie.

In den folgenden Tagen trafen sie sich fast jeden Tag in Alberts Wohnung. Sie nahmen sich immer mehr Freiheiten und drangen in gewagte Bereiche der körperlichen Liebe vor.

Trotz seines aufregenden Nachtlebens fühlte sich Albert stark. Er vernachlässigte zwar sein Training im Box-Club, doch hin und wieder ging er hin, vor allem auch deswegen, weil ihm das erste Mal in seinem Leben das Boxen dazu verholfen hatte, sich aus einer gefährlichen Situation zu retten. Der Club lag am Rande der Stadt neben einer Gartensiedlung und war in einer Holzbaracke untergebracht. Zwar musste er sich immer überwinden, um sich an die nach Schweiß riechende Ausdünstung zu gewöhnen, aber dann war er voll bei der Sache. Meist begann er sein Training an den Geräten wie der Birne, um dann den Sandsack mit harten Schlägen zu traktieren. Wenn einer der aktiven Boxer einen Sparringpartner für das Kampftraining suchte, war Albert gerne zur Stelle, erlaubte es ihm doch, sein boxerisches Können unter kampfähnlichen Situationen unter Beweis zu stellen. Guttmann, der Trainer, beobachtete aufmerksam das Sparring, gab Ratschläge und korrigierte. Zwar wurde beim Sparring nicht mit der vollen Härte geschlagen und ein Kopfschutz getragen, doch so genau konnte man die Schläge in der Schnelligkeit der Bewegungsabläufe nicht dosieren. Albert hatte schon ein paar Mal Treffer kassiert und die Umwelt nur mehr verschwommen wahrgenommen. In einem solchen Fall wurde das Sparring gestoppt, bis er wieder klarkam. Aber auch ihm war es einige Male passiert, seinen Partner ungewollt hart zu treffen. Auch an diesem Tag, es war Samstag, stand Albert als Sparringpartner im Ring. Hugo, sein Trainingspartner, war größer und boxte im Halbschwergewicht, also in einer höheren Gewichtsklasse als Albert. Aber beim Sparring tolerierte man solche Ungleichheiten, wenn sie nicht zu gravierend waren. Als Albert in den Ring stieg, fiel ihm seine Auseinandersetzung mit Konrad ein. Hugo ähnelte ihm in der Statur. Albert hatte den Eindruck, gegen ein Phantom zu boxen, und kämpfte verbissen. Hugo blieb defensiv und ließ Albert kommen, bestrafte jedoch jede kleine Unaufmerksamkeit Alberts mit einem Konter.

„He Albert", mischte sich Guttmann ein und stoppte das Training, „du bist verkrampft, du wirst immer langsamer, das bin ich gar nicht gewöhnt von dir!"

Albert besann sich und boxte lockerer. Seine Bewegungen gewannen an Schnelligkeit, und es gelang ihm, den Geraden von Hugo auszuweichen oder sie zu parieren und zum Gegenangriff überzugehen. In der Folge landete er Treffer, Hugo war jetzt eindeutig in der Defensive. Guttmann beobachte mit Wohlwollen die Auseinandersetzung der beiden und rief Albert nach dem Sparring zu sich.

„Du wärst jetzt reif, in den Ring zu steigen, ich möchte dich in die Kampfmannschaft integrieren", sagte er jovial und legte Albert einen Arm um die Schulter. „Es wäre eine Vergeudung deiner Talente, dich nicht aktiv boxen zu lassen."
Durch die vielen Trainingsrunden, die Albert in der Vergangenheit im Club absolviert hatte, war es ihm möglich gewesen, sich mit den aktiven Boxern zu vergleichen. Guttmann hatte recht, er stand den kampfmäßig boxenden

Kameraden, was sein Können anlangte, nicht nach, im Gegenteil, er war sogar dem einen oder anderen überlegen. Trotzdem scheute er das Risiko dieser harten Sportart. Die plattgeschlagenen Nasen und die Narben über den Augen der Boxer schreckten ihn ab. Beim Sparring bewahrte ihn der Kopfschutz vor solchen Verletzungen, daher wollte er es dabei belassen, Boxen als Möglichkeit zum Trainieren zu betreiben. Außerdem wäre es in seinem Beruf undenkbar, mit einem blauen Auge oder zerschlagenen Gesicht bei einem Kunden vorzusprechen.

„Ihr Angebot ehrt mich, Herr Guttmann, manchmal reizt es mich wirklich zu kämpfen, aber ich habe zu wenig Zeit, um regelmäßig zu trainieren. Außerdem kann ich es mir nicht leisten, mit einem ramponierten Gesicht bei meinen Kunden aufzukreuzen."

Guttmann betrachtete ihn mit Bedauern. „Das versteh einer, hat eine Rechte, die einen Ochsen umhaut, bewegt sich gut und will nicht boxen!"

„Ich will ja boxen", bekräftigte Albert, „wenn Sie mich weiter trainieren lassen, dann stehe ich als Sparringpartner gerne zur Verfügung."

„Du bist uns auch als Sparringpartner willkommen, lieber wäre es mir, wenn wir dich wettkampfmäßig einsetzen könnten. Aber vielleicht überlegst du es dir noch", Guttmann seufzte und beendete das Gespräch.

11.

Fast jeden Tag nach Geschäftsschluss holte er Katrin ab. Wenn er einmal verhindert war, fuhr sie mit ihrem kleinen

Auto zu Alberts Wohnung und erwartete ihn dort. Albert hatte ihr bereits einen Wohnungsschlüssel überlassen.

„Meine Eltern machen sich Sorgen", sagte Katrin, als sie beim Abendessen saßen, „weil ich so spät nach Hause komme. Ich musste schließlich die Katze aus dem Sack lassen und von dir erzählen, jetzt möchten sie dich kennenlernen. Wir sind morgen zum Abendessen eingeladen."
Albert kaufte einen wunderschönen Blumenstrauß für Frau Sander und eine Flasche erlesenen Rotwein für ihren Mann. Er kleidete sich in seinen besten Anzug, einen schwarzen Zweireiher mit feinen grauen Streifen. Pünktlich zum vereinbarten Zeitpunkt parkte er seinen Taunus vor dem vornehmen Haus der Sanders. Einige Augenblicke verweilte er noch im Auto und versuchte vergebens, seine Nervosität unter Kontrolle zu bringen, doch dann gab er sich einen Ruck, nahm seine Gastgeschenke und läutete an der Eingangspforte. Einen Augenblick später erschien Katrin und öffnete. Sie küsste ihn und lächelte verhalten. Sie schritten auf dem mit Buchsbäumen gesäumten Kiesweg durch den Vorgarten zur Eingangstür und traten in eine geräumige Vorhalle mit großen Fenstern.

„Komm bitte weiter, Albert, meine Eltern erwarten uns im Salon."

Albert folgte Katrin, einerseits neugierig, Katrins Eltern kennenzulernen, andererseits unsicher, wie sie ihn aufnehmen würden. Katrins Mutter war, wie zu erwarten, elegant gekleidet, die dunklen, halblangen Haare waren mit blonden Strähnen durchsetzt, wahrscheinlich um graue Haare zu verbergen. Die Ähnlichkeit mit Katrin war frappierend. Ihre Figur wirkte sportlich, obwohl sie Ende der vierzig sein musste. Auffallend war, dass ihr Gesicht, bis auf kleine Fältchen um die Schläfen, jugendlich straff wirkte. Albert verneigte sich tief vor ihr, um einen Handkuss anzudeuten, und überreichte die Blumen, während Katrin ihn vorstellte.

„Vielen Dank für die wunderschönen Blumen, Herr Berry!" Ihre Stimme hatte einen klaren, melodischen Klang.

Katrin wandte sich ihrem Vater zu. „Papa, darf ich dir Albert vorstellen?"
Sanders Händedruck war kräftig, es war mehr ein Zupacken. Dieser drahtige, grauhaarige Mann mit dem markanten Gesicht wirkte selbstbewusst, fast schon arrogant. Die scharfe, leicht gebogene Nase und die blauen Augen gaben seinem Gesicht einen Ausdruck von Kühnheit. Ein überlegenes Lächeln umspielte seine Mundwinkel. Albert überreichte den Wein.

„Herzlichen Dank, Herr Berry, darf ich Ihnen einen Aperitif anbieten?"

Er bot eine Vielzahl von Getränken an, Albert entschied sich für Martini, die Damen für Sherry und Sander genehmigte sich einen Whisky. Während sie an ihren Aperitifs nippten, informierte sich Katrins Vater über Alberts berufliche Tätigkeiten.

Albert setzte zu einer Erklärung an.

„Innerbetriebliche Transportrationalisierungen, darunter kann ich mir nichts vorstellen", meinte Sander brummig. Albert ging in Details, wurde aber von Frau Sander unterbrochen.

„Ich serviere das Essen, ihr könnte euch bei Tisch weiter unterhalten."

Der Esstisch, vornehm mit Damast-Tischtuch und Silberbesteck gedeckt, stand im gemütlichen Erker. Das Menü konnte sich sehen lassen, Frau Sander und Katrin hatten alle Register ihrer Kochkunst gezogen. Es gab einen Vorspeisenteller mit Garnelen, marinierten Gemüsen und Vitello tonnato, dann wurden ein Artischockenrahmsüppchen und danach ein zartes Schweinefilet serviert, zum Dessert Aprikosen mit Kirschsauce und Mandelschaum. Zu jedem Gang wurde der passende Wein serviert. Die Familie Sander demonstrierte mit diesem Mahl ihren gehobenen Lebensstil und dass sie sich diesen leisten konnten. Albert merkte während des Essens, dass Katrin nicht so fröhlich und entspannt war wie gewöhnlich. Beim Dessert ergriff Sander wieder das Wort.

„Was haben Sie denn studiert", fragte er beiläufig, doch es lag etwas Lauerndes in dieser Frage.
„Ich habe nicht studiert, nach der Matura habe ich mir sofort eine Anstellung gesucht."

„Albert wollte seine kranke Mutter unterstützen, Papa", beeilte sich Katrin einzuwerfen. Es klang wie eine Entschuldigung.

„Das kann man auch als Studierender, außerdem gibt es genug junge Leute, die nebenher arbeiten gehen."
„Man kann auch ohne Studium reüssieren", warf Katrins Mutter ein, „du hast auch nicht studiert und es weit gebracht."

„Das waren andere Zeiten, heute kann man ohne

akademischen Abschluss keine Spitzenpositionen erreichen." Nach einer kurzen Pause setzte er seine Befragung fort.

„Jetzt erklären Sie mir einmal genau, was man unter Transportrationalisierungen versteht!"

Albert begann sich über das Verhör von Sander zu ärgern, vor allem erstaunte ihn der unverbindliche, fast feindselige Ton. Er entschied, ruhig zu bleiben, doch er war gewarnt. Sander beabsichtigte offensichtlich, ihn herabzusetzen und zu provozieren. Albert erklärte mit viel Geduld seine anspruchsvolle Tätigkeit.

„Da müssen Sie ja viel herumfahren und den Kunden nachlaufen."

„Ich habe einen bequemen Firmenwagen, nachlaufen muss ich den Kunden nicht. Ich bearbeite Anfragen und arbeite Konzepte aus, die ich mit den Kunden bespreche und optimiere. Meine Funktion ist die eines Spezialisten, dafür wurde ich im Stammhaus ein Jahr eingeschult. Ich bin sehr zufrieden mit meiner Tätigkeit und habe auch Aufstiegschancen. Aber im Moment muss ich mich an vorderster Front beweisen, das ist die Voraussetzung für höhere Weihen, wenn ich das so sagen darf."

„Muss doch sehr anstrengend sein", meinte Sander geringschätzig, „wenn die Kunden bei der Konkurrenz kaufen, dann gibt's wahrscheinlich keine Kohle."

Katrin mischte sich wieder ein. „Albert verhandelt mit den Geschäftsleitungen, die Anforderungen sind hoch und ebenso sein Grundgehalt."

„Dann bekommen Sie auch Provisionen, wenn Sie etwas verkaufen", offensichtlich wollte ihn Sander unbedingt auf einen gewöhnlichen Handelsvertreter herabsetzen.

„Wie Katrin schon sagte, bekomme ich ein Gehalt und am Jahresende eine Prämie. Der Umsatz ist nicht das einzige Kriterium für diese Prämie, sie setzt sich aus quantitativen und qualitativen Bemessungsgrundlagen zusammen."

„Ihre Tätigkeit ist für mich ebenso kompliziert wie die Bezahlung, ich verstehe schon wieder nicht, was Sie damit meinen", setzte Sander seine provokante Ausfragerei fort.

„Ist das so wichtig, Papa?", schaltete sich wieder Katrin ein, „Albert hat eine schöne Zweizimmer-Wohnung in Hietzing, ein großes Auto und er verdient sehr gut."

Sander lächelte ironisch. „Das müsste er, um deinen Ansprüchen zu genügen. Die teuren Kleider, das Auto, die Reisen, deine kostspieligen Hobbys, das Reiten und was weiß ich noch alles!"

„Du vergisst, dass ich auch arbeite!"
Sander machte eine wegwerfende Handbewegung. „Du siehst vielleicht im Moment alles durch die rosarote Brille, aber ich, als dein Vater, mache mir Sorgen um deine Zukunft und muss die Dinge realistisch betrachten!"

Nach diesen Worten, man konnte es buchstäblich sehen, sackte Katrin entmutigt zusammen. Albert errötete. Im Augenblick wusste er nicht, wie er sich verhalten sollte. Eine Liebeserklärung abgeben und versprechen, dass er für Katrin bis ans Ende der Welt gehen und alles für sie tun würde?

„Aus Ihren Worten entnehme ich", Albert ließ sich zu diesem Statement hinreißen, „dass Sie mich, aufgrund meiner Schulbildung und meiner beruflichen Erfahrung nicht für voll nehmen, aber ich liebe Katrin und ich würde für sie bis ans Ende der Welt gehen!"

„Eine kühne Ansage, junger Mann", entgegnete Sander leicht verstimmt. Er schien keine Lust mehr an einem weiteren Gespräch zu haben. „Entschuldigen Sie mich, ich habe Kopfschmerzen, ich werde eine Tablette nehmen und zu Bett gehen." Grußlos verließ er das Zimmer. Seine Frau lächelte gezwungen.

„Kaffee oder Tee, was darf ich Ihnen anbieten?"

Albert hatte Lust weder auf das eine noch auf das andere. Doch aus Höflichkeit bat er um Tee. Man bemühte sich, eine Unterhaltung in Gang zu bringen, aber die Stimmung war auf den Nullpunkt gesunken. Katrin war betrübt, Albert verstört und Frau Sander schien durch den Auftritt ihres

Gatten peinlich berührt zu sein. Schon bald erhob sich Albert und verabschiedete sich. Katrin begleitete ihn nach draußen. Sie fiel ihm in die Arme und klammerte sich an ihn, Tränen flossen. Albert küsste die Tränen von ihren Wangen.

„Weine nicht, Liebes, ich glaube dein Vater macht sich Sorgen."

12.

Am Samstag fuhren sie nach Grinzing, es war der Tag des Treffens mit den Antalya-Urlaubern. Es war ein schöner

Spätsommerabend, angenehm warm, manchmal wehte ein leichter Lufthauch über die verträumten Gassen. Es lag etwas in der Luft, Albert spürte es, aber es war nicht nur auf den Zauber dieser schönen Sommernacht zurückzuführen. Er parkte den Taunus etwas oberhalb, in der leicht bergan führenden, baumbestandenen Straße. Hand in Hand schlenderte er mit Katrin zum Treffpunkt, einem der typischen Weinlokale in der Gegend. Sie durchquerten den Gastraum und wandten sich dem Garten zu. Unter von Weinlaub überwucherten Lauben waren Tische und Bänke aufgestellt. Das Lokal war gut besucht, die Urlaubsgruppe war fast vollständig anwesend. Albert war erstaunt, auch Konrad und Margot zu erblicken, sie hatten den weiten Weg nicht gescheut und waren aus Graz angereist. Katrin und Albert begrüßten die jungen Leute, es gab ein fröhliches Hallo, nur Konrad und Margot wandten sich demonstrativ ab. Die Stimmung war ausgelassen, die gemeinsamen Erlebnisse wurden besprochen, es wurden Fotos herumgereicht und vor allem viel gescherzt. Der Genuss des Weins trug darüber hinaus zur gehobenen Stimmung bei. Einmal trafen sich Alberts Blicke mit jenen von Konrad. Er hatte die Lider zu schmalen Schlitzen zusammengezogen und die Lippen zusammengepresst. Er war sichtlich angespannt.
Es war knapp vor der Sperrstunde, als sich die Gruppe auflöste. Die meisten waren mit der Straßenbahn gekommen und wollten die letzte Tram nicht verpassen. Es wurde noch vereinbart, im Fasching ein Kostümfest in einem Vereinslokal eines Gruppenteilnehmers zu veranstalten.

Als sie auf die Straße traten, blieb Albert wie angewurzelt stehen. Konrad und Margot standen am Rande des Gehsteiges. Konrad grinste. Albert nahm Katrin bei der Hand und wollte sich zu seinem Wagen begeben.

„Hallo Freund", sagte Konrad großspurig, „wir haben noch eine Rechnung offen!"

„Lass mich in Frieden", Albert klang ärgerlich, „wir sind quitt!"

„Noch nicht ganz", höhnte Konrad, „ich habe dir versprochen, dass ich dir's heimzahlen werde, und ich halte mein Versprechen."

„Von mir aus, wenn du noch nicht genug hast, dann kannst du noch eine Tracht Prügel haben, aber nicht heute."

Konrad lachte schallend. „Wann, wenn nicht heute?", spottete er, „warum glaubst du, habe ich den weiten Weg gemacht?"

„Lass mich jetzt in Ruhe", sagte Albert ungeduldig, nahm Katrin bei der Hand und wollte seines Weges gehen. Doch Konrad stellte sich in den Weg.

„Da vorne, vis à vis, ist eine kleine ruhige Sackgasse", zischte er, „dort sind wir ungestört. Und wenn du Mumm hast, dann folgst du mir jetzt. Sonst ... sonst soll es hier geschehen, ist mir auch egal."

Er hob die Faust und wollte Albert einen Hieb versetzen, denn dieser aber geschickt parierte.

„Ein Kampf lässt sich leider nicht vermeiden", sagte Albert mit Resignation in der Stimme zu Katrin. „Nimm mein Auto und fahr nach Hause, ich komme mit einem Taxi nach", sagte er und reichte ihr den Autoschlüssel.

„Nein", sagte Katrin mit Bestimmtheit, „ich bleibe bei dir."

Dann wandte sie sich an Konrad. „Ich finde es absolut unsinnig, was du vorhast, gib diesen Blödsinn auf!"

„Madame bittet um Gnade", höhnte Konrad, „es gibt aber keine und jetzt bringen wir es hinter uns!"

„Bitte fahr nach Hause, Katrin, du brauchst keine Angst zu haben", raunte Albert, „ich habe so etwas kommen sehen. Ich bin vorbereitet, ich habe im Club intensiv trainiert, bitte!"

„Kommt nicht infrage, ich bleibe bei dir", sagte Katrin heftig.

Albert seufzte. Die besagte Gasse war menschenleer, nur zum Teil bebaut und sie führte leicht bergan in einen Weinberg. Auf der linken Seite befand sich eine kleine Wiese, eine Straßenlaterne warf fahles Licht auf den Platz. Albert machte sich keine Illusionen. Er schätzte, dass er noch immer der bessere Kämpfer war, doch er war überzeugt, dass Konrad sich auf diese Auseinandersetzung vorbereitet hatte, so leicht wie in Antalya würde er es ihm nicht mehr machen. Albert startete einen letzten Versuch eine tätliche Auseinandersetzung zu vermeiden.

„Können wir uns nicht auf einen Kompromiss einigen, müssen wir uns unbedingt schlagen? Egal wer gewinnt, jeder von uns wird etwas abbekommen!" Konrad erwiderte nichts. Albert ging noch einen Schritt weiter mit seinem Vorschlag.
„Es tut mir leid, dass ich dich in Antalya so unglücklich getroffen habe, ich wollte es nicht. Wenn du willst,

entschuldige ich mich bei dir, und wir begraben das Kriegsbeil."

Konrad war in Gedanken schon bei der bevorstehenden Kampfhandlung. Erst nach einigen Augenblicken antwortete er.

„Das kann ich nicht akzeptieren, Albert, du bist zu weit gegangen. Zuerst hast du mir Katrin ausgespannt und dann hast du mich mit einem faulen Trick ausgeschaltet. Ich glaube, wir haben nun genug gesprochen, machen wir es uns jetzt aus. Wir kämpfen, bis einer von uns kampfunfähig ist!"

„Du bist ein hoffnungsloser Narr, wie du willst", sagte Albert und versuchte, eine aufkommende Wut auf den verblendeten Konrad zu unterdrücken. Nur keine Emotionen aufkommen lassen, ich muss jetzt cool bleiben, dachte er sich.

Sie zogen ihre Sakkos aus und stellten sich gegenüber auf. Konrad hatte eindeutig Nachteile im Faustkampf gegenüber Albert, doch er versuchte, dieses Manko auszugleichen, indem er auch seine Füße wie ein Kickboxer einsetzte. Mit dieser Kampfform hatte Albert keine Erfahrung und musste mehrere schmerzhafte Tritte einstecken, konnte seinerseits jedoch noch keinen Wirkungstreffer anbringen. Einmal, als Konrad in die Distanz einbrach, riss er sein Knie blitzartig hoch und traf Albert in der Magengrube. Diesem blieb die Luft weg und er fiel vornüber. Katrin entfuhr ein Angstschrei. Konrad setzte zu einem Tritt in Alberts Gesicht an, doch diesem gelang es, sich auf die Seite zu rollen. Noch einmal trat Konrad nach Albert, doch dieser ergriff blitzschnell Konrads Fuß und riss ihn um. Er war versucht, Konrad nun seinerseits mit Tritten zu traktieren, verzichtete jedoch auf diese unfaire Brutalität. Mit zwei harten Faustschlägen, einen auf die Kinnspitze und einen anderen auf Konrads Schläfe wirkte dieser zwar benommen, war aber noch nicht K.O. Eine Zeit lang verharrte er in gekrümmter Stellung, sichtlich um wieder klarzukommen. Albert versäumte es, in diesem Augenblick den Kampf definitiv zu entscheiden, was sich als folgenschwerer Fehler herausstellen sollte. Konrad taumelte hoch, er hielt etwas in der Hand. Mit einem Wutschrei stürzte er sich auf Albert und wollte ihm einen Stein, den er in Händen hielt, auf den Kopf schmettern. Albert konnte die Attacke zwar abwehren, der Hieb streifte jedoch seine Schulter. Ein stechender Schmerz durchfuhr ihn, durch den Aufprall war er aus dem Gleichgewicht geraten und lag nun auf dem Boden.

„Nein, nicht!", schrie Katrin voller Entsetzen.

Margot schien ebenso bestürzt. „Konrad, genug, nein, nicht!", brüllte sie.

Doch Konrad kehrte sich wieder schwankend Albert zu, vom Hass total verblendet, den schweren Stein in der erhobenen Rechten. Albert spürte sein Ende nahen. Konrad, schwankend, sichtlich noch gezeichnet von den beiden Faustschlägen, beugte sich über Albert und schmetterte ihm den Stein entgegen. Doch dieser hatte sich blitzschnell zur Seite gerollt, dumpf schlug der Stein auf der Wiese auf. Bevor der angeschlagene Konrad den Stein wieder zu fassen bekam, hatte Albert ihn ergriffen und schleuderte ihn nun seinerseits gegen Konrad. Man vernahm einen Knack, als der Stein mit Wucht Konrads Kopf nach hinten riss. Blutüberströmt fiel er zu Boden und blieb bewegungslos liegen.
Margot stieß einen schrillen Schrei aus. Sie kniete neben

Konrad und tätschelte seine Wange, bewegte seinen Kopf hin und her, doch es kam keine Reaktion. Albert war vor Entsetzen wie gelähmt.

„Nicht bewegen, leg ihn nur auf die Seite", rief ihr Katrin zu, „damit er nicht an seinem Erbrechen erstickt. Bleib bei ihm, wir rufen die Rettung."

Margot hob den Kopf und blickte in die Runde.
„Er ist tot, du hast ihn umgebracht, Albert", ihr Gesicht war von Entsetzen verzerrt.

Albert, hilflos im Gras sitzend, presste seine Hand auf die verletzte Schulter. „Das wollte ich nicht, ich schwör es, ich wollte es nicht!"

„Du hast ihn umgebracht", murmelte Margot, „ich rufe die Polizei!"

„Mach, was du willst", sagte Katrin unwirsch, „es war Notwehr."

Sie zerrte Albert hoch. „Komm, gehen wir, schnell", flüsterte sie ihm zu. Albert war im Augenblick alles egal. Eine nie gekannte Gleichgültigkeit bemächtigte sich seiner.

„Es ist alles verloren, am besten wir warten auf die Polizei!"

„Bist du wahnsinnig, sie werden dich wegen Mordes einsperren. Du musst jetzt untertauchen, oder willst du dir dein ganzes Leben verpfuschen?"

„Wo soll ich denn hin, sie werden mich überall finden!"

„Auf jeden Fall nicht nach Hause, wir werden uns in einer Absteige ein Zimmer mieten und beraten, was wir tun können!"

Sie fasste Albert bei der Hand und zog ihn hastig zum Auto. „Kannst du fahren?"

„Ich glaube schon, der Schmerz in der Schulter lässt nach."
Albert startete und fuhr in der dem Tatort entgegengesetzten Richtung davon, bis sie die kurvenreiche Höhenstraße erreichten, die in den Dreißigerjahren mit Katzenkopfsteinpflaster errichtet wurde und vom Nordwesten Wiens bis in die westliche Peripherie führte. In der Linzer Straße, ganz weit draußen, kannte er ein Hotel. Er hatte dort noch nie übernachtet, aber er war schon öfters vorbeigefahren. Er unterrichtete Katrin von seinem Plan. Katrin war sofort einverstanden.

„Wenn möglich, stelle das Auto in einer Seitengasse ab, damit man es nicht sofort findet, sofern die Polizei danach sucht!"

Da es bereits nach Mitternacht war, mussten sie den Nachtportier herausläuten. Der verschlafene Mann händigte ihnen, ohne irgendwelche Fragen zu stellen, einen Zimmerschlüssel aus und war froh, wieder sein Nickerchen fortsetzen zu können. In dem winzigen Zimmer füllte das Doppelbett fast den gesamten Raum aus. Albert ließ sich erschöpft auf das Bett fallen. Katrin befahl ihm seine Oberkleider abzulegen. Sie wollte sich seine Schulterverletzung ansehen.

„Warum haben wir nicht auf die Polizei gewartet, ich habe ihn doch nicht absichtlich umgebracht, es war doch

Notwehr!", klagte Albert.

„Und was glaubst du wird Margot der Polizei erzählen? Sie wird dich als Mörder darstellen! Meinen Aussagen wird man keinen Glauben schenken. Dann wanderst du für mindestens zwanzig Jahre ins Gefängnis!"

Katrin bewegte Alberts Arm. Der Bewegungsspielraum war nicht eingeschränkt, doch die Schulter war blutunterlaufen und geschwollen. Albert stöhnte vor Schmerz.

„Außer einer Prellung scheinst du nichts abbekommen zu haben", dozierte sie. „Ich werde dir einen kalten Umschlag machen."

Sie nahm ein Handtuch, tränkte es im kalten Wasser und band es um die verletzte Schulter.

„Was soll ich nun machen?", Albert klang verzweifelt, „ich habe keine Ahnung."

„Auf jeden Fall kannst du in der nächsten Zeit nicht in dein normales Leben zurückkehren. Hast du Freunde oder Verwandte im Ausland?"

„Nein, und wenn, es würde nichts nützen, die Polizei würde über Interpol dort als Erstes nachforschen."

„Und wenn du trotzdem im Ausland untertauchst, dir dort ein Zimmer unter falschem Namen mietest und abwartest, bis über die Angelegenheit Gras gewachsen ist. Ich kann dir regelmäßig das notwendige Geld schicken!", schlug Katrin vor.

„Du bist so lieb, Katrin, aber vergiss nicht, dass du ebenfalls unter Beobachtung stehst, über dich könnten sie mich leicht ausforschen", warf Albert ein, „wenn ich wirklich verschwinden soll, dann müssen wir unsere Verbindung ebenfalls für einige Zeit unterbrechen."

„Das ist ja furchtbar", stöhnte Katrin.

Einige Zeit lagen sie still nebeneinander. Albert brach das Schweigen.

„Als ich meinen Militärdienst ableistete, habe ich einen Kameraden kennengelernt", sagte er sinnierend, „er hatte etwas ausgefressen und sich von der französischen

Fremdenlegion anwerben lassen, um einer strafgerichtlichen Verfolgung zu entgehen."

In Katrins Gesicht spiegelte sich nacktes Entsetzen. „Oh nein, du denkst doch nicht daran? Die brauchen doch nur Kanonenfutter für ihren Algerienkrieg!"

„Aber der Vorteil ist, dass ich dort ein neues Leben beginnen und einen anderen Namen annehmen kann. Dadurch kann ich mich vor Nachforschungen der Polizei schützen."

„Wie lange werden wir uns nicht sehen?", fragte Katrin mit angstverzerrter Stimme.

„Man muss sich auf mindestens fünf Jahre verpflichten. Aber ich glaube, der Krieg in Algerien wird nicht mehr lange dauern, es wird Frankreich nichts anderes übrig bleiben, als dieses Land in die Unabhängigkeit zu entlassen.

Wenn der Krieg aus ist, dann werden sie die Legion drastisch verkleinern müssen, denn mit Algerien verliert Frankreich seine letzte Kolonie."

„Und wenn sie dich nicht entlassen, dann sehen wir uns fünf Jahre nicht. Das ist furchtbar, ich kann ohne dich nicht mehr leben, Albert, ich liebe dich zu sehr."

Albert umarmte Katrin und küsste sie zärtlich. Er seufzte. „Fünf Jahre bleibe ich auf keinen Fall, wenn Gras über die Angelegenheit gewachsen ist, flüchte ich!"

„Das heißt, du wirst desertieren?"

„Genau, ich werde desertieren!"

Sie verharrten eine Weile in Gedanken versunken.

„Lass uns jetzt überlegen, was zu tun ist, gesetzt den Fall, du gehst zur Legion."

„Es gibt drei Dinge, die wir beachten müssen", folgerte Albert, „erstens, musst du in meiner Wohnung die Dokumentenmappe holen. Sie ist in der Kommode in der obersten Lade. Auf jeden Fall benötige ich meinen Reisepass. Ich selbst möchte nicht mehr meine Wohnung betreten, es könnte sein, dass die Polizei bereits auf mich wartet. Zweitens bitte ich dich, mir dein ganzes Bargeld zu geben. Ich habe zwar noch mein Monatsgehalt bei mir, weil ich es noch nicht zur Bank bringen konnte, aber ich werde viel Geld brauchen!"

„Das ist alles kein Problem."

„Noch eines: Kannst du bitte jeden Monat die Raten für meinen Wohnungskredit überweisen, denn wenn die Zahlungen ausbleiben, wird sie versteigert. Wenn ich zurück bin, kriegst du alles auf Heller und Pfennig."

„Mach dir darüber jetzt keine Sorgen. Was geschieht mit deiner Anstellung?"

„Ich nehme an, mein Chef und das ganze Personal werden über den Vorfall in der Zeitung lesen. Damit ist meine Karriere gelaufen. Ich gebe dir den Autoschlüssel des Firmenwagens. Du kannst ihn anonym an die Firma senden und einen Zettel beilegen, auf dem der Standort des Wagens vermerkt ist."

Katrin begann, leise zu weinen. „Es ist alles so furchtbar, Albert. Wir waren so glücklich, ich weiß nicht, was aus uns werden wird!"

„Katrin", sagte er leidenschaftlich, „ich verspreche dir, dass ich zurückkommen und dich heiraten werde. Unsere Liebe gibt mir so viel Kraft, ich werde nicht untergehen, bitte glaube es mir!"

Eine eigenartige Stimmung breitete sich aus. Sie waren sich bewusst, dass dies vielleicht ihre letzte gemeinsame Nacht für lange Zeit, wenn nicht für immer war. Sie umarmten sich und hielten sich fest, als ob sie niemals auseinandergehen wollten. Ihre Vereinigung hatte etwas Mystisches an sich, die vor ihnen liegende Trennung und ungewisse Zukunft gaben ihrer Liebe etwas Endgültiges, Erhabenes. Sie hielten sich lang und leidenschaftlich und lagen noch immer eng umschlungen beisammen, als der Morgen graute. Sie spürten die bevorstehende Trennung, immer wieder umarmten sie sich. Endlich rafften sie sich auf und verließen das Zimmer. Albert fragte den noch immer schläfrigen Portier nach dem Zimmerpreis, legte eine Banknote auf den Tresen, und, ohne eine Quittung abzuwarten, verließen sie hastig das Hotel. Sie nahmen ein Taxi, das gerade um die Ecke kurvte, und ließen sich zu Alberts Wohnung chauffieren. Den Firmenwagen wollten sie nicht mehr benutzen, aus Angst, von der Polizei entdeckt zu werden. Albert ließ den Taxichauffeur in einiger Entfernung von seinem Haus halten und bat ihn zu warten. Dann gingen sie zu Fuß weiter. Albert gab Katrin die Schlüssel und erklärte ihr noch einmal, wo er seine Dokumente aufbewahrte.

„Es könnte sein, dass Kriminalbeamte vor dem Haus postiert sind oder in einem parkenden Auto auf mich warten, um mich festzunehmen. Wenn du etwas Verdächtiges siehst, gehe weiter und vermeide, in meine Wohnung zu gehen. Gib mir ein Zeichen, indem du deine Handtasche von der rechten in die linke Hand nimmst. In diesem Fall gehe ich sofort zum Taxi zurück und fahre alleine zum Westbahnhof. Du nimmst ein anderes Taxi und kommst nach. Ich werde dort in der Nähe des Bahnsteigs eins auf dich warten."

„Wie willst du Österreich verlassen ohne Reisepass?", fragte Katrin, ihre Stimme klang ängstlich.

„Ich werde ohnehin die offiziellen Grenzkontrollen meiden. Aber für den Eintritt in die Legion wäre es vorteilhaft, Dokumente vorlegen zu können."

Dann blieb er stehen und ließ Katrin den restlichen Weg zurücklegen. Aus einer Hausnische beobachtete er sie. Sie schien nichts Verdächtiges bemerkt zu haben, denn sie öffnete die Eingangstüre und entschwand seinen Blicken. Angespannt wartete er auf ihre Rückkehr. Noch einmal ließ er gedanklich sein Vorhaben Revue passieren. Wenn er an einem der zahlreichen Kriegsherde in Algerien, sei es in Bel Abbès oder Oran oder in einem Oued in der Wüste sein Leben lassen müsste, was hätte er dann gewonnen? Nichts! Aber vielleicht besser aus dem Leben scheiden, als ein paar Jahrzehnte in einem Gefängnis zu schmachten. Insgeheim musste er Katrins Vater zustimmen, er hätte Katrin kein Leben in Luxus bieten können. Aber für ihn war die kurze Zeit ihrer Beziehung der absolute Höhepunkt seines Lebens gewesen. Er dankte seinem Schicksal, diese Frau kennengelernt zu haben. Und mit einem Mal wurde ihm bewusst, die schönste Zeit seines Lebens bereits gelebt zu haben.

Nach einigen Minuten, die ihm wie eine Ewigkeit vorkamen, erschien Katrin. Sie hatte eine Reisetasche mit Wäsche und Toilettenartikel mitgenommen. Die Dokumente befanden sich, in einer alten Zeitung eingewickelt, ebenfalls in der Tasche. Sie stiegen in das wartende Taxi und fuhren zum Westbahnhof. Albert ließ das Taxi wieder in einiger Entfernung vor dem Bahnhof halten. Mit gemischten Gefühlen betraten sie, Polizisten ausweichend, den Westbahnhof. Er bat Katrin, an der Kasse eine Fahrkarte nach Salzburg zu lösen. Der Zug war bereits eingeschoben worden und stand am Bahnsteig.

„Ich gehe zum Zug und steige in den drittletzten Waggon ein. Dort warte ich auf dich. Wenn du die Karte hast, komme mir bitte nach."

Albert spähte in alle Richtungen, er konnte jedoch nichts Verdächtiges erblicken. Langsam ging er auf den Bahnsteig und stieg in den Zug. Nach einigen Minuten kam Katrin und händigte ihm die Fahrkarte aus. Erwartungsvoll blickte sie ihn an.

„Wie soll es jetzt weitergehen?", fragte sie bang.

„Ich werde den Zug in Salzburg verlassen und mich über die grüne Grenze nach Deutschland durchschlagen. Nach der Grenze fahre ich mit einem anderen Zug bis Kehl zur deutsch/französischen Grenze und überquere diese ebenfalls zu Fuß. Mach dir keine Sorgen, es wird alles gut gehen!"

„Mir kommt alles so unwirklich vor, gestern waren wir noch so glücklich und dann diese Katastrophe."

Albert nahm sie in die Arme und küsste sie zärtlich.

„Vergiss nicht, was ich dir gesagt habe, ich komme wieder, unsere Liebe gibt mir so viel Kraft, ich werde nicht untergehen. Aber wir werden uns lange nicht sehen. Ich versuche, dir jede Woche zu schreiben, werde jedoch meine Adresse nicht am Kuvert vermerken, das wäre zu gefährlich. Vernichte bitte sofort meine Briefe, nachdem du sie gelesen hast, denn sie können Aufschluss über meinen Aufenthalt geben. Wenn die Briefe in falsche Hände kommen, kann es gefährlich für mich werden."

Die Stimme des Ansagers ertönte im Lautsprecher und kündigte die Abfahrt des Zuges an. Katrin verließ den Zug, Albert folgte ihr. Am Bahnsteig umarmten sie sich noch einmal, Albert spürte Katrins Tränen die seine Wange benetzten. Er drückte sie fest an sich. Er wollte etwas sagen, aber seine Kehle war wie zugeschnürt.

„Katrin ich liebe dich unendlich", stammelte er schließlich, „warte bitte auf mich!"

Katrin schluchzte heftig, unfähig, etwas zu sagen.

Als der Zug sich mit einem Pfiff in Bewegung setzte, erklomm Albert das Trittbrett und verharrte dort, bis Katrin seinen Blicken entschwand. Plötzlich wurde ihm schockartig bewusst, dass er seine Geliebte, seine Heimat und alles, sein gewohntes Leben, aufgeben musste. Panik erfasste ihn, er wollte abspringen. Er evaluierte die Geschwindigkeit des Zuges, doch dann ließ er entmutigt dieses Vorhaben fallen, denn der Zug brauste mittlerweile mit hoher Geschwindigkeit dahin. Er musste seine ganze Kraft aufwenden, um die schwere Waggontüre gegen den Fahrtwind, der gewaltig gegen die Türe drückte, öffnen zu können. Erschöpft kehrte er in sein Abteil zurück. Bisher war alles gut gegangen, die erste Hürde seiner abenteuerlichen Flucht hatte er hinter sich.

13.

Als er in Salzburg am Hauptbahnhof eintraf, dämmerte es bereits. Er genehmigte sich im Bahnhofsrestaurant ein Paar Würstchen. Dann fuhr er mit einem Bus in Richtung Freilassing und verließ den Bus einige hundert Meter vor der bayrisch - österreichischen Grenze. Er verließ die Hauptstraße und wandte sich nach Süden. Nachdem er eine Viertelstunde gegangen war, änderte er die Richtung und wanderte nach Westen, dort wo er die Grenze vermutete. Doch plötzlich stand er vor einem Fluss, der Saalach, die eine natürliche Grenze zwischen Österreich und Deutschland bildete. Er folgte dem Fluss, eine Eisenbahnbrücke lag vor ihm. Schon war er versucht, auf den Bahngeleisen die Saalach zu überqueren, verwarf jedoch diese Idee. Es schien ihm nicht nur gefährlich, man konnte ihn auch entdecken. Also wanderte er auf einem baumbestandenen Weg am Ufer weiter. Er war schon eine ganze Weile in der Dunkelheit unterwegs, niemand begegnete ihm, was ihm nur recht sein konnte. Der Weg krümmte sich leicht, und plötzlich sah er eine schmale Brücke, die mit einem Grenzbalken gesichert war, Grenzpolizisten konnte er aber keine erblicken. Auf einem Schild stand zu lesen, dass der Balken nur bei Tag geöffnet wurde. Er hielt an, suchte hinter einem Baum Deckung und beobachtete eine Weile die Umgebung. Er konnte nichts Verdächtiges bemerken, hinter der Brücke konnte er Lichter einer kleinen Siedlung wahrnehmen. Der Balken an und für sich stellte kein Problem dar, den konnte man, wenn man sportlich war, überwinden. Also nahm er sich ein Herz und schritt auf die Brücke zu, nicht zu schnell, um nicht aufzufallen, falls man ihn beobachtete. Doch nichts rührte sich. Geschickt überwand er mit einem Schwung den Balken, und dann rannte er, so schnell er konnte, davon, es war geschafft, er war auf deutschem Boden.

Am Bahnhof in Freilassing erstand er eine Fahrkarte für den Regionalzug nach München. Die halbe Stunde Wartezeit erlaubte ihm, sich auf einer Bank etwas auszuruhen. Seit dem unheilvollen Ereignis und dem Beginn seiner Flucht hatte er dafür sorgen müssen, wie er einer Verhaftung entgehen könnte, Gefühle hatte er zurückdrängen müssen. Die kurze Ruhepause ließ wieder Besorgnisse bei ihm aufkommen. Der totale Bruch mit seinem gewohnten Leben, der Verlust seiner Heimat, die Trennung von Katrin und die vollkommene Unsicherheit seiner Zukunft erzeugten fast panikartige Ängste bei ihm. Sein Magen krampfte sich zusammen. Er glaubte, den Boden unter den Füßen zu verlieren. Er war auf der Flucht und die Perspektiven, die vor ihm lagen, beunruhigten ihn. Die Legion war bekannt für unbarmherzige Ausbildungsmethoden und für lebensbedrohende Einsätze in einem Land, das sich mitten in einem Unabhängigkeitskrieg befand.

Der Regionalzug traf kurz vor Mitternacht in München ein. Dort angekommen, löste er eine Fahrkarte im Liegewagen bis zur deutsch-französischen Grenzstation Kehl. Der Zug fuhr pünktlich um ein Uhr ein. Albert stieg ein und suchte den Liegewagen auf. Endlich konnte er sich hinlegen und sich ausruhen. Er erkundigte sich genau, wann er in Kehl eintreffen würde. Auf jeden Fall musste er vermeiden, die Grenze in diesem Zug zu überqueren, denn es war möglich, dass er bereits zur Fahndung ausgeschrieben war. Um sicher zu gehen, bat er den Schaffner, ihn zu wecken, falls er schlafen sollte, und gab ihm ein Trinkgeld. Die Lösung des Problems, wie er die Grenze überqueren könnte, verschob er auf später. Es war ihm bekannt, dass der Rhein die Grenze zwischen Deutschland und Frankreich bildete. Wie er den Rhein überqueren könnte, wenn er den Zug schon vorher verlassen musste, war ihm im Augenblick noch nicht klar. Der Schaffner wies ihm ein Abteil zu. Er bat Albert, leise zu sein, denn die meisten Fahrgäste schliefen bereits. Das Abteil war schwach erleuchtet, an jeder Wand befanden sich drei Betten, wobei man die oberen Betten über eine Leiter erklimmen musste. Er zog sein Sakko aus und hängte es in den schmalen Spind, wo schon Kleidungsstücke der Mitreisenden verstaut waren. Er entnahm den Pass und die Brieftasche und kletterte in die oberste Liege, die einzige, die noch frei war. Es tat gut, endlich einmal die Beine ausstrecken zu können und sich zu entspannen. Körperausdünstungen stiegen ihm in die Nase und ein Mitreisender schnarchte leise. Wieder stiegen quälende Gedanken in ihm auf. Das Glück war vor seinen Füßen gelegen, in Wirklichkeit war er aber am Nullpunkt angelangt.

Irgendwann schlief er ein und träumte, dass er in der Nacht durch eine schmale Gasse ging, die durch Straßenlampen spärlich erleuchtet war. Auf einmal ertönte ein schallendes

Gelächter, das ihm durch Mark und Bein ging. Er blieb stehen, blickte sich um, sah aber niemand, nur seinen eigenen Schatten. Plötzlich löste sich dieser und lief von ihm weg, die Schritte hallten gespenstisch auf dem holprigen Pflaster. Albert wollte seinem Schatten nachlaufen, aber er war nicht fähig dazu. Mit aller Kraft versuchte er, einen Schritt zu machen, doch er konnte sich nicht einen Millimeter bewegen. Er riss den Mund weit auf und wollte rufen, bleib stehen, jedoch seine Kehle war wie zugeschnürt. Verwirrt fuhr er aus dem Schlaf hoch, sein Körper war schweißgebadet, er atmete schwer. Erst nach und nach merkte er, dass er geträumt hatte. Als er um sich blickte, merkte er, dass nur mehr ein Fahrgast, ein Herr mittleren Alters, etwas korpulent und glatzköpfig, sich im Abteil befand. Eine Vorahnung ergriff ihn, als er auf seine Armbanduhr blickte. Es war bereits sieben Uhr morgens. Der Schaffner hatte ihm gesagt, dass der Zug planmäßig um 5 Uhr 45 in Kehl eintreffen würde. Er zog den Vorhang zurück und stellte entsetzt fest, dass der Zug gerade über die Rheinbrücke fuhr. Der Schaffner schien vergessen zu haben, ihn zu wecken.

„Entschuldigen Sie, wissen Sie, wo wir sind?", fragte er den Dicken.

„Wir haben gerade Kehl verlassen, ich glaube, wir sind schon in Frankreich", sagte dieser mit einem schwäbischen Akzent.

Albert dachte fieberhaft nach. Was war mit der Grenzpolizei?

„Sind die Pässe schon kontrolliert worden?", fragte er und versuchte, seiner Stimme einen beiläufigen Klang zu geben.

„Ja, die Franzosen waren schon da!"

„Warum wurde ich nicht geweckt?"

„Ist nicht notwendig, die Schaffner sammeln immer die Pässe ein und präsentieren sie der Polizei, wenn der Zug in der Nacht über die Grenze fährt, damit die Gäste schlafen können", erklärte der Dicke, „haben Sie Ihren Pass nicht abgegeben?"

Albert ließ einige Sekunden verstreichen.

„Ich wollte in Kehl aussteigen", sagte er dann, „deswegen habe ich keinen Pass abgegeben. Ich habe leider verschlafen und der Schaffner hat vergessen, mich zu wecken. So ein Mist, jetzt muss ich zurückfahren!"

Im Grunde war er aber froh, dass er bereits über die Grenze gekommen war.

„Dann machen Sie sich schnell fertig, wir fahren gerade in Straßburg ein. Von dort können Sie mit der Regionalbahn oder mit dem Bus zurückfahren", riet ihm der freundliche Dicke, „in zehn Minuten sind Sie wieder in Kehl."

Mitnichten, dachte Albert, ich werde eine neue Karte lösen und mit dem nächsten Zug nach Paris weiterreisen! Als der Zug in Straßburg einfuhr, packte Albert seine Reisetasche, verabschiedete sich von dem freundlichen Dicken und verließ den Zug. Nun hieß es Französischkenntnisse auspacken. Er hatte immerhin fünf Jahre Unterricht in dieser Sprache gehabt, jedoch sie niemals praktiziert. Seine Blicke glitten prüfend über die Menschen, die in diesem altehrwürdigen Bahnhofsgelände geschäftig unterwegs waren. Er bemerkte einige uniformierte Polizisten und bemühte sich, diesen nicht zu nahe zu kommen. Es war anzunehmen, dass auch Beamte in Zivil das Geschehen überwachten, aber es war schwierig, diese zu erkennen. Wahrscheinlich war sein Gesicht mittlerweile jedem Polizisten bekannt, das verursachte bei ihm ein Gefühl der Unruhe und der Besorgnis. Er kam sich wie ein gehetztes Wild vor. Erst in der Legion konnte er sicher sein, von der Polizei unbehelligt zu sein. Das nächste Problem bestand darin, seine Barschaft in französische Francs umzutauschen. Er hielt Ausschau nach einem Bankinstitut, doch es war noch nicht geöffnet. Zu seiner Erleichterung entdeckte er eine winzige Wechselstube, die in einer Nische untergebracht war. Die Umtauschkurse waren auf einer Tafel angeschlagen. Hinter einem Holzpult saß ein Mann mit arabischen Gesichtszügen. Albert schob ihm die Geldscheine hin, dieser nahm sie flink mit seinen dünnen Fingern, deren Nägel lang und schwarz gerändert waren, und zählte. Kleine Banknoten wollte er nicht eintauschen. Er betätigte eine uralte mechanische Rechenmaschine, tippte Zahlen ein, riss einen kleinen Zettel von der Papierrolle und legte ihn Albert hin. Dann nahm er ein Bündel Francs, zählte die Scheine und schob sie Albert hin, der danach im Geiste nach den geeigneten französischen Worten für den Kauf der Bahnkarte nach Paris suchte.

„Ein Fahrkarte nach Paris", sagte er in holprigem Französisch zu dem Beamten hinter der kreisförmig durchbrochenen Glasscheibe des Kartenschalters.

« Première ou deuxième classe ? », fragte dieser.

Albert konnte die schnell und verhalten gesprochenen Worte

nicht verstehen.

„Première ou deuxième classe?", wiederholte der Beamte nun deutlicher werdend.

„Deuxième classe!", antwortete Albert.

Der Beamte legte ein Ticket in die Geldmulde und nannte den Preis. Albert verstand wieder nicht und deponierte eine Banknote. Die Mulde wurde gedreht und Albert erhielt sein Ticket mit dem Retourgeld. Als er sich nach der Abfahrtszeit des nächsten Zuges erkundigte, erhielt er abermals eine schnelle Antwort. Wenn er richtig verstanden hatte, würde der Zug nach Paris gegen acht Uhr abfahren.

Er hatte über eine Stunde Zeit und das Bedürfnis, sich Gesicht und Hände zu waschen, und suchte die Toiletten auf. Der typische Gestank erzeugte bei ihm Übelkeit, vor allem weil sein Magen leer war. Trotzdem überwand er sich, öffnete den Wasserhahn, ließ Wasser in seine zu einer Schale geformten Hände laufen und schüttete sich Wasser ins Gesicht, um sich den Schlaf aus dem Gesicht zu reiben. Nun sehnte er sich nach Kaffee und einem Croissant. Er lenkte seine Schritte zu einer Cafeteria und ließ sich ein frisches Croissant schmecken. Der heiße Kaffee, der stark geröstet war und daher etwas bitter schmeckte, regte seine Lebensgeister an. Als er die Cafeteria verließ und bei einer Telefonzelle vorbeikam, packte ihn das Verlangen, Katrin anzurufen. Aber dann nahm er davon Abstand, doch nach seiner Ankunft in Paris wollte er mit Katrin noch einmal sprechen, bevor er in die Legion eintrat. Er nahm an, dass er während der Grundausbildung, die drei Monate dauern würde, die Kaserne nicht verlassen konnte. Und wenn er dann in die Kampfgebiete nach Nordafrika verlegt sein würde, war sowieso keine Gelegenheit mehr zu telefonieren. Er verließ den Bahnhof und erstand in einem Laden eine Schirmkappe und eine Sonnenbrille. Er zog die Kappe tief ins Gesicht und setzte die Sonnenbrille auf. Dann kaufte er in einem „*Bureau Tabac*", wie die Trafiken in Frankreich genannt wurden, Briefmarken, Papier, Umschläge und eine französische Zeitung. In einem Artikel wurde von einem Bombenattentat des FLN, dem „Front National de *Libération"*, in einer Bar in Algier berichtet, die hauptsächlich von französischen Soldaten frequentiert wurde und welches drei Todesopfer und viele Verletzte forderte.

Er kehrte zurück und suchte den Bahnsteig auf, um den Zug nach Paris zu erwarten. Der Zug fuhr pünktlich ein, er durchstreifte mehrere Waggons in der Absicht, ein leeres oder schwach besetztes Abteil auszumachen, aber der Zug war gut besetzt. Er wählte daher den nächstbesten freien Platz und vertiefte sich in seine Zeitung. In sieben Stunden würde er am *Gare de l'Est* in Paris ankommen.
Als er am *Gare de l'Est* dem Zug entstieg suchte er nach einer Telefonzelle. Wieder überlegte er. Sollte er es riskieren, Katrin anzurufen? Wenn ihr Telefon überwacht wurde, dann bekäme die Polizei einen Hinweis über seinen Aufenthaltsort. Lange zögerte er, sein Verlangen war immens, aber dann verzichtete er. Er beschloss, Katrin zu schreiben, denn er fürchtete, dass er in den ersten Tagen nach Eintritt in die Legion nicht die Zeit finden würde. Er warf prüfende Blicke in die Umgebung, konnte nichts Verdächtiges bemerken und nahm auf einer Bank Platz. Er berichtete Katrin den Verlauf der ersten Etappen seiner Flucht. Aber viele Zeilen widmete er seiner Gefühlslage und seiner Sehnsucht nach ihr, vermied es jedoch, sich über die Hoffnungslosigkeit seiner Situation zu beklagen. Er wollte

Katrin das Herz nicht noch schwerer machen. Doch dann kam ihm wieder die bedrohliche Lage, in der er sich befand, zu Bewusstsein, und wenn er an die bevorstehenden Tage dachte, überfiel ihn tiefe Niedergeschlagenheit. In ein paar Stunden würde er sich im Rekrutierungsbüro der Legion befinden und sein Schicksal würde für lange Zeit besiegelt sein. Eine Art Resignation breitete sich bei ihm aus, plötzlich war ihm alles egal.

Er wandte sich an das Auskunftsbüro, das sich in einem ovalen Kiosk inmitten der Ankunftshalle befand. „Fontenay, welche Linie?", fragte er in einem bruchstückhaften Französisch eine Frau, die hinter einem breiten Schreibtisch saß.

Die Frau gab sich viel Mühe, Albert zu erklären, dass er einen Zug Richtung Mulhouse nehmen sollte. Er brauchte den Bahnhof nicht zu wechseln, denn der Abfahrtsbahnhof war *Paris-Est*, in dem er sich befand. Albert studierte die Abfahrtszeiten und stellte fest, dass er in einigen Minuten einen Zug nehmen konnte. Bevor er einstieg, erkundigte er sich beim Schaffner, ob der Zug auch tatsächlich in Fontenay halten würde, was ihm auch bestätigt wurde. Albert verzichtete darauf, sich einen Sitzplatz zu suchen. Er blieb am Gang stehen und beobachtete durch das Fenster die Gegend, die an ihm vorbeizog. Der Zug verließ Richtung Nordosten Paris, um sich dann in einem Bogen nach Süden zu wenden. Nach kaum einer halben Stunde hielt er in Val de Fontenay.

14.

Ein mitleidiges Lächeln umspielte die Lippen eines älteren Herrn, als er sich nach dem Weg zum Fort Nogent erkundigte. Offensichtlich setzte der alte Herr den Eintritt in die Legion einem Todesurteil gleich. In kaum einer Viertelstunde stand Albert vor dem massigen steinernen Bogen, durch den man in das Innere des Forts gelangen konnte. Ein *Caporal*, gekleidet in einem Tarnanzug, fragte ihn auf Französisch nach seinem Begehr.

So gut er es vermochte, versuchte er sich auf Französisch verständlich zu machen.

„*Je voudrais entrer dans la légion!*"

„*Allemand?*", fragte der *Caporal*.

„*Non, Autrichien*", antwortete Albert.

Der *Caporal* führte Albert in ein großes Büro und ließ ihn vor einem der vielen Schreibtische Platz nehmen. Alles blitzte vor Sauberkeit, doch das Ambiente war nüchtern, die

Wände weiß gekalkt, einzig das Konterfei von Charles de Gaulle zierte eine Wand.

„*Attend*", sagte der *Caporal* kurz angebunden und verließ den Saal.

In den sechziger Jahren war ungefähr ein Drittel der Soldaten der Legion deutscher Herkunft. Viele von ihnen waren nach dem Zweiten Weltkrieg als französische Kriegsgefangene gezwungen worden, in die Legion einzutreten. Sie waren seit ihrer frühen Jugend das Soldatenleben gewöhnt. Nach fünf Jahren hätten sie abrüsten und ins Privatleben zurückkehren können, doch viele waren nach kurzer Zeit wieder in die Legion eingetreten, getreu dem Wahlspruch „*Legio Patria Nostra* - Die Legion ist unsere Heimat". Es gab viele Mythen, die sich um die Legion rankten. Eine davon besagte, dass sie die härteste Armee der Welt war. Die andere, dass sie ein Sammelbecken von Abenteurern und Kriminellen war, welche der Verfolgung und Verhaftung in ihren Heimatländern entgehen wollten. Begünstigt wurde das dadurch, dass man beim Eintritt in die Legion eine andere Identität mit einem anderen Namen annahm. Kontrollen über das Vorleben der Freiwilligen wurden in Kriegszeiten vernachlässigt, man rekrutierte Kanonenfutter dort, wo man es bekommen konnte, ohne viele Fragen zu stellen.

Nach einigen Minuten erschien ein *Sergent-Chef,* ein Deutscher. Er prononcierte die Wörter stark und sprach abgehackt.

„Woher kommst du?"

„Aus Wien!"

„Wie heißt du?"

„Albert Berry!"

Er beäugte Albert kritisch. „Komm mit", sagte er dann.

Albert folgte ihm in sein Büro. Vor einem einfachen Schreibtisch stand ein spartanischer Stahlrohrsessel, ähnlich einem Campingstuhl. An der Wand hingen die Tricolore und Bilder von verschiedenen Abzeichen, Bewaffnungen und Fotos von Kampfeinsätzen. Der *Sergent-Chef* nahm hinter seinem Schreibtisch Platz.

„Setz dich", befahl er barsch, „Dokumente?"

Albert legte seinen Reisepass auf den Schreibtisch.

„Das ist alles? Geburtsurkunde, Schulzeugnisse, Gesellenbriefe, Diplome, Führerschein und so weiter?"

Albert gab ihm den Führerschein. Andere Dokumente hielt er zurück. Der *Sergent-Chef* studierte einige Minuten Pass und Führerschein.

„Warum willst du zur Legion?"

Albert hatte gehört, dass man beim Eintritt in die Legion eine Anzahl von Befragungen und Tests durchlaufen musste. Er hatte diese Frage erwartet und sich bereits eine Strategie zurechtgelegt. Dass er aus finanziellen Gründen in die Legion eintreten wollte, würde man ihm aufgrund seines Lebenslaufes nicht abnehmen. Blieben nur zwei Möglichkeiten: entweder die Suche nach Abenteuern oder unglückliche Liebe. Er entschied sich für das Letztere.

„Die Frau, die ich über alles liebe, hat mich verlassen. Ich habe nichts mehr zu verlieren. Aber mich umzubringen, dazu bin ich zu feige, ich möchte mein Leben der Legion opfern!"

„Wegen einer Frau bringt man sich nicht um", sagte der *Sergent-Chef* grob. „Aber wir haben ein paar von deiner Sorte in der Legion, aus einigen sind sogar annehmbare Legionäre geworden."

Er stellte weitere Fragen, vor allem interessierte ihn Alberts berufliche Tätigkeit. Man merkte jedoch, dass er sich unter "innerbetrieblichen Transportrationalisierungen" nicht viel vorstellen konnte. Nachdem er Albert eine halbe Stunde ausgefragt hatte, steckte er die Dokumente in ein großes braunes Kuvert.

"Hast du Bargeld dabei?"

Albert bejahte.

"Dann her damit!", befahl er und steckte es ebenfalls in das Kuvert.

Als Albert ihn erstaunt anblickte, meinte er nur: "Falls wir dich nicht in die Legion aufnehmen, kriegst du alles wieder. Wenn wir dich aufnehmen, geben wir dir das Geld nach Ende der Grundausbildung zurück, die Dokumente behalten wir aber bis zum Ende deiner Dienstzeit, also fünf Jahre."

Albert war ernüchtert. Fern der Heimat, fern von Katrin, inmitten einer militärischen Organisation, die vor allem eines verhindern wollte - die Individualität der Persönlichkeit. Zweifel plagten ihn, ob er die richtige Entscheidung getroffen hatte. Er, der Unabhängigkeit über alles liebte! Wäre nicht ein Gefängnis in Österreich diesem Schinderverein vorzuziehen gewesen? Die Nacht verbrachte er in einem Schlafsaal mit mindestens zwanzig Betten, die meisten waren Stockbetten, also übereinander gestellt. Er konnte nur mehr ein oberes Bett ergattern. Die Stimmung war bei den meisten Bewerbern gedrückt. Ein *Caporal* betrat den Schlafsaal und legte seinen Finger auf den Mund. Mit einem "Pscht" deutete er Sprechverbot an und löschte das Licht.

Im Bett unter ihm lag ein dunkelhaariger Bursche und starrte gedankenverloren nach oben. Er hatte nach hinten gekämmte Haare und wirkte gedrungen, von kräftiger Statur. Er nahm kaum Notiz von Albert, als dieser auf den Rand seines Bettes stieg, um ins Oberbett zu gelangen. Eine Weile lag Albert still, dann drehte er sich zu ihm hinunter.

„Hallo", sagte er, das Sprechverbot ignorierend.

„Hallo", erwiderte der Bursche und rückte an den Rand seines Bettes, damit er Albert besser hören konnte.

„Do you speak English?", fragte Albert.

„A little!"

Flüsternd wechselten sie ein paar Worte. Albert erfuhr, dass sein Kamerad aus Jugoslawien, und zwar aus Split stammte und Dragan hieß.

Am nächsten Morgen wurden sie mit Gebrüll aus den Betten gerissen. Immer wieder wurde er gerufen und musste in einem der vielen Büros Unteroffizieren Rede und Antwort stehen. Diese Interviews verliefen sehr holprig, meist wurde er in einem Gemisch aus Deutsch, Englisch und Französisch befragt. Wenn Zeit blieb, sah er sich ein bisschen im Fort um, das eine alte Festungsanlage war, von Wällen umgeben. Innerhalb der Anlage säumten gut gepflegte Blumenbeete die Wege.

Am Nachmittag wurde er von einem hübschen *Sergent*, nicht viel älter als er, verhört. Endlich ein sympathischer Typ, dachte er und erwartete ein gutes Gespräch. Doch dieser war noch unangenehmer als jene, mit denen er bisher zu tun hatte.

„Du Deutsch?", fragte er mit rauer Stimme.

„Österreicher!"

„Du Deutsch", wiederholte er bestimmt.

Albert wollte widersprechen, verzichtete jedoch auf eine Klarstellung, denn der Typ begann ihn zu irritieren. Er hustete und schniefte pausenlos. Lässig ergriff er einen braunen Umschlag und warf ihn vor sich auf die Schreibtischplatte. Dann öffnete er ihn und ließ den Inhalt achtlos herausgleiten. Albert erkannte seine Dokumente.

„Warum du zur Legion?"

Albert wiederholte seine Story von gestern. Einen Augenblick betrachtete ihn der *Sergent* verständnislos. Dann bekam er einen Lachanfall.

„Du sein nicht ganz richtig im Kopf", sagte er, als er sich wieder gefangen hatte.

Albert zuckte mit den Achseln. Du bist auch ganz schön gestört, dachte er. Der *Sergent* nahm die Dokumente und studierte sie einige Augenblicke.

„Du Transporte, du Lastwagenfahrer", stellte er fest.

„Nein, ich bin Fachmann für innerbetriebliche Transporte." Albert hatte aber wenig Hoffnung, dass der *Sergent* verstand, um was es ging.

„Du Chauffeur", wiederholte der *Sergent* ärgerlich.

Albert machte noch einen Versuch, seine Tätigkeit zu beschreiben, wobei er sich einer Wortwahl bediente, die auch ein Kind verstehen konnte.

„Hier stehen Transport, du sein Fahrer", blieb er stereotyp bei seiner Feststellung. Albert gab auf und ließ ihn bei seinem Glauben.

Der *Sergent* nahm ein dickes Buch, blätterte darin und machte dann Notizen auf einem Blatt Papier. Dann schob er es Albert hinüber. „Andreas Brückner, geboren in Wien am 3.8.1940."

„Das muss ein Irrtum sein, ich heiße Albert Berry, geboren am 25.8.1940."

Der Legionär stand auf, stellte sich neben Albert und musterte ihn prüfend. Plötzlich traf Albert ein Schlag in den Rücken. Er erschrak mächtig und kippte fast vom Stuhl.

„Verdammt!" rief er wütend und wollte sich auf den *Sergent* stürzen. Doch dieser reagierte blitzartig und drückte ihn in den Sessel.

„Du Andreas Brückner!"

Verwundert blickte Albert ihn an. Der *Sergent* ließ einen Schwall von Flüchen in den verschiedensten Sprachen vom Stapel. „Dein Name?"

Albert seufzte. „Albert Be ...", weiter kam er nicht. Dieses Mal gab ihm der *Sergent* einen Stoß vor die Brust. Fast wäre er mit dem Stuhl nach hinten gefallen. Reflexartig wollte er sich auf den *Sergenten* stürzen, fing sich aber wieder. Sollte er sich mit diesem Irren anlegen und seine Laufbahn bei der Legion frühzeitig beenden?

„Dein Name!", schrie der *Sergent* und lief rot an, die Frage wieder mit Flüchen begleitend.

Albert begann zu begreifen. Er wusste, dass man in der Legion die Identität wechselte, aber dass dies so früh geschehen sollte, hatte ihn überrascht.

„Andreas Brückner", sagte er resignierend.

Wahrscheinlich hatte der französische Geheimdienst diesen Namen festgelegt. Denn sein neuer Name ähnelte dem tatsächlichen, auch das Geburtsdatum wich nicht sehr ab.

15.

In den folgenden Tagen mussten verschiedene Tests abgelegt werden. Diese waren so ausgelegt, dass man nicht Französisch können musste, um sie zu verstehen. Um Französisch zu lernen, hatte man ohnehin in den folgenden Jahren Gelegenheit, außerdem wurden Sprachkurse angeboten. Erstaunlich war die große Anzahl von Kandidaten, die sich um eine Aufnahme bei der Legion bewarben, aber viele hatten mit diesen Tests Probleme. Sie mussten am folgenden Tag die Legion verlassen. Ebenso wurden medizinische Untersuchungen durchgeführt, vor allem Seh- und Hör-Tests. Den Füßen wurde besondere Aufmerksamkeit gewidmet. Schon bei leichten

Fehlstellungen, Plattfüßen und so weiter, wurde man ausgesondert.

Immer wieder kreuzten sich seine Wege mit Dragan, der im Stockbett unter ihm lag. Dieser erzählte, dass er wegen einer Frau mit einem Offizier eine Auseinandersetzung und diesen schwer verletzt hatte. Um einer Verurteilung zu entgehen, sei er von der jugoslawischen Armee desertiert und hatte bei der Legion angeworben. In den Nächten wälzte sich Dragan im knarrenden Bett hin und her,

offensichtlich geplagt von Sehnsüchten nach seiner Geliebten. Auch Albert lag lange wach und dachte an Katrin.

Freie Zeit gab es im Fort Nogent keine. Wurde er nicht zu irgendeinem Gespräch gerufen, dann ließ man ihn und seine Kameraden in der Küche arbeiten, Stuben und sanitäre Anlagen reinigen, im Garten arbeiten, Fahrzeuge waschen und andere Hilfsdienste verrichten. Bei diesen Arbeiten konnte Albert feststellen, dass einige Deutsche unter den Bewerbern waren. Mit einem freundete er sich an. Er hieß Philipp, war mittelgroß und hatte einen sportlichen, austrainierten Körper. Sein offener Blick und die hellblonden Haare machten ihn sympathisch. Er hatte immer Späßchen auf Lager, obwohl ihm das Schicksal übel mitgespielt hatte. Er war Profifußballer gewesen, aber durch eine arge Knieverletzung war seine Karriere unterbrochen worden, und er konnte nicht mehr sein spielerisches Niveau von früher erreichen. Er hatte keinen Beruf erlernt, sondern sich leichtsinnigerweise auf seine Fußballerlaufbahn verlassen, nun stand er vor dem Nichts. Seine Mutter hatte ein zweites Mal geheiratet, doch der neue Ehemann duldete keinen Nichtstuer. Eine Hilfsarbeitertätigkeit wollte er nicht annehmen, seinem Abenteurertrieb nachgebend, ging er zur Legion.

„Ich habe es mir bei der Legion eigentlich anders vorgestellt", sagte er, als sie gemeinsam einen Korridor mit weißer Farbe ausmalten.

„Militärdienst eben", antwortete Albert, „ich musste schon beim österreichischen Bundesheer dienen. Aber dort begann man sofort nach dem Eintritt mit der militärischen Ausbildung."

„Dann sollen sie uns doch mal einen Ausgang genehmigen, ich möchte ein paar französische Mädchen kennenlernen!"

„Das werden sie nicht tun, vielleicht würden dann mehr abhauen, als ihnen lieb ist", stellte Albert fest. „Auf den ersten Ausgang werden wir noch lange warten müssen, wahrscheinlich erst in Algerien, nach der Grundausbildung."

„Das habe ich auch gehört", bestätigte Philipp, „ich glaube, ich hatte übertriebene Vorstellungen von der Legion."

Eines Tages hieß es Sachen zusammenpacken, denn am nächsten Tag sollte es mit dem Zug nach Marseille ins Fort Saint Nicolas gehen. Als sie In Marseille ankamen, wurden sie mit Lastwagen ins Fort gebracht. Dort mussten sie wieder diverse Tests, Untersuchungen und Befragungen über sich ergehen lassen. Wann würden diese ihr Ende finden, nachdem man sie schon in Nogent damit gequält hatte, fragte sich Albert. Er fürchtete, dass eine Meldung von der österreichischen Polizei eingetroffen war. Wenn die Polizei gezielt nach Personen bei der Legion suchte, bestand die Gefahr, wenn auch diese nicht sehr groß war, dass man doch ausgeliefert wurde. In den letzten Monaten nahm man das allerdings nicht so genau, denn in Algerien war eine Rebellion ausgebrochen und die Legion brauchte Kanonenfutter.

Nach einer Schutzimpfung fühlte er sich sterbenskrank und war sicher, dass er Fieber hatte. In der Sanitätsabteilung war die halbe Kompanie anzutreffen, mit ähnlichen Symptomen. Man sagte ihnen, dass diese Reaktionen normal seien. Man erlaubte ihnen, eine Stunde auf der Stube auszuruhen. Sein Kopf schmerzte fürchterlich und sein Körper war schweißgebadet. Philipp, mit dem er sich seit Marseille die Stube teilte, schien es noch schlechter zu gehen. Er phantasierte und schlug wild um sich. Albert fürchtete, dass er sich verletzen könnte, und kroch mühsam aus dem Bett.

„Philipp, beruhige dich", sagte er sanft, „es ist alles in Ordnung!" Als dieser nicht reagierte, fasste er ihn sachte an den Schultern und drückte ihn auf das Kissen. Sein Kumpel schien die Berührung zu registrieren und beruhigte sich ein wenig.

Eines Tages, sie waren der Drecksarbeit schon überdrüssig, erhielten sie Uniformen und Ausrüstungsgegenstände. Dazu einen riesigen Seesack, in dem sie alles verstauen konnten. Die Bekleidung wurde nach dem Augenmaß des Sergenten ausgeteilt. Sie passte in den wenigsten Fällen. Außerdem war Alberts Uniform stark abgenutzt, er vermutete, dass sie bereits von einem Legionär im Indochina-Krieg getragen wurde. Zuletzt erhielten sie die rot-grünen Schiffchen, mit denen sie als blutige Anfänger gekennzeichnet waren. Die berühmten *Képi blanc* würden sie erst nach der Grundausbildung erhalten. Als er versuchte vom *Sergenten*, der für die Bekleidung zuständig war, etwas Passendes zu bekommen, brüllte dieser:

„Fous-moi la paix, sacre boche!" Ein Italiener, der ganz gut Französisch verstand, übersetzte es ihm folgendermaßen: „Lass mich in Ruhe, du verdammter Piefke!"

Die meisten seiner Kameraden waren in einer ähnlichen Lage. Auf der Stube begann nach dem Ausfassen der Uniformen ein reger Tauschhandel mit Kleidungsstücken. Ein besonderes Augenmerk legte Albert auf passendes Schuhwerk, aber seine Stiefel waren eine Nummer zu groß und er konnte kein passendes Paar eintauschen. Wenigstens drücken sie nicht, versuchte er sich zu trösten. Auch mit dem Mantel hatte er Probleme. Er war viel zu kurz und eng wie eine Zwangsjacke. Auch die kleinsten Kameraden lehnten diesen Mantel ab, also musste er ihn behalten. Er ging jedoch davon aus, dass er ihn in Algerien wohl kaum brauchen würde. Dass die Winter in den Gebirgszonen, die zu den Operationsgebieten der Legion gehörten, kalt und schneereich sein können, war ihm damals noch nicht bekannt.

16.

Eines schönen Tages erging ein Befehl: „Morgen gehen wir an Bord der Black Mary, dann geht es ab nach Algerien!"

Es wurde gepackt und dann wurden sie mit LKWs zum Hafen gebracht. Die Black Mary machte keinen besonders vertrauenerweckenden Eindruck. Die Farbe war zum Teil abgeblättert, sogar Rostflecken waren da und dort zu bemerken. Um zehn Uhr legte das Schiff ab, langsam verließ es den Hafen, Marseille und die Kirche *Notre Dame de la Garde* erschienen bald nur als verschwommene Silhouetten am Firmament. Die Black Mary steuerte aufs offene Meer, sanft hob und senkte sich das Schiff auf den weitläufigen Wellen. Sie standen an der Reling des Oberdecks und ließen sich die frische Brise ins Gesicht wehen. Die Überfahrt nach Oran sollte mehr als vierundzwanzig Stunden dauern. Bei ruhiger See ließ es sich am Oberdeck in der milden Herbstsonne aushalten, dachte sich Albert. Doch der Aufenthalt am Oberdeck wurde ihnen untersagt, sie mussten ins Zwischendeck hinuntersteigen. Dort lagen am Boden Matratzen, scheinbar ihre Schlafstätten. Nach einigen Stunden begann das Schiff zu schaukeln, auf und ab, von links nach rechts. Anfänglich fanden sie das lustig, doch die Schiffsbewegungen wurden immer heftiger, ein säuerlicher Geruch von Erbrochenem machte sich bald bemerkbar. Jene, die bisher von Übelkeit verschont blieben, erbrachen sich nun ebenfalls. Albert hantelte sich zu den Toiletten, denn das Schiff schlingerte nun mächtig, wahrscheinlich überquerten sie eine Sturmzone. Die Toiletten befanden sich in einem katastrophalen Zustand, der Fäkalgeruch, vermischt mit dem Erbrochenen, war bestialisch. Der Boden war derart versaut und rutschig, dass Albert fast gestürzt wäre. Er übergab sich, dabei befand er sich in Konkurrenz mit einem Kameraden, der sich unaufhörlich erbrach. Als der Brechreiz nachließ, kroch er zurück zu seiner Schlafstatt. Er fühlte sich derart mies, dass ihm der Saustall rings um ihn gleichgültig wurde. Endlich wurde die See ruhiger. Die Matrosen der Black Mary, Wasserschläuche in den Händen, befahlen ihnen die Matratzen in einer Ecke abzustellen, dann mussten sie aufs Oberdeck gehen. Mit scharfen Wasserstrahlen reinigten sie den „Schlafraum".

Die frische Abendluft, die ihm am Oberdeck entgegenströmte, tat Albert gut. Man befahl ihnen die Fressnäpfe, die man „*Gamellen*" nannte, hervorzuholen, um das Abendessen auszufassen. Es gab Bohnen mit faschiertem Fleisch, das Philipp als Frikadellen bezeichnete. Albert warf ein, dass man in Österreich Fleischlaibchen dazu sagte.

„Dös san Fleischpflanzl bei uns in Bayern!", ließ ein stämmiger Kerl vernehmen und schob sich ein großes Stück in den Mund.

Am nächsten Tag legten sie gegen Mittag in Oran an. Steifbeinig verließen sie das Schiff. Alte Lastwagen amerikanischer Herkunft, sogenannte GMC's, standen bereit, um sie nach Sidi bel Abbès zu bringen. Die Straße war voller Schlaglöcher und sie wurden kräftig durchgeschüttelt. Nach drei Stunden waren sie am Ziel. Kaum waren sie müde von den GMC's heruntergeklettert, wurden sie von einem *Sergent* angebrüllt, doch die meisten verstanden ihn nicht.
„Flaschen, euch werden wir noch Disziplin beibringen!"

In den nächsten Tagen mussten sie sich, trotz der bereits im Fort de Nogent durchgeführten Tests und Untersuchungen, wieder solchen unterziehen, die nun viel genauer durchgeführt wurden. Die Tests waren so aufgebaut, dass man sie ohne Französischkenntnisse bewältigen konnte. Trotzdem hatten nicht wenige Schwierigkeiten damit. Auch sogenannte Sporttests standen an der Tagesordnung. Man musste laufen, Klimmzüge machen und so weiter. Diese Tests waren nicht ohne. Und noch immer gab es Befragungen über die Beweggründe des Eintritts in die Legion. Albert ließ alle Prozeduren mit Gleichgültigkeit über sich ergehen, er hatte keine Illusionen. Seinen Kumpel Philipp zermürbten die endlosen Tests, seine Enttäuschung wurde von Tag zu Tag größer.

Nach ungefähr zwei Wochen erhielten sie den endgültigen Vertrag. Er, Philipp und Dragan wurden aufgenommen, die Tür in die Legion war nun weit aufgestoßen. Aber der schwierigste Teil stand noch bevor, die Grundausbildung. Albert wurde nach Mascara verlegt, Philipp und Dragan folgten. Die drei hatten in den vergangenen Wochen eine verschworene Gemeinschaft gebildet. Albert wurde ein Zimmer mit fünf anderen Kameraden zugewiesen, Philipp war darunter, Dragan wurde in einem der Nebenzimmer untergebracht. In jedem Zimmer wurde ein Ausbildner einquartiert, damit eine immerwährende Kontrolle der Rekruten, die man *Engagé volontaire* (Freiwillige) nannte, gewährleistet war. Der Ausbildner, mit denen sie das Zimmer teilten, war ein großer, korpulenter Belgier, der zu schielen begann, wenn er erregt war, und das war er fast immer. Wenn man mit ihm sprach, hatte man ein Problem, ihm in die Augen zu blicken, man wusste nicht, wohin sich sein Blick richtete, und das war irritierend. Er war rau und grob wie die anderen Ausbildner, außerdem war er schwer zu verstehen.

Kaum hatte Albert seine Sachen notdürftig in den ihm zugewiesenen Spind verstaut, begann am Flur ein Gebrüll. Die Ausbildner schrien „vite, vite", rissen Türen auf und riefen „déhors!" Sie waren verunsichert und blickten sich ratlos an. Der massige Belgier bekam ein rotes Gesicht, fasste Philipp an den Schultern und stieß ihn auf den Gang hinaus, wobei er ihm noch einen Fußtritt in den Allerwertesten verpasste. Er beförderte auch den Nächsten mit einem rüden Stoß auf den Flur. Die anderen begriffen schnell, um was es ging, und eilten schnell hinaus, um den Attacken des rabiaten Belgiers zu entgehen. *„Bande de fous!"*, rief er ihnen noch nach, was übersetzt „verrückte Bande" bedeutete. Am Flur standen vier Ausbildner, die wild durcheinander schrien und jedem, der an ihnen vorbeikam, einen Stoß versetzten, so dass sie einige Meter nach vorne taumelten.

Am Exerzierplatz wurden sie in vier Gruppen eingeteilt. Albert befand sich in einer Gruppe mit Philipp, insgesamt waren sie zwölf Mann. Die Gruppen wurden auf dem Exerzierplatz verteilt, damit das Geschrei der Ausbildner sich nicht überschneiden konnte. Alberts Ausbildner hieß Nazdor und war Bulgare. Er war ein kräftiger, untersetzter Typ mit einer fleischigen, vom Alkoholkonsum geröteten Nase. Er ließ sie in einer Reihe Aufstellung nehmen. Dann schrie er *„à droite"*, die meisten verstanden kein Französisch und blickten ratlos umher, auch Albert war sich nicht sicher, was Nazdor meinte. Der Bulgare begann, fürchterlich zu schreien und zu fluchen. Erneutes Gebrüll *„pompes, vingt!"* Wieder Ratlosigkeit. *„Imbéciles!"* (Dummköpfe) schrie er und fasste Philipp, der am rechten Flügel stand, drückte ihn mit seinen gewaltigen Armen auf den Boden und stellte den rechten Fuß mit dem genagelten Stiefel auf Philipps Rücken. Albert merkte wie Philipp vor Zorn rot anlief und sich erheben wollte. Doch Nazdor erhöhte den Druck. Er wies mit dem Zeigefinger zur anderen Gruppe, dort wurden gerade fleißig Liegestütze geübt. *„Pompes!"* wiederholte er und deutete mit den Armen Pumpbewegungen an. Seine Augen funkelten vor Zorn, als er wieder schrie *„pompes, vingt!"* Nun hatten sie begriffen, schnell ließen sie sich fallen und begannen zu pumpen. Nazdor zählte laut mit. *„Un, deux, trois, quatre, cinque"* und so weiter. Bei *vingt* (zwanzig) hörte er auf zu zählen.

„*Debout*" schrie er, und als sie nicht schnell genug auf die Beine kamen, erhielten sie einen Tritt in den Allerwertesten. Dann „*à gauche!*" (links), wieder ein ratloses Durcheinander in der Gruppe. Nazdor schrie und fluchte fürchterlich, bis ihm die Luft wegblieb, dann rief er „*pompes, trente!*" Dieses Mal pumpten sie dreißig Liegestütze, auf zu Fäusten geballten Händen, was auf dem rauen, steinigen Boden schmerzhaft war.

Auf diese qualvolle Weise erlernten sie die Kommandos und das Zählen auf Französisch sehr schnell. Die Liegestütze wurden übrigens während der Grundausbildung aus den nichtigsten Anlässen angeordnet. Diese und andere Schindereien während der Grundausbildung waren nicht nur auf die Brutalität der Ausbilder zurückzuführen, es schien Methode zu sein, denn man beabsichtigte, jene, welche die Härte der Legion nicht ertragen wollten oder konnten, auszusieben und die verbleibenden auf Widerstandsfähigkeit und Ausdauer zu trimmen. Einmal am Tag erhielten sie eine Stunde Französisch-Unterricht. Dieser beinhaltete hauptsächlich das Erlernen der Marschlieder und das Auswendiglernen des Ehrencodex. Jeder Legionär wurde verpflichtet, diesen Codex fehlerfrei rezitieren zu können. Albert musste dreimal antreten, bis es ihm gelang, den Codex ohne Stocken und ohne Fehler aufzusagen. Dabei hatte er in der Schule Französisch gelernt. Seinen Kameraden, die blutige Anfänger in dieser Sprache waren, mussten oft bis zu zehn Mal antreten. Natürlich wurde jeder Fehlversuch mit Liegestützen bestraft.

In der Grundausbildung wurden sie bis an die Grenze ihrer Leistungsfähigkeit gefordert. Das Exerzieren gehörte noch zu den einfacheren Herausforderungen, wenn auch jeder kleine Fehler mit Liegestützen bestraft wurde. Richtig hart wurde es auf der Hindernisbahn, wo sie sich bis zur totalen Erschöpfung verausgabten. Es musste auf drei Meter hohen Baumstämmen balanciert und unter Stacheldrahtverhauen durchgerobbt werden. Eine besondere Herausforderung war eine Mauer, zwei Meter hoch, die man zuerst erklimmen und dann den Absprung wagen musste. Wenn einer zauderte, erhielt er von einem oben stehenden Ausbilder einen Stoß. So mancher hatte sich beim Absprung schon verletzt. Darauf wurde aber in der Folge keine Rücksicht genommen. Man schleppte sie in die Sanitätsabteilung, das war alles. Immer wieder wurden sie erbarmungslos über den Parcours gejagt, genau sechs Minuten hatten sie Zeit. Für jede Sekunde Überschreitung waren Klimmzüge auf einer Kletterstange vorgesehen, wobei sie sich so weit emporziehen mussten, bis das Kinn die Stange berührte. Obwohl im Lauf der Ausbildung abgehärtet und austrainiert, hatten manche Kameraden Probleme, die Zeit einzuhalten. Einige hatten bis zu sechzig Sekunden Zeitüberschreitung. Noch erschöpft von der Hindernisbahn, mussten sie sich an der Stange hochziehen, manche schafften gerade zehn Klimmzüge, wobei sie die Ausbilder mit Hohn und Spott überschütteten. Es war erschütternd, in diese erschöpften und gedemütigten Gesichter zu blicken, doch die Ausbilder schienen es zu lieben, diese Männer weiter zu quälen und lächerlich zu machen.

17.

Einmal, hatte Albert einen schlechten Tag, er fühlte sich nicht wohl und hatte Magenschmerzen. Als er sich krankmelden wollte, prüfte Nazdor seinen Puls, hieß ihn den Mund öffnen, warf einen Blick in die Mundöffnung und beendete diese Untersuchung mit einem *„feignant"* (Drückeberger). Wie alle anderen musste er über die

Hindernisbahn. Bisher hatte er keine Probleme gehabt, aber dieses Mal ging es ihm schlecht, er schaffte es nicht, eine der vielen Mauern zu überwinden. Philipp, der vor ihm unterwegs war, merkte seine Schwierigkeit, drehte um und half Albert über die Mauer. Als Albert wankend das Ziel erreichte, erwartete ihn schon Nazdor, ein hinterhältiges Grinsen auf den Lippen.

„*Feignant*", schrie er, „mich kannst du nicht täuschen!", und zu Philipp gewandt, „du auch nicht." Es wurde ihnen befohlen, sich in dreißig Minuten im Tarnanzug zu melden.

Im Gelände gab es einen stark ansteigenden Pfad auf eine Hügelkuppe, ungefähr zweihundert Meter lang. Sie nannten ihn den *„chemin de martyr"* (Leidensweg). Im Laufschritt ging es von der Baracke zu diesem Weg, Albert und Philipp wurden von zwei Ausbildnern, Nazdor und einem mächtigen Schwarzen, mit extrem wulstigen Lippen und hervorquellenden Augen, bekannt für seine teuflischen Strafmanöver und seinen Sadismus, in die Mitte genommen. Albert hatte in der Pause erbrochen, er fühlte sich nun etwas erleichtert. Am Beginn des Pfades angelangt, blieb Nazdor stehen, und Albert und Philipp liefen mit dem Schwarzen, dessen Name *Ngojem* war, zur Kuppe empor. Dieser verharrte dort oben und befahl den beiden, nach unten zu laufen. Sie wussten nun, was sie erwartete, sie würden bis zum Zusammenbruch hügelauf und hügelab laufen. Albert bedauerte unendlich, seinen Freund Philipp in dieses Martyrium hineingezogen zu haben. Sie mochten schon eine halbe Stunde auf- und abgelaufen sein, ließen sie nach, wurden sie von den Ausbildnern unter weiteren Strafandrohungen zu mehr Tempo angetrieben. Ihr Atem ging pfeifend, Philipp hatte darüber hinaus mit seiner alten Verletzung im Knie Probleme, er bekam starke Schmerzen.

„Ich gebe auf, ich kann nicht mehr", stieß er hervor und ließ sich zu Boden gleiten. Albert wollte ihn nicht allein seinem Schicksal überlassen und blieb neben ihm liegen.

Die Ausbildner schrien und schimpften, doch die beiden verharrten, am Boden liegend. Philipp hielt sich das Knie und stöhnte vor Schmerzen. Schreiend wurden sie aufgefordert weiterzumachen.

„Wir können nicht mehr", keuchte Albert.

Nazdor begann unverständlich zu fluchen. Der Schwarze stieß Philipp mit dem Stiefel an, zuerst leicht, dann immer heftiger. „Auf", sagte er immer wieder, „auf." Philipp machte einen Versuch, brach aber mit einem lauten Aufschrei zusammen und hielt sich sein verletztes Knie.

Wieder ergoss sich eine Schimpfkanonade über sie, begleitet mit weiteren Fußtritten, aber nachdem Nazdor und der Schwarze ihre Aggressionen abreagiert hatten, durften sie auf ihr Quartier gehen. Albert packte Philipp am Arm, legte ihn über seine Schulter und schleppte den Kameraden fort, obwohl er ebenfalls einen stechenden Schmerz am Rist seines Fußes verspürte.

„Ich bringe dich in die Sanitätsabteilung!"

„Nein, lieber nicht, wenn sie von meiner Verletzung erfahren, werde ich vielleicht untauglich geschrieben und sie werfen mich aus der Legion. Ich werde das Knie bandagieren und eine Salbe auftragen, das wird mir helfen."

Erschöpft kehrten sie in die Stube zurück. Überall lagen Klamotten herum, ein Geruch von kaltem Schweiß durchzog den Raum. Ein Fenster zu öffnen, hätte nicht viel bewirkt, es regte sich nicht das leiseste Lüftchen, die Hitze lag schwer wie Blei auf der Baracke, es würde weiter übel riechen und die Temperatur im Raum nur noch unerträglicher werden. Erschöpft lagen die meisten Kameraden auf ihren Betten. Bis zur abendlichen Zimmerkontrolle hatten sie noch eine halbe Stunde Zeit, sofern nicht einer der Ausbildner diese mit einem schikanösen Appell stören würde. Albert wollte die Zeit nutzen, um Katrin zu schreiben. Wie immer, wenn er schrieb, unterließ er es, über die Schikanen der Legion zu berichten, vielmehr gab er seiner Sehnsucht mit emotionaler Intensität und Zärtlichkeit Ausdruck.

Als er den Brief beendet hatte, wollte er nachsehen, von wo der stechende Schmerz an seinem Fuß kam. Er zog seinen Stiefel aus und löste mit schmerzverzerrtem Gesicht den Socken. Irgendwie schien dieser am Rist festzukleben. Mit zusammengebissenen Zähnen löste er ihn Millimeter um Millimeter. Was sich ihm offenbarte, ließ ihn blass werden. Eine tiefe Wunde kam zum Vorschein, der Stiefel schien den Rist aufgerieben zu haben. Er wollte gerade in die Sanitätsabteilung humpeln, als Nazdor erschien.

„In fünfzehn Minuten Kontrolle der Tarnanzüge, gereinigt natürlich, Essen gibt es für euch später", sagte Nazdor zu Albert und Philipp, ein hämisches Grinsen auf den Lippen.

Während die anderen in den Speisesaal abzogen, holten sie ihre verdreckten Tarnanzüge hervor. Sie bürsteten die vom Erdreich verschmutzten Stellen, starke Verschmutzungen behandelten sie mit Wasser. Der Schmutz konnte entfernt werden, aber nun waren feuchte Flecke sichtbar. Als Nazdor zur Kontrolle erschien, begutachtete er penibel die Anzüge, hatte an allem etwas auszusetzen, kehrte die Taschen nach außen, prüfte Knöpfe und Reißverschlüsse. In fünfzehn Minuten ordnete er die nächste Kontrolle an.

„Wetten, dass er wieder etwas auszusetzen hat", sagte Philipp lakonisch.

„Wir können machen, was wir wollen, er wird wieder etwas finden und uns weiter schikanieren", sagte Albert seufzend.

Ihre Befürchtungen bewahrheiteten sich. Eine neue Frist von fünfzehn Minuten wurde ihnen eingeräumt. Mittlerweile krachte ihnen der Magen, bei der täglichen Schinderei, der sie ausgesetzt waren, und dem daraus resultierenden Kalorienverbrauch, kein Wunder. Sie sahen keinen Sinn mehr, bei den Anzügen noch etwas zu verbessern. Albert versuchte, seinen Fuß notdürftig zu verbinden, und Philipp behandelte sein Knie. Kräftig rieb er es mit einer nach Kampfer riechenden Salbe ein und umwickelte es dann mit einer elastischen Binde.

Als Nazdor die beiden auf ihren Betten sitzen sah, bekam er einen Wutausbruch. Er schrie und schlug mit den Anzügen auf die beiden ein. Dann ordnete er dreißig Liegestütze an. Albert hörte nur mehr aus weiter Ferne das Zählen von Nazdor, er sah plötzlich, wie der Boden unter ihm zu wanken begann, mit letzter Kraft kämpfte er gegen die drohende Ohnmacht. Nach diesem Gewaltakt blieben sie erschöpft liegen. Nazdor stieß sie mit dem Stiefel an und befahl ihnen, sich zu erheben. Er blickte auf seine Armbanduhr.

„Pech für euch, die Essenszeit ist vorüber, das Betreten des Speisesaales ist verboten!"

Albert merkte, dass Philipp an sich halten musste, um Nazdor nicht an die Gurgel zu springen. Als dieser das Zimmer verlassen hatte, schickte er ihm einen furchtbaren Fluch hinterher. Albert verfiel wegen der Schinderei und der Schikanen in ein tiefes Phlegma. Er ließ sich auf sein Bett zurückfallen und starrte auf die Decke. Nach einigen Minuten stieß ihn Philipp an.

„Du musst deine Wunde von einem Sanitäter verbinden lassen, sonst bekommst du eine Blutvergiftung!"

„Ist doch egal", brummte Albert, „sie werden uns ohnehin so lange schikanieren, bis wir verrecken!"

„Jetzt spiel nicht verrückt", sagte Philipp und rüttelte ihn leicht an der Schulter, „komm, ich helfe dir."

Albert ließ sich widerwillig von Philipp hochziehen, gemeinsam humpelten sie zum Sanitätsgebäude. Das Wartezimmer war überfüllt. Soweit Albert es beurteilen konnte, waren es Neulinge so wie er. Philipp überließ nun Albert seinem Schicksal und kehrte auf die Stube zurück. Albert musste sich beim *Caporal,* der als Assistent fungierte und die Reihenfolge der Untersuchungen festlegte, anmelden. Nach einigen Minuten begann sein Vorfuß höllisch zu brennen. Unter den neugierigen Blicken der anderen Patienten begann er seinen Stiefel, den er nicht verschnürt hatte, auszuziehen. Der Verband, den er notdürftig angelegt hatte, war mit Blut getränkt. Als der *Caporal* dies merkte, kam er zu Albert und warf einen prüfenden Blick auf die Wunde.

„Geh sofort hinein", ordnete er an.

Als sich die Türe öffnete und ein Kamerad den Behandlungsraum verließ, hüpfte Albert, auf einem Bein humpelnd, in den Raum. Er sah sich dem Bataillonsarzt und zwei Sanitätern gegenüber und wollte zu einer Erklärung ansetzen, doch der Arzt deutete ihm an, sich auf den Behandlungstisch zu legen. Die beiden Sanitäter halfen ihm dabei. Der Arzt hatte eine kräftige, untersetzte Statur, sein Gesicht war fleischig und er blickte mit seinen hervorquellenden Augen Albert prüfend an. Geschickt löste er den Notverband und betrachtete die Wunde. Dann nahm er eine Flasche und schüttete reichlich Flüssigkeit über die Wunde. Um den Schmerz zu unterdrücken, biss Albert die Zähne heftig aufeinander. Nach der Reinigung der Wunde wurde eine Salbe dick aufgetragen und ein Verband angelegt.

„Du bleibst zwei Tage bei uns im Lazarett und dann werden wir weitersehen", sagte er und machte sich Notizen auf einem Karteiblatt.

Einer der Helfer führte Albert in ein Krankenzimmer mit einer Vielzahl von Betten, es mochten an die zwanzig sein, alle waren belegt bis auf eines. Man befahl ihm, sich zu entkleiden, und reichte ihm ein weißes Nachthemd. Seine Uniform wollte der Sanitäter mitnehmen, doch Albert hielt ihn zurück und wollte den Kugelschreiber aus der Brusttasche herausnehmen.

„Den brauchst du nicht, leg dich hin und gib Ruhe." Es war also nichts mit einem Brief an Katrin.

Resigniert ließ er sich auf das Stahlrohrbett sinken und deckte sich mit einem weißen Laken zu. Die Hitze war auch im Krankenzimmer beträchtlich, nur ein riesiger Ventilator, der an der Decke montiert war und sich langsam drehte, erzeugte eine kaum merkbare Luftbewegung. Nach und nach beruhigte sich der Schmerz und Albert schlief ein.

Albert lag noch im tiefen Schlaf, als ihn ein fürchterliches Geschrei weckte. Ein Blick auf seine Armbanduhr sagte ihm, dass es sechs Uhr war. Der Sanitäter hatte eine Liste in der Hand und rief Namen auf. Jene, die sich erheben konnten, mussten aufstehen. So auch Albert.

„Brückner, *debout!*"

Albert kroch aus dem Bett und hielt sich am Fußteil fest, das verletzte Bein angehoben, um den Verband nicht zu beschmutzen. Rechts von Albert stand ein hübscher Kerl mit gewellten Haaren, seine Brust war mit einem dicken Verband eingewickelt. Er wankte hin und her, was ihn aber nicht davon abhielt, laut zu fluchen.

„*Maledetto cretino!*", schrie er, wobei er immer mehr ins Wanken geriet.

Ein Italiener wahrscheinlich, dachte sich Albert. Er befürchtete, dass der Italiener umfallen würde. Er humpelte zu ihm und wollte ihn stützen, aber der Italiener, der Giancarlo hieß, stieß einen Schmerzensschrei aus. Albert erschrak.

„Was hast du?", fragte er erschrocken.

„Beim Sprung von der Mauer bin ich auf dem Gewehr gelandet und habe mir die Rippe geprellt! Dieser *maledetto stronzo* ist an allem schuld, er hat mich auf der

Hindernisbahn fertiggemacht", sagte er in gebrochenem Französisch.

„Wer?"

„Ngojem, dieser schwarze *stupido*", sagte er verächtlich und ließ wieder einen saftigen Fluch folgen. Ngojem war der Schwarze, der auch ihn und Philipp schikaniert hatte.

Nach ungefähr zehn Minuten erschien der stimmgewaltige Sanitäter mit dem Arzt. Manche Kameraden wurden im Krankenzimmer behandelt, andere mussten den Behandlungsraum aufsuchen. So auch Albert. Er wurde mit einem frischen Verband versorgt und wieder ins Krankenzimmer zurückbeordert.

Am nächsten Tag folgte die gleiche Prozedur. Punkt sechs wurden sie mit fürchterlichem Geschrei aus den Betten gescheucht, um dann nach und nach verarztet zu werden. Dieses Mal legte man Albert einen dünnen Verband an, damit er in den Stiefel schlüpfen konnte. Die Verschnürung musste er offen lassen. Dann wurde er aus der Krankenabteilung entlassen und zum Küchendienst abkommandiert. Der Küchenchef war ein großer, beleibter Typ mit einem brutalen Gesicht. Alberts Aufgabe bestand darin, in einem riesigen Bottich Teller und Bestecke zu reinigen. Am Anfang war das Abwaschwasser noch einigermaßen klar, aber mit der Zeit wurde es zu einem undefinierbaren braunen Brei, weil an den Tellern noch Speisereste hafteten. Dazu kam ein unangenehmer Geruch, der aus der braunen Brühe hochstieg. Albert fühlte, wie sich sein Magen hob. Es kostete ihn Kraft und Überwindung, um die aufkeimende Übelkeit zu unterdrücken. Am nächsten Tag gesellte sich Giancarlo, der Italiener zu ihm. Man hatte ihm einen Stützverband angelegt und ihn ebenfalls zum

Küchendienst eingeteilt. Nun musste Albert nicht mehr allein in der dreckigen Brühe herumrühren. Nach den Mahlzeiten, als das Geschirr gewaschen war, hatten sie frei.

„Ich sage dir", teilte ihm Giancarlo mit, „eines Tages zahle ich es diesem *Stronzo* heim." Damit war Ngojem gemeint.
„Ich habe auch noch eine Rechnung mit ihm offen", sagte Albert und schilderte, wie er am *„chemin de martyr"* mit seinem Kumpel Philipp fertiggemacht wurde.

„Warum bist du eigentlich zur Legion gegangen?"

Giancarlo lächelte. „Im Winter sind viele Sommerresidenzen am Mittelmeer nicht bewohnt. Dort gibt es allerhand Sachen, Silberzeugs, Bilder, manchmal haben wir auch Schmuck und Geld gefunden. Es war ganz einfach. Mit einem gebogenen Eisen haben wir Türen auf Balkonen und Terrassen ausgehebelt und schon waren wir drinnen. Lange Zeit ging es gut, bis uns so ein *maledetto stronzo* von einem Hehler verraten hat. Meinen Kumpel haben sie erwischt, ich bin ihnen aber durch die Lappen gegangen."

„Und was dann?"

„Und was dann?", wiederholte Giancarlo verächtlich, „bin ich Esel zur Legion gegangen. Wenn ich mich ein paar Monate in Italien einsperren hätte lassen, wäre ich besser dran gewesen."

Nach einigen Tagen Küchendienst stellte der Regimentsarzt fest, dass Albert wieder einsatzfähig und zu seiner Einheit entlassen werden konnte. Bevor er sich bei seiner Gruppe meldete, ging er zur Bekleidungskammer und bat um Umtausch der Stiefel. Der *Sergent* wies ihn jedoch ab.

„Die Stiefel passen", sagte er kurz angebunden.

Albert ließ sich dieses Mal nicht abspeisen. Er wies den Entlassungsschein von der Krankenabteilung vor und insistierte, dass man ihm die Stiefel umtauschte. Verwünschungen brummend legte der Bekleidungsunteroffizier ihm drei Paar Stiefel vor, wobei ein neues darunter war. Albert probierte das neue Paar und stellte mit Überraschung fest, dass es wie angegossen passte, nichts drückte. Außerdem war es geschmeidiger als das alte, abgetragene Schuhwerk.

Am nächsten Tag, beim Morgenappell, blieb Nazdor breitbeinig vor ihm stehen. Er musterte ihn von oben bis unten, dann grinste er höhnisch.

„Drückeberger" schimpfte er und brüllte „*pompes, vingt!*". Die Schinderei ging also wieder los.

18.

Endlich war der Tag gekommen, an dem sie ihre Waffe erhalten sollten. Es handelte sich um das Gewehr MAS 36, ein fünfschüssiges Repetiergewehr, welches schon im Zweiten Weltkrieg eingesetzt wurde, also nicht der letzte Schrei der Waffentechnologie. Nur Unteroffiziere erhielten die moderne Maschinenpistole MAT 49. Bevor sie die ersten Schüsse abgeben durften, mussten sie das Gewehr kennenlernen, indem sie es unzählige Male auseinandernehmen und wieder zusammenbauen mussten. Die Zeiten, die ihnen vorgegeben wurden, verkürzten sich in der Folge immer mehr. Überschreitungen wurden mit Liegestützen bestraft. Als das Zielschießen angesagt wurde, erhielt jeder fünf Patronen. Alberts Schießkunst hielt sich in Grenzen, dreimal traf er die Scheibe, zweimal produzierte er Fehlschüsse. Zweifel an der Schießgenauigkeit seines alten Schießprügels waren sicher berechtigt. Während der Grundausbildung sollte es bei dieser Übung bleiben. Es schien, als ob die Legion mit Munition sparen musste.

Wenn sie auf der Hindernisbahn trainierten, mussten sie es nun mit der Waffe tun. War der Sprung von der Mauer schon ohne Waffe nicht ungefährlich gewesen, wurde es mit dem Gewehr noch riskanter. Manche ließen das Gewehr fallen oder rammten sich bei der Landung den Kolben in den Leib oder in die Beine. Problematisch war auch das Robben unter dem Stacheldrahtverhau. Die lange Waffe verfing sich leicht in dem nur fünfzig Zentimeter über dem Boden angebrachten Stacheldraht. Auch blieb man, wenn man sich nicht ganz flach auf den Boden presste, mit der Feldflasche, die am Rücken baumelte, hängen. Wenn der Boden trocken war, und das war er meistens, atmete man den Staub ein, der vom Vordermann aufgewirbelt wurde. Dann tränten die Augen, man konnte den Abstand nach vorne schlecht einschätzen und wenn man zu nahe an den Vordermann heranrobbte, bekam man einen Tritt ins Gesicht. Eines Tages war Gefechtsdienst im Gelände angesagt. Hunderte Meter wurden sie über den Boden geschleift.

Nazdor brüllte in kurzen Abständen „Sprung vorwärts", kaum hatten sie sich aufgerichtet und waren nach vorne gestürmt, schrie er: „Decken!"

Dann mussten sie sich auf den Boden werfen. Der Lauf des Gewehrs und das Schloss durften nicht den Boden berühren, sie mussten den linken Arm nach vorne strecken und unter das Gewehr schieben. Nach einiger Zeit begann der

Unterarm zu schmerzen und anzuschwellen. Nach einer halben Stunde taumelte die Gruppe nur mehr über das Gelände, die meisten waren der Erschöpfung nahe. Um das Maß voll zu machen, wurde mit Strafen nicht gespart, immer wieder Liegestütze oder Klimmzüge auf dem Kletterbalken. Einmal, es hatte geregnet, das Gelände war aufgeweicht und Panzer hatten tiefe, mit Schlamm gefüllte Rinnen hinterlassen, war wieder Gefechtsdienst angesagt. Man konnte es nicht verhindern, sich auf den dreckigen und feuchten Boden zu werfen, wenn der Befehl „Fliegerdeckung" gegeben wurde. Albert, der sich am rechten Flügel bewegte, kam einer tiefen, mit Wasser gefüllten Rinne gefährlich nahe. Nazdor schien das bemerkt zu haben. Als Albert sich einen Schritt vor der Rinne befand, brüllte Nazdor „Fliegerdeckung" und erwartete, dass sich Albert in den Schlamm warf. Doch Albert machte einen gewaltigen Satz und landete neben der Rinne.
Höhnisch grinsend platzierte sich Nazdor ihm gegenüber. „Auf meine Höhe vorrobben!", befahl er.

Albert spekulierte mit einer Befehlsverweigerung, aber die Folgen würden ungleich härter sein, als nun durch den Schlamm zu robben. Also kroch er durch den Dreck, die Rinne war so tief, dass er fast ganz darin verschwand. Als er sie auf der anderen Seite verlassen wollte, trat ihn Nazdor wieder zurück. Dieses grausame Spiel wiederholte sich einige Male, Albert fühlte, wie sich der Schlamm nicht nur in seine Uniform geschoben hatte, sondern auch durch die Unterwäsche und seinen ganzen Körper bedeckte. In seinem Gesicht sah man nur mehr das Weiße seiner Augen. Zum Abschluss mussten sie, verdreckt wie sie waren, noch einmal über die Hindernisbahn. Für Albert war dies eine besondere Herausforderung. Der Schlamm beeinträchtigte ihn gewaltig, er scheuerte am ganzen Körper, außerdem hatte er Probleme, die glitschige Waffe richtig greifen zu können, und mit den Stiefeln, an deren Sohlen Erdklumpen klebten, war es schwierig, über den Schwebebalken zu balancieren. Wie ein Luchs beobachtete ihn Nazdor, um einen Fehler mit weiteren Sanktionen bestrafen zu können. Doch diese Genugtuung wollte ihm Albert nicht geben, mit fast übermenschlicher Anstrengung schaffte er fehlerfrei den Parcours. Bevor sie in ihr Quartier zurückkehren konnten, wurde ihnen der Befehl erteilt, in einer Stunde mit gereinigter Uniform und Waffe anzutreten. Auf der Stube begann ein emsiges Waschen und Bürsten. Alberts Sachen musste man einer Komplettreinigung unterziehen. So wie er war, stieg er in die Dusche und ließ Wasser ausgiebig über seine Uniform rinnen und rieb und scheuerte wie ein Besessener. Seine Kameraden, vor allem Philipp und Dragan, selbst mit der Reinigung ihrer Sachen überfordert, halfen ihm, so gut es ging. Nach genau einer Stunde war

das Gebrüll von Nazdor zu vernehmen, der sie zum Raustreten aufforderte. Die Gruppe nahm Aufstellung, Nazdor inspizierte jeden Mann, bei jedem hatte er etwas auszusetzen.

„Bordel de merde!", fluchte er, „nach dem Essen machen wir einen Abendspaziergang!"

Als die Finsternis hereingebrochen war, ließ sie Nazdor antreten. Sterne und Mond versteckten sich hinter den Wolken, die Finsternis war total. Sie hatten keine Ahnung wohin sie Nazdor führte.

„Ein Lied", befahl er.

Tief und schleppend, wie die meisten Marschlieder der Legion, begleitet von den geräuschvoll aufgesetzten Schritten, erklang das Lied. In der tiefschwarzen Nacht hatte der Marschgesang etwas Beklemmendes an sich. Nazdor sorgte mit Androhungen von Liegestützen dafür, dass sie aus Leibeskräften sangen, erst als das Lied mehr einem Gebrüll gleich kam, gab er sich zufrieden.

Kaum war das Lied verklungen, schrie er: „Fliegerdeckung!" Augenblicklich warfen sie sich auf den Boden.

Wenn man Pech hatte, fiel man auf die Beine des Vordermannes, oder auf Disteln, oder machte Bekanntschaft mit einem giftigen Insekt, und spitze Steine konnten Schürfwunden verursachen. Sie fluchten und stöhnten, ungeachtet dessen ließ sie Nazdor nach einigen Schritten wieder zu Boden gehen und so fort. Gegen Mitternacht kehrten sie hundemüde und geschunden ins Quartier zurück. Die übermenschlichen Anstrengungen dieses Tages ließ sie wie Steine in die Betten fallen, manche entledigten sich nicht einmal ihrer Uniformen.

19.

Gegen Ende der Grundausbildung ließen die Mühen etwas nach. Sie waren nun abgehärtet, damit sie den Strapazen und den Herausforderungen in Kampfsituationen, denen man sie aussetzen würde, gewachsen waren.

Es kam der Tag, an welchen sie die grün-roten Schiffchen gegen die weißen *Képi* austauschen konnten. Sie passten genau, denn sie wurden nach ihren Kopfgrößen angefertigt. Sie waren nun mehr keine *Engagés volontaires* (Freiwillige) mehr, sondern *Légionnaires 2ème classe* (Legionäre 2. Klasse), der unterste Dienstgrad der Legion. Drei Monate waren seit seinem Eintritt in die Legion vergangen, Weihnachten stand bevor. Die Tage waren noch angenehm warm, nur in den Nächten kühlte es ab.

Sie erhielten erstmals Ausgang nach Mascara, aber nur bis zum Zapfenstreich. Bevor sie die Kaserne verlassen konnten, wurde ihre Adjustierung vom Sergenten der Torwache aufs Genaueste überprüft. Sie standen in einer langen Reihe angestellt, hatte man an der Uniform etwas auszusetzen, musste man es in Ordnung bringen und sich in der langen Reihe wieder ganz hinten anstellen. Während die meisten Kameraden Kneipen aufsuchten, beschlossen Philipp, Dragan und Albert ein Couscous-Lokal aufzusuchen, um einmal etwas anderes in den Magen zu bekommen als Eintopf. Auf den Weg in die Stadt trafen sie Giancarlo, der bat, sich ihnen anschließen zu dürfen.

„Wenn ihr ein Postamt seht, gebt mir Bescheid", bat Albert seine Kameraden. Er selbst hielt ebenfalls wie ein Luchs Ausschau, denn sein Herz war erfüllt von Sehnsucht nach Katrin, dass es schier zerspringen wollte. Daher hörte er nur mit halbem Ohr die Scherze seiner Kameraden, die den ersten Ausgang genossen und bester Laune waren. Sie kamen sogar bei einem Postamt vorbei, aber es war geschlossen. Die Menschen in den Straßen waren meistens europäisch gekleidet, wahrscheinlich Franzosen, auch Algerier waren größtenteils westlich gekleidet, wenn auch ärmlich, nur ein paar Fellachen trugen einen Kaftan. Giancarlo, der am besten Französisch sprach, erkundigte sich bei einem Passanten nach dem besten Couscous-Lokal. Man empfahl ihnen *„Chez Bertrand"*. Als sie dort eintrafen und den Ober um einen freien Tisch baten, merkten sie, dass sie von den Gästen neugierig beobachtet wurden. Auch Offiziere der Legion waren darunter. Offiziersgrade wurden bei der Legion nur an französische Staatsbürger verliehen. Offiziere waren bei gutsituierten französischen Familien in Algerien als Schwiegersöhne sehr begehrt. Mannschaftsgrade, zusammengewürfelt aus fast allen Ländern der Erde, fanden nur schwierig Zugang zu diesen abgeschotteten Zirkeln. Albert hatte den Eindruck, dass man sie mit einer gewissen Herablassung betrachtete. Legionäre hatten nicht immer den besten Ruf, man sah in ihnen eine lärmende, trinkfreudige Bande. Wie geplant, bestellten sie Couscous das in einer riesigen Pfanne serviert wurde. Sie schaufelten sich Unmengen auf ihre Teller, trotzdem schafften sie es nicht, alles zu verzehren. Der Rotwein floss in Strömen. Sie waren bereits bei der dritten Flasche angelangt und dementsprechend beschwingt.

„Machen wir einen Lokalwechsel und schauen, wo es Mädchen gibt", schlug Dragan vor.

„Hier gibt's doch auch Mädchen", meinte Giancarlo, der bereits einer dunkelhaarigen Schönen Blicke zugeworfen hatte, die sogar erwidert wurden.

„Mach dir keine Hoffnungen, Giancarlo", sagte Dragan grinsend und nickte in Richtung der Dunkelhaarigen, „diese Mädchen sind nicht für uns, die sind für die Franzosen reserviert!"

Irgendwann erklomm eine kleine Musikband das Podest im Lokal. Tango war der bevorzugte Tanz und die Franzosen beherrschten diesen souverän. Sie wiegten sich nach vor und zurück, wobei sie ab und zu den Tanzrhythmus unterbrachen, wie angegossen stehen blieben und die Herren die Damen weit nach hinten bogen. *„Allez, venez mylord"*, ein weltberühmtes Chanson von Edith Piaf, wurde gespielt, dazu tanzte man Charleston. Albert war fasziniert von der Eleganz der Franzosen, die sich nicht ganz von den Rhythmen mitreißen ließen, sondern gekonnt, aber mit vornehmer Zurückhaltung tanzten. Die Frauen waren chic gekleidet und wenn sie nahe am Tisch, wo Albert mit seinen Kameraden saß, vorbeitanzten, konnte man den Duft der teuren Parfums wahrnehmen. Welch ein Kontrast zu der grauen und miefigen Umgebung in der Kaserne, dachte Albert. Trotz des Kriegszustandes in Algerien lebte man in der abgeschotteten Welt der Kolonialfranzosen noch recht angenehm, es glich einem Tanz auf dem Vulkan. Damit die Kolonialfranzosen dieses feudale Leben weiter genießen konnten, mussten sie ihre Haut zu Markte tragen und ihr Leben riskieren, sinnierte Albert.

Manchmal wurde von der Band ein Boogie-Woogie intoniert, von den Franzosen *„le Rock"* bezeichnet. Auch heiße Musik konnte diese abgehobenen Franzosen nicht aus der Reserve locken. Albert beobachtete, wie Giancarlo von der Musik mitgerissen wurde. Er schien einen inneren Kampf auszufechten ob er die Dunkelhaarige zum Tanz aufzufordern sollte, er, Legionär zweiter Klasse inmitten von Offizieren und wohlhabenden Franzosen? Doch dann konnte er sich nicht mehr halten, bei der nächsten Nummer stand er auf und schritt zum Tisch des Mädchens. Er wechselte einige Worte mit einem weißhaarigen, schnurrbärtigen Mann, offensichtlich dem Vater. Langsam wendete dieser den Kopf und blickte Giancarlo abschätzend an. Doch bevor er etwas sagen konnte, stand das Mädchen lächelnd auf und ging zur Tanzfläche. Giancarlo war ein guter Tänzer, er tanzte temperamentvoller als die kühlen Franzosen. Dem Mädchen schien es zu gefallen. Ihre dichten, dunklen Haare waren in der Mitte gescheitelt und glatt gekämmt, gegen Ende wellten sie sich ein bisschen. Ihr Gesicht war von der Sonne gebräunt, die schmale Nase vornehm geschwungen. Die kleinen Augen blickten heiter und machten sie sympathisch. Als der Tanz verklungen war und manche Paare die Tanzfläche verließen, blieben die beiden stehen und unterhielten sich, auf den nächsten Tanz wartend. So ging es weiter, sie tanzten nun schon eine ganze Weile, die kritischen Blicke des Vaters missachtend. Mit jedem Slow, den die Band spielte, wurde der Abstand zwischen ihnen geringer, das Mädchen neigte ihr schönes Köpfchen, und sie tanzten Wange an Wange. Als Albert einen Blick auf die Uhr warf, stellte er fest, dass es höchste Zeit war, in die Kaserne zurückzukehren, doch Giancarlo war im siebenten Himmel und dachte nicht daran aufzuhören. Albert stand auf, lächelte dem Mädchen verlegen zu, und sich an Giancarlo wendend, wies er mit dem Zeigefinger auf seine Armbanduhr.

„Diese Italiener", feixte Philipp, als Albert zum Tisch zurückkehrte. Dann rief er den Ober, um die Rechnung zu begleichen. Endlich kam Giancarlo. Sein Gesicht war leicht gerötet und von einer feinen Schweißschicht überzogen.

„Nun komm, du Casanova", sagte Albert amüsiert, „jetzt im Laufschritt in die Kaserne, wenn wir zu spät einrücken, sitzen wir morgen alle im Bau!"

Der Flirt mit der Französin, die Françoise hieß, sollte für Giancarlo Folgen haben. Am nächsten Tag zog er nach dem Abendessen Zivilkleidung an.

„Was hast du vor?", fragte ihn Albert.

„Ich muss unbedingt in die Stadt, ich muss die Kleine sehen, ich habe mich in sie verliebt."

„Du hast doch keinen Ausgang", erwiderte Albert.

„Das ist mir egal, ich klettere über die Mauer, es wird mich schon keiner erwischen!"
„Und wenn Nazdor vor der Nachtruhe eine Zimmerkontrolle macht, dann bist du aufgeschmissen!", gab Albert zu bedenken.

„Sag ihm, ich sei auf dem WC, falls er mich vermissen sollte."

„Wenn das nur gut geht", brummte Albert nachdenklich.

Doch um Punkt zweiundzwanzig Uhr erschien Nazdor.

„Warum sind nicht alle in den Betten, warum brennt noch Licht?", bellte er in seinem schlecht verständlichen Französisch. Albert stieg aus dem Bett und wollte das Licht löschen, in der Hoffnung, dass Nazdor die Abwesenheit von Giancarlo nicht merkte, doch Nazdor legte seine riesige Hand auf den Lichtschalter.

„Wo ist der Makkaronifresser?"

„Er hat Durchfall, er ist auf dem WC und wird gleich kommen", sagte Albert, wie mit Giancarlo vereinbart und hoffte, dass Nazdor verschwinden würde.

Doch dessen Augen verengten sich zu Schlitzen. Er machte keine Anstalten, das Zimmer zu verlassen, sondern zündete sich eine Gauloise an und paffte genussvoll den Rauch gegen die Decke. Albert spürte, wie ihm der Schweiß ausbrach. Als Nazdor zu Ende geraucht hatte, ließ er den Zigarettenstummel auf den Boden fallen und trat die Glut mit den Schuhen aus. Dann brüllte er derart, dass diejenigen, die schon geschlafen hatten, wie von der Tarantel gestochen, aus den Betten hochfuhren.

"Mattei, sofort hierher", schrie er und ließ dem Befehl einen unflätigen Fluch folgen.

Einige Sekunden vergingen, doch Giancarlo Mattei kam nicht. Mit einem weiteren Fluch verließ Nazdor das Zimmer. Albert warf einen Blick auf den Korridor und sah, wie sich Nazdor den Toiletten zuwendete. Von Neuem rief er Giancarlo, doch umsonst. Wütend kehrte er zurück und befahl Albert, sich morgen nach der Befehlsausgabe zum Rapport zu melden.

"Den Makkaronifresser hole ich mir noch", drohte er, „und dann Gnade euch Gott!"

20.

Es kam so, wie es kommen musste. Die Torwachen wurden von Nazdor informiert, dass ein Legionär sich unerlaubt von der Truppe entfernt hatte und wahrscheinlich heimlich über die Mauer in die Kaserne zurückkehren würde. Also hatten sie ein Auge auf die Eingrenzungen. Als Giancarlo wieder über die Mauer den Weg zurück in die Kaserne nehmen wollte, wurde er geschnappt. Er wurde zu zwei Wochen Kerker verurteilt und Albert für die Irreführung eines Vorgesetzten zu einer Woche.

Bevor Albert die Strafe antrat, musste er aus seinen Stiefeln die Riemen entfernen und den Gürtel ablegen, eine Vorsichtsmaßnahme, denn es war schon vorgekommen, dass sich Legionäre in der Haft das Leben genommen hatten. Die Zellen befanden sich in den Untergeschossen, sie waren eng, die buckligen Wände grob verputzt, nur eine kleine Luke ließ etwas Licht hereinfluten. Ein *Sergent* stieß Albert in eine solche Zelle. Er schloss die massive Holztür, die mit einer Klappe versehen war, die von außen zu öffnen war, um den Gefangenen mit Essen und Trinken versorgen zu können. Das Mobiliar bestand aus einer Holzpritsche, auf der eine Decke undefinierbarer Farbe lag, sowie einem Holzeimer, der für die Notdurft bestimmt war. Albert verfiel in einen schockähnlichen Zustand. Sieben Tage und sieben Nächte sollte er in diesem Loch verbringen, allein, ohne eine wie immer geartete Möglichkeit, sich die Zeit zu vertreiben. Schon am ersten Tag glaubte er, den Verstand zu verlieren, er wanderte unablässig in der Zelle auf und ab, drei Meter hin, drei Meter her. Die Zeit schien stehen zu bleiben. Am Abend wurde die Klappe geöffnet und eine Schüssel hereingeschoben. Albert tauchte den Löffel in einen undefinierbaren Brei und kostete. Es schmeckte grauslich, angeekelt spuckte er ihn wieder aus. Am nächsten Tag war Heiligabend und er schmachtete in diesem gottverdammten Loch. Irgendwann wurde er müde und streckte sich auf der Holzpritsche aus. Am Tag konnte die Temperatur noch an die fünfundzwanzig Grad erreichen, doch die Nächte waren kühl. Albert krümmte sich zusammen und streifte die löchrige Decke mit dem modrigen Geruch über sich. Er verfiel in einen unruhigen Schlaf, doch bald erwachte er. Es war kalt in der Zelle und er fröstelte. Er rollte sich noch mehr zusammen und versuchte, wieder einzuschlafen, jedoch ohne Erfolg. Er erhob sich, es war stockdunkel, er konnte nicht einmal die Hand vor den Augen sehen.

Vorsichtig begann er wieder auf und ab zu gehen, die Hände vor sich haltend, um sich nicht anzustoßen. Dann machte er Liegestütze, um seinen erkalteten Körper zu erwärmen. Er wanderte in seiner Zelle auf und ab, bis der ergrauende Morgen ein fahles Licht in die Zelle warf. Er rieb sich mit den Händen den Körper, um sich etwas zu erwärmen, der Mief in der Zelle und der Hunger erzeugten Übelkeit bei ihm. Ungeduldig wartete er auf das Frühstück, er musste unbedingt etwas in seinen Magen bekommen, egal wie es auch schmeckte. Er wartete und wartete. Es musste schon spät am Vormittag sein, doch man schien auf ihn vergessen zu haben. Er hämmerte an die Zellentüre, der *Sergent* erschien und schob die Klappe in die Höhe.

„Was willst du?", fragte er unwirsch.

„Bekomme ich kein Frühstück?"

„Wem unser Essen nicht schmeckt, der bekommt gar nichts."

„Aber ich habe Hunger, ich möchte etwas essen!", erwiderte Albert verzweifelt.

„Gestern hast du das Essen zurückgewiesen, also kriegst du heute nichts!", sagte der Wärter und ließ die Klappe fallen.

Albert ließ sich entmutigt in eine Ecke fallen. Im Moment konnte er keinen klaren Gedanken fassen. Er zweifelte immer mehr an seiner Entscheidung, bei der Legion angeworben zu haben, um einer Verurteilung in der Heimat zu entgehen. Bisher hatte er nur Entbehrungen, Strapazen und Demütigungen ertragen müssen. Immer mehr reifte der Gedanke in ihm, die Legion zu verlassen. Wenn sich eine

Gelegenheit zur Flucht ergäbe, würde er sie ergreifen. Aber er hatte im Augenblick keine Vorstellung davon, wie er diese bewerkstelligen könnte. Viel würde davon abhängen, zu welcher Kampfeinheit man ihn abkommandieren würde. Er überlegte, wie er die Tage im Knast verbringen könnte, ohne wahnsinnig zu werden. Trotz des Hungers musste er Bewegung machen, schon um sich warm zu halten. Er nahm sich vor, dreitausend Mal in der Zelle auf und ab zu gehen. Dann wollte er pausieren und Balladen von Schiller zitieren. Die Kraniche des Ibykus und die Bürgschaft und die Glocke, jede Ballade zwanzig Mal. Bei den ersten Versuchen musste er noch nachdenken, denn einige Verse waren ihm nicht mehr so geläufig, doch dann fielen sie ihm ein und er konnte sie flüssig aufsagen. Er sprach die Texte mit Leidenschaft, als ob er ein imaginäres Publikum begeistern müsste. Er wiederholte diese Prozedur der Wanderungen in der Zelle und das Deklamieren der Balladen, bis er vor Erschöpfung niedersank und einschlief. Irgendwann weckte ihn die Kälte, er kroch auf die Liege, wickelte sich in die Decke und schlief weiter. Am nächsten Tag wurde er verköstigt, durch den Hunger kam ihm das Essen nun gar nicht mehr so abscheulich vor. Die restlichen Tage seiner Einkerkerung verliefen ähnlich, er blieb konsequent bei seiner Zellenwanderung und beim Aufsagen der Balladen. Nur einmal kam der *Sergent*, hob die Klappe und tippte sich mit dem Zeigefinger an die Stirn, um ihm zu signalisieren, dass er ihn für verrückt hielt. Nach der Entlassung suchte er die einzige Dusche auf, über welche die Baracke verfügte, um sich zu reinigen. Zuvor warf er einen Blick in den Spiegel und erkannte sich fast nicht wieder. Die Augen lagen tief in den Höhlen, das Gesicht war mit Bartstoppeln bedeckt, die Haut hatte eine fahle, graue Farbe. Die Wangen waren eingefallen, die Haare standen wirr in alle Richtungen. Er wusch sich, so gut es ging, denn es tröpfelte nur spärlich herab. Dann rasierte er sich, zog eine frische Uniform an und begab sich in die Kantine, um sich ein anständiges Gabelfrühstück zu genehmigen. Er bestellte *saucisson séc*, eine fette, salamiähnliche Wurst, schnitt sie in dicke Scheiben und würgte sie gierig mit einer Baguette hinunter. Dazu trank er Bier. Er konnte sich nicht erinnern, dass ihm ein Essen jemals so gut geschmeckt hatte.

Während Albert und Giancarlo ihre Strafe absitzen mussten, wurde die Ausbildungskompanie aufgelöst und die Kameraden zu den operationellen Einheiten versetzt. Dies bedeutete Einsatz in den Kampfgebieten. Die meisten Kameraden wurden in den Osten Algeriens verlegt, um dort die Grenze gegen Partisanen, die aus Tunesien eindrangen, zu verteidigen. Es handelte sich bei diesen Einsätzen um keine im militärischen Sinn, denn sie kämpften gegen keine geordneten Feindformationen. Die Revolutionäre der FLN, sie waren in kleinen Kampftruppen mit Scharfschützen organisiert, die schwer auszumachen waren. Es wurden viele tote und verletzte Legionäre aus diesem Gebiet gemeldet. Die *FLN*, die *Front de Libération nationale*, war die algerische Unabhängigkeitsbewegung, welche die Abspaltung von Frankreich betrieb.

Albert und Philipp hatten Glück, denn sie wurden vorerst in die Fahrschule nach Sidi bel Abbès verlegt. Albert dachte an den verrückten *Sergenten*, der ihn beim Eintritt aufgrund seiner Berufsbeschreibung als Taxichauffeur qualifiziert hatte. Nun befand er sich wirklich unter den Fahrern. Albert wurde auf einem Dodge 6x6, der nach Abzug der Amerikaner nach Ende des Zweiten Weltkrieges aus amerikanischen Militärbeständen übernommen wurde, ausgebildet. Albert erinnerte sich, dass auch beim österreichischen Bundesheer viele amerikanische Fahrzeuge im Einsatz waren. Philipp wurde ebenfalls auf einem Dodge 6x6 ausgebildet. Diese Dodges 6x6 hatten drei angetriebene Achsen, also Allradantrieb. Nicht nur im Gelände, vor allem in der Wüste auf Sand waren die Dodges den GMC's und Willys Jeeps klar überlegen, sie gruben sich nicht so leicht im Sand ein. Diese Dodges hatten einen 6-Zylinder-Motor mit vier Liter Hubraum und verbrauchten eine Menge Sprit. Da bei der Legion mit Treibstoff sparsam umgegangen wurde, kamen sie nur wenig zum Fahren. Die Ausbildung beschränkte sich vielmehr auf theoretische Unterweisungen, um sie auf die Herausforderungen und Gefahren bei Ausfahrten vorzubereiten.

Nach der einmonatigen Ausbildung zum Fahrer wurden sie in die *13ème dble (Demi-Brigade de la Légion étrangère)* eingegliedert. Die *13ème dble* war im Zweiten Weltkrieg das einzige Regiment der Legion, das von Beginn unter dem Kommando von *General Charles de Gaulle* an der Seite der Alliierten kämpfte. Ab 1946 wurde die *13ème dble* in Indochina eingesetzt, wo sie schwere Verluste erlitt. 1955, nach dem Indochina-Krieg, war die *13ème dble* bis zum Ende der Kolonialzeit in Algerien stationiert. Die Fahne der 13ème dble war mit einer der höchsten Dekorationen der französischen Streitkräfte ausgezeichnet worden.

Albert wurde auf einem Dodge 6x6 Truppentransporter eingesetzt, Philipp auf einem Dodge 6x6, auf dessen Plattform ein schweres Maschinengewehr montiert war. Als Bewaffnung erhielten sie nun die handlichere Maschinenpistole MAT 49. Das Hauptquartier war in Batna, einer schönen Kleinstadt am Fuße des Atlas, dessen Berge eine Höhe von über zweitausend Meter erreichten. Im November waren die Hänge noch grün, doch man berichtete Albert, dass im Winter der Schnee manchmal bis in die

Stadt herunterfiel. Es war auch empfindlich kühler als in Sidi bel Abbès. Das Bataillon war in einem einstöckigen, weitgestreckten Bau untergebracht. Die Unterkünfte waren gemütlich, die Stuben wurden sogar beheizt. Drill gab es keinen mehr. Aber sie mussten immer wieder ausrücken, um die Gegend nördlich und östlich von Batna zu kontrollieren. Dort, wo keine FLN operierte, konnten sie mit den Fahrzeugen vorstoßen, in den gefährdeten Regionen mussten sie marschieren.

21.

Es wurde berichtet, dass im Norden, in den Gebirgszügen, sich mehrere Gruppierungen der FLN zusammengezogen hatten. Die erste Kompanie, der auch Albert und Philipp angehörten, wurde in Marsch gesetzt, um das Gebiet zu durchforschen und gegebenenfalls von den Rebellen zu säubern. Eine gefährliche Operation, da sich in dieser Gebirgsregion gute Möglichkeiten für die Rebellen boten, sich zu verbergen. Außerdem musste man immer mit einer Verminung der Straßen und Wege rechnen. An der Spitze der Kompanie fuhr zwar ein gepanzertes Fahrzeug, aber bei einer Verminung war auch dieses gefährdet. Albert hatte ein mulmiges Gefühl, seine Instinkte witterten Gefahr. Immer wieder hielten sie an, um die Umgebung mit Feldstechern abzusuchen. Nach einer halben Stunde hieß es Halt und die Legionäre mussten absitzen. Die meisten, die dieser Einheit angehörten, waren einsatzerprobte Soldaten. Jeder der vier Züge wurde von einem Sergenten angeführt, das Hauptkommando hatte ein Leutnant. Dieser gab Befehl, in verschiedene Richtungen auszuschwärmen. Er blieb im Kommandowagen und die Fahrer, so auch Albert und Philipp, bei ihren Fahrzeugen.

„Wir stehen hier zum Abschuss wie auf dem Präsentierteller", raunte Philipp, dessen Dodge neben dem Alberts abgestellt war.

„Sag deinen Burschen, sie sollen das MG schussbereit machen", sagte Albert und deutete auf die beiden Legionäre, die sich rauchend an ihr MG lehnten.

Er beobachtete unablässig das Gelände. Er fixierte einen Hang, der sich westlich in circa fünfhundert Metern an den Berghang schmiegte. Etwas irritierte ihn,und er nahm einen Feldstecher zur Hand. Und tatsächlich sah er dort Bewegungen. Waren es die eigenen Leute oder die Rebellen? Albert lief zum Kommandowagen, um den Leutnant zu informieren. Hastig nahm dieser ebenfalls einen Feldstecher zur Hand und suchte den Hang ab. Auf einmal ertönte Gewehrfeuer und das Rattern von Maschinenpistolen.

„*Merde!*", entfuhr es ihm, „der zweite Zug ist in eine Falle gegangen. Sie brauchen Verstärkung."

Er wandte sich an Albert. „Versuche den dritten Zug zu verständigen, sie sollen ihre Stellung aufgeben und die FLN von der Flanke angreifen." Albert warf ihm einen verständnislosen Blick zu. Hatte er ihn gemeint?

„Renn, auf was wartest du!", schrie der Leutnant.

Also war er gemeint. Der dritte Zug sollte die Rebellen an der östlichen Flanke angreifen, um den zweiten Zug zu entlasten, und Albert sollte als Verbindungsmann den dritten Zug an den zweiten heranführen. Das war ein Himmelfahrtskommando.

„Wer fährt meinen Dodge, wenn ich nicht mehr zurückkomme?" Es war ein Versuch Alberts, diesem Todeskommando zu entgehen.

„Wenn's sein muss, fahre ich ihn", sagte der Leutnant unwirsch, „und jetzt los, Gott mit dir!"

Albert bekreuzigte sich. Eine böse Vorahnung ergriff ihn. Wie in einem Zeitraffer sah er in Sekundenschnelle sein Leben im Geiste vor sich ablaufen. Ganz deutlich sah er Katrin, nein, er konnte sie direkt fühlen. Das Gefechtsfeuer riss ihn aus seinen Gedanken. Er warf einen Blick auf das Gelände. Der dritte Zug musste sich in einer Senke befinden, in die er nicht einsehen konnte. Albert kroch vorwärts, er nutzte jede Möglichkeit, sich zu verbergen. Er ging nicht direkt vor, sondern näherte sich der Senke seitlich, im Schutz von Buschwerk. Kritisch waren die letzten hundert Meter zu dieser Vertiefung, denn dann lag er ohne Deckung im feindlichen Feuerbereich, ein Kinderspiel, ihn mit Kugeln zu durchlöchern. Als er sich bis zu dem kritischen Punkt vorgearbeitet hatte und die schützenden Büsche verlassen musste, ließ er sich nieder und robbte er in Richtung der Senke vor. Scheinbar war er in seinem Tarnanzug noch nicht von der *FLN* gesichtet worden. Schweiß tropfte von seiner Stirn, die Anspannung schnürte ihm die Kehle zu und ließ ihn nach Atem ringen. Noch nie hatte er Gefechtslärm so hautnah erlebt, es krachte und knatterte höllisch um ihn herum. Er hatte sich bis auf fünfzig Meter an die Senke herangearbeitet, als ihm plötzlich die ersten Geschosse um die Ohren flogen. Es waren keine Einzelschüsse, er wurde aus Maschinenpistolen und einem MG beschossen. Das war erstaunlich, denn die FLN verfügte nur über wenig automatische Waffen, die Angriffe erfolgten meist mit alten Flinten und Jagdwaffen. Wenn er weiter robben würde, hätten die Feinde viel Zeit, da sie ihn nun gesichtet hatten, ihn aufs Korn zu nehmen. Er packte seine MP, erhob sich und rannte um sein Leben. Geschosssalven schlugen um ihn herum in den steinigen Boden, Erde spritzte und Querschläger jaulten, es war die Hölle. Plötzlich hatte er ein Gefühl, als ob jemand seinen linken Fuß zurückreißen und ihm ein glühendes Eisen in die Wade stoßen würde. Er fiel hin, aber wahrscheinlich rettete ihm der Sturz das Leben, denn Kugeln einer MG-Salve pfiffen über ihn hinweg. Er blieb noch einige Augenblicke liegen, bis das MG aufhörte zu feuern, erhob sich, und stolperte die letzten Meter auf die schützende Senke zu und ließ sich hineinfallen. Sofort wurde er von den Kameraden des dritten Zuges umringt.

„Bist du wahnsinnig, warum um Gottes willen rennst du bei diesem Kugelhagel hierher zu uns? Wir brauchen keine Verstärkung", brüllte der kommandierende *Sergent*, um das Krachen der Geschosse zu übertönen.

„Der Leutnant befiehlt", keuchte Albert mit schmerzverzerrtem Gesicht, „dass ihr den zweiten Zug raushaut. Der zweite Zug ist gewaltig in der Bredouille, die *FLN* hat ihn in die Zange genommen. Aber Achtung, sie haben automatische Waffen!" Dann zog er das Hosenbein nach oben. Er konnte die Wunde zwar nicht sehen, doch er blutete heftig.

„Bist du okay?", fragte ihn der *Sergent,* der Sorin hieß und Rumäne war. Die schwarzen Bartstoppeln gaben ihm ein wildes Aussehen. Er blickte ihn mit dunklen, stechenden Augen forschend an.

„Ich weiß nicht", antwortete Albert. Seine Hose hatte sich im Bereich der Verwundung bereits dunkel verfärbt. Albert presste die Hand auf die Wunde in der Absicht, den Blutfluss zu stillen, doch das Blut quoll unvermindert zwischen seinen Fingern hervor.

„Glaubst du, dass du laufen kannst, wenn wir dir einen Druckverband anlegen?"

„Ja, ich glaube schon."

Schnell legte ihm ein Kamerad einen Druckverband an. Dann verließen sie die Senke und bewegten sich in einem weiten Bogen seitwärts vom Operationsgebiet, was den Vorteil hatte, dass man sie erst sehen konnte, wenn sie nahe daran waren. Als sie an einem kritischen Punkt angelangt waren, befahl der *Sergent* einem Legionär, sich an den Wald heranzupirschen, um zu erkunden, wo die *FLN* steckte. Der Mann verschmolz förmlich mit dem Boden und glitt geschickt auf den Waldrand zu, dann war er nicht mehr zu sehen. Nach einigen Augenblicken sah man ihn wieder auftauchen, er deutete in die Tiefe des Waldes. Die *FLN* dürfte von dort operieren und den zweiten Zug, als er in das Waldstück eindrang, unter Beschuss genommen haben.

„Es hat keinen Sinn, wenn wir alle losrennen, sie schießen uns ab wie die Hasen", sagte der *Sergent.,*

„Wir werden uns Mann für Mann nähern, in einem weiten Bogen. Wir geben jedem Einzelnen Feuerschutz, um sie abzulenken."

Der Erste war ein Tscheche, jener Kamerad, der Albert verbunden hatte. Albert sollte ihm folgen und gegebenenfalls von ihm unterstützt werden. Als der Tscheche unbehelligt das Waldstück erreicht hatte, arbeitete sich Albert vor. Jedes Mal, wenn er den linken Fuß bewegte, fühlte er einen stechenden Schmerz. Schon nach ein paar Metern quoll Blut aus der Wunde. Aber das war nebensächlich, alles was zählte, war, den Wald mit heiler Haut zu erreichen. Bei den letzten Metern krallte er die Finger in den steinigen Boden und zog sich vorwärts, denn in den Beinen hatte er jedes Gefühl verloren. Der Tscheche, sein Leben riskierend, kam ihm entgegen und zog ihn die letzten Meter in die Deckung. Albert war unfähig aufzustehen, er krümmte sich auf dem Rücken und hob mit beiden Händen das verletzte Bein, Blut tropfte auf den Boden. Der Tscheche schien zu merken, wie Albert im Begriff war, sich in eine Ohnmacht zu verabschieden, und befahl ihm, tief zu atmen. Dann schob er das Hosenbein nach oben und begutachtete die Wunde.

„Muss ein Querschläger gewesen sein, die Wunde ist viel zu groß für eine Kugel", meinte er. „Es hat wahrscheinlich die Vene erwischt, das Blut ist dunkel und fließt langsam, das ist ein sicheres Zeichen."

Mittlerweile war ein dritter Kamerad bei ihnen unversehrt angelangt. Er bettete Alberts Kopf auf seinen Schoß, während der Tscheche ihn von Neuem verarztete. Aus seinem Rucksack entnahm er eine Binde und knetete diese oberhalb der Wunde fest zusammen, um den Blutfluss zu stoppen.

„Wie heißt du?", fragte der Tscheche, wahrscheinlich um Albert abzulenken.

„Albert, und du?"

„Vilem, aber alle nennen mich Willy." Aus seinen hellblauen Augen blickte er Albert gütig an. Er dürfte die dreißig schon überschritten haben, aber das harte Los in der Legion hatte um seinen Mund bereits tiefe Falten eingegraben.

„Du bist ein prima Kumpel", stöhnte Albert, „wenn wir hier rauskommen, lade ich dich auf ein Bier ein."

Ein wehmütiges Lächeln umspielte die Lippen von Willy. „Ja, wenn wir rauskommen", sagte er leise, die Zweifel waren nicht zu überhören.

Die Kräfte des *FLN* waren nun stark in das Gefecht mit dem zweiten Zug verwickelt, was den Legionären des dritten Zuges erlaubte, nach und nach unversehrt den Waldrand zu erreichen.
„Glaubst du, dass du gehen kannst?", fragte der *Sergent*.

Bevor dieser antworten konnte, mischte sich Willy ein. „Er hat ein ziemlich großes Loch, wahrscheinlich von einem Querschläger, und hat viel Blut verloren. Ich habe das Bein abgebunden, aber wenn er den Fuß bewegt, wird sich die Wunde wieder öffnen. Ich glaube, wir sollten ihn hier lassen. Wenn sich die Fellachen verzogen haben, holen wir ihn mit einer Tragbahre ab."

„Nein, nur das nicht", sagte Albert fast flehentlich. Man hatte ihm erzählt, zu welchen Grausamkeiten die *FLN* gegenüber den Legionären fähig war. Falls sie ihn hier fänden, wäre ihm Folter und ein grausamer Tod gewiss. Außerdem – wer konnte im Voraus wissen, ob seine

Kameraden überhaupt lebend aus dem Gefecht zurückkehrten?

„Ich gehe mit euch, mir ist lieber, ich verblute, als dass mich die *FLN* hoppnimmt und massakriert!"

„Okay", sagte der *Sergent* nach einigem Zögern, „aber wir können uns nicht um dich kümmern." Dann wandte er sich an die anderen. „Wir müssen jetzt eine Kette bilden und feststellen, wo unsere Leute sind. Geschossen wird erst, wenn wir wissen, wo sich die *FLN* verkrochen hat. Wartet auf meinen Feuerbefehl!"

Vorsichtig schwärmten sie aus, eine Kette bildend, aber in Sichtkontakt bleibend.

„Bleib hinter mir", raunte Willy und half Albert auf die Beine. Albert schwankte leicht, sein Gesicht war kreidebleich. Besorgt blickte ihn Willy an, aber er konnte jetzt keine Rücksicht nehmen.

„Also los", sagte er in seinem schroffen Französisch. Albert wankte hinter ihm her, ab und zu hielt er sich an Baumstämmen und Zweigen fest, um nicht zu stürzen. Das Krachen der Salven war nun ganz nah. Plötzlich hob Sorin den Arm. Nun sah man sie, die Männer des zweiten Zuges, in einem Hohlweg lagen sie, ungefähr hundert Meter westlich von ihnen, und feuerten aus allen Rohren in den Wald. Die *FLN* musste sich oberhalb, in nördlicher Richtung im Wald verschanzt haben.

„Abfallen in südlicher Richtung und dann aufschließen zur zweiten", befahl Sorin.

Sie machten einen Schwenk in die angegebene Richtung, um dem Feuerbereich der *FLN* zu umgehen. Als sie in Rufweite des zweiten Zuges waren, gaben sie sich zu erkennen. Schnell schlossen sie auf und erreichten ohne Verluste den Hohlweg, in dem sich der zweite Zug zurückgezogen hatte. Janos, ein Ungar, Kommandant des zweiten Zuges, berichtete:

„Als wir uns dem Wald näherten, haben sie uns unter Feuer genommen, einen von uns hat es erwischt und drei wurden verwundet. Einen Ausfall konnten wir nicht machen, weil wir die Verwundeten nicht im Stich lassen wollten, außerdem sind wir zu stark dezimiert worden. Die *FLN* hat sich mit mindestens zwanzig Mann im Wald verschanzt, und sie hat automatische Waffen."

„Das haben wir leider auch schon festgestellt. Wir haben auch einen Verwundeten", antwortete Sorin und wies auf Albert, der reglos am Boden lag.

„Was schlägst du nun vor?", fragte Janos.

„Wir sollten uns in zwei Gruppen aufteilen und sie über die Flanken in die Zange nehmen", schlug Sorin vor. „Drei Mann bleiben hier und geben uns Feuerschutz. Wo ist euer MG?"

„Unseren MG-Schützen hat es gleich erwischt, das MG konnten wir nicht bergen. Es liegt da vorne, aber es ist zu gefährlich, es zurückzuholen!"

„Dann bleibt unser MG hier", befahl Sorin. Er wandte sich an die beiden MG-Schützen seines Zuges. „Wenn wir uns jetzt lösen, dann gebt Dauerfeuer, deckt die Fellachen mit Salven ein, damit sie nicht aus ihren Löchern kommen."

Mit vereinten Kräften gelang es, die *FLN* zu vertreiben und zum Rückzug zu bewegen. Nach und nach verstummte das Feuer. Vorsichtig wurde der Rückmarsch zu den Fahrzeugen angetreten, wobei sich Willy den bewegungsunfähigen Albert auf die Schultern lud. Man schleppte ihn und die anderen Verwundeten bis zu einem Steinhaufen der halbwegs Deckung bot. Fünf Legionäre bewachten sie, bis der Sanitäts-Dodge sie abholte. Bevor sie die Rückfahrt ins Quartier antraten, wurden sie noch einmal notdürftig versorgt. Albert nahm nur verschwommen war, was sich um ihn herum abspielte. Man hatte ihn neben den Verwundeten des zweiten Zuges auf die Ladefläche eines Dodge gebettet. Einer der Verwundeten stöhnte laut, er hatte einen Bauchschuss erlitten. Ein anderer gab keinen Laut von sich und bewegte sich auch nicht mehr. Sein Tarnanzug war um die Brust herum von Blut durchtränkt. Er war tot. Was mögen wohl seine Gedanken gewesen sein, dachte Albert, bevor ein letzter Atemzug ihn aus dieser Welt abberief?

22.

Die Sanitätsabteilung in Batna war gut ausgestattet. Die Ärzte verarzteten zuerst die Kameraden des zweiten Zuges, vor allem jenen, der den Bauchschuss erlitten hatte. Albert lag auf einer fahrbaren Bahre vor dem Operationsraum und musste warten. Sein Bein spürte er mittlerweile nicht mehr. Es rührte ihn nicht, als er einen zaghaften Blick auf die Verwundung warf und feststellte, wie das dunkle Blut auf den Boden tropfte. Seit seiner Verwundung waren nun schon Stunden vergangen, er glaubte, langsam verbluten zu müssen. Resigniert schloss er die Augen, als Legionär musste man jederzeit damit rechnen, dass die Uhr ablief. Doch als er an Katrin dachte, revoltierte etwas in ihm. Er war bereit zu sterben, seinen Tod wollte er gelassen hinnehmen, aber Katrin Leid anzutun, wenn sie von seinem Tod erführe, das peinigte ihn.

Plötzlich schrie er: „Hilfe, lasst mich nicht sterben!"

Doch niemand schien ihn gehört zu haben. Mit letzter Kraft rief er noch einmal um Hilfe, dann verlor er das Bewusstsein. Irgendwann rüttelte ihn jemand sanft an der Schulter. Er schlug die Augen auf und sah in das besorgte Gesicht von Philipp.

„Albert, um Gottes willen!", stieß dieser hervor und vergrub sein Antlitz auf Alberts Brust, „lass mich nicht allein in dieser Hölle."

Albert fasste nach der Hand des Freundes. „Wenn sie mich nicht bald drannehmen, dann werde ich verbluten", sagte er mit leiser Stimme und hob das Bein. Dickes, dunkles Blut floss noch immer aus der Wunde.

„Ich hole jetzt einen Arzt", Philipps Stimme klang grimmig, „und wenn ich ihn mit vorgehaltener MP zwingen muss!"

Er entfernte sich und klopfte entschlossen an die Tür des Operationsraumes. Als sich nichts rührte, hämmerte er mit beiden Fäusten auf die Tür. Sie öffnete sich einen Spalt und das ärgerliche Gesicht eines Sanitäters erschien.

„Ihr lasst den verbluten, den die meisten zu verdanken haben, dass sie noch am Leben sind", schrie Philipp. „Er war es, der unter dem Kugelhagel der FLN den dritten Zug zur Verstärkung geholt hat, und jetzt lasst ihr ihn krepieren. Das ist eine himmelschreiende Ungerechtigkeit und wenn er nicht sofort operiert wird, dann melde ich mich beim Oberst zum Rapport und berichte ihm von eurer Sauerei."

Der Auftritt von Philipp schien seine Wirkung nicht verfehlt zu haben. Schon nach kurzer Zeit erschien ein Arzt. Er war groß von Statur und kräftig gebaut, die blonden Haare standen wie Stacheln igelförmig in die Höhe. Mit einer großen Schere, deren Spitzen abgerundet waren, schnitt er das Hosenbein Alberts bis auf die Höhe der Oberschenkel auf und warf einen prüfenden Blick auf die stark blutende Wunde.

„Wahrscheinlich steckt das Projektil noch in der Wunde. Das müssen wir herausholen und dann Vene und Wunde nähen." Er sprach leise, als ob er ein Selbstgespräch führen würde. „Ohne Bluttransfusion werden wir nicht auskommen", sagte er dann. „Welche Blutgruppe hast du?"

„Blutgruppe Null", Alberts Worte waren kaum hörbar.

Der Arzt warf einen Blick in Alberts Soldbuch, um sich zu vergewissern, ob die Blutgruppe auch tatsächlich stimmte. Dann rief er einen Sanitäter der Alberts Bahre in den Operationssaal schob.

„Wir werden dich lokal anästhesieren", sagte der Arzt beruhigend, als man ihn auf den Operationstisch hob, „du wirst keine Schmerzen haben."

Seine Hände und Füße wurden mit Schlaufen fixiert, sodass er sie nicht bewegen konnte. Albert spürte, wie man ihm eine Injektionsnadel an mehreren Stellen in die Wade stach.

Er schloss die Augen, er wollte partout nichts davon mitbekommen, was man nun mit ihm anstellen würde. Tatsächlich hatte er keine Schmerzen, aber er merkte wohl, wie der Arzt mit einer Sonde in der Wunde herumstocherte. Nach einiger Zeit, die Albert wie Stunden vorkam, zog der Arzt mit einer Pinzette ein deformiertes Projektil aus der Wunde. Albert versuchte, eine aufkommende Übelkeit zu unterdrücken. Er merkte, wie das tickende Gerät, das über seinem Kopfende angebracht war und die Herzfrequenz maß, in immer größer werdenden Abständen seine Signale abgab, sein Puls war rapide abgesunken. Das blieb weder dem Arzt noch dem Sanitäter verborgen. Letzterer kam an Alberts Seite und verwickelte ihn in ein Gespräch.

„Erzähl mal, wie ist es denn passiert?", forderte ihn der Sanitäter auf, um ihn abzulenken.

Mühsam formulierte Albert seine Worte und schilderte, wie er unter feindlichem Feuer zum dritten Zug vorgestoßen war, um diesen zur Verstärkung aufzufordern. Tatsächlich half dieser Dialog, wenn er auch schwierig für ihn war, ihn abzulenken. Sein Puls stabilisierte sich, wenn auch auf niedrigem Niveau. Die Beklemmung, welche die Übelkeit ausgelöst hatte, war überwunden.

„Wir müssen nur mehr Vene und Wunde zusammennähen, dann kriegst du einen Druckverband und bist erlöst", sagte der Sanitäter.

Nun mischte sich auch der behandelnde Arzt in das Gespräch ein. „Sie werden dir die Tapferkeitsmedaille verleihen, du kriegst sicher das *Croix de la valeur militaire*.

Es dauerte, bis die große Wunde heilte. Weihnachten und Neujahr gingen vorüber, doch der Aufenthalt im Lazarett hatte auch etwas Positives. Albert, der während der Grundausbildung und im Kerker an Gewicht verloren hatte, konnte wieder einige Kilos zunehmen. Außerdem hatte man ihm angekündigt, dass er für einen Erholungsurlaub in Bugeaud vorgesehen war. Bugeaud lag circa 250 Kilometer nördlich an der Mittelmeerküste, unweit einer bedeutenden Hafenstadt, Bône. Bevor er nach Bugeaud in Marsch gesetzt wurde, erhielt er zwei Auszeichnungen. Die *medaille commémorative*, die jeder Legionär nach neunzig Tagen Dienst in Algerien erhielt und viel ehrenvoller das Kriegsverdienstkreuz, das *„Croix de la valeur militaire"*, welches Albert vor versammelter Mannschaft für seinen heldenhaften Einsatz in den Bergen vom Colonel verliehen wurde. Nicht jedem Legionär, Offiziere eingeschlossen, gelang es, diese Auszeichnung in seiner fünfjährigen Dienstzeit zu erwerben.

Philipps Motivation, bei der Legion zu bleiben, war auf den Nullpunkt gesunken. Jedes Mal, wenn er Albert im Lazarett besuchte, evaluierten sie Fluchtmöglichkeiten.

„Wenn du ins Rekonvaleszentenheim nach Bugeaud verlegt wirst, kannst du dich umschauen", schlug ihm Philipp vor. „Bône ist eine große Hafenstadt, nur ein paar Kilometer von Bugeaud entfernt. Dort gibt es genug Frachter, die nach Frankreich auslaufen!"

„Bestens", sagte Albert, dessen Verlegung nach Bugeaud für den folgenden Tag vorgesehen war, „wenn ich dort bin, werde ich versuchen, für uns eine Mitfahrmöglichkeit nach Toulon oder Marseille auszuforschen. Ein paar Tage müssen genügen. Alles was du tun musst, ist, am kommenden Wochenende irgendwie nach Bône zu gelangen."

Philipp blickte Albert fragend an. „Und wie?"

„Entweder du haust mit deinem Dodge ab oder du nimmst den öffentlichen Bus bis Constantine und von dort einen anderen weiter nach Bône."

„Mit dem Dodge abhauen?", Philipp zog die Augenbrauen hoch, „wie stellst du dir das vor? Bevor ich noch in Constantine bin, ist der Alarm ausgelöst, und die Streife schnappt mich irgendwo auf der Strecke!"

Albert hielt inne und dachte nach. „Dann musst du mit dem Bus fahren, oder es gelingt dir, hier in Batna jemand aufzutreiben, der dich gegen Geld mit einem Auto nach Bône bringt."

Philipp stieß einen leisen Fluch aus.

„Wir haben keine andere Wahl", sagte Albert eindringlich, „irgendwie musst du es schaffen."

„Und wie kann ich mit dir Verbindung aufnehmen, wo kann ich dich treffen?"

Nachdenklich rieb sich Albert das Kinn. „Ich kenne mich in Bône nicht aus, aber in jeder Stadt gibt es ein Rathaus. Irgendwo wird in der Nähe eine Café sein, dort werde ich auf dich warten."

„Und wann?"

„Eine berechtigte Frage", sagte Albert sinnend, „einen genauen Zeitpunkt können weder ich noch du angeben. Ich werde Samstag und Sonntag auf dich warten, Treffpunkt ist das Café beim Rathaus."

„Also gut, abgemacht", sagte Philipp und streckte Albert die Hand hin, „schlag ein, Bruder!"

23.

Albert wurde mit fünf anderen Rekonvaleszenten mit einem Dodge nach Bugeaud gebracht. Bei der Fahrt, die über Constantine und Bône nach Bugeaud führte, konnte sich Albert einen ersten Eindruck von Bône machen. Es war eine schöne Stadt mit einem großen Hafen. Boulevards und Avenues durchkreuzten die Stadt, die gepflegten Häuser gaben der Stadt ein europäisches Gepräge. Im Heim wurde er im Trakt der für Mannschaften vorgesehen war, untergebracht. Für Offiziere gab es ein eigenes Gebäude, das inmitten einer gepflegten Gartenanlage stand. Albert war trotzdem zufrieden mit seiner Unterkunft. Sofort nach der Ankunft erkundigte er sich nach einer Möglichkeit, wie er nach dem achtzehn Kilometer entfernten Bône gelangen könnte. Zu Fuß wäre es etwas lang, dachte er. Er war erleichtert, als er erfuhr, dass täglich um sechzehn Uhr Fahrzeuge nach Bône fuhren, um Legionäre dort abzusetzen. Um neun Uhr abends brachte man sie wieder zurück. Alles, was man benötigte, war ein Erlaubnisschein, welcher problemlos ausgestellt wurde.

Schon am nächsten Tag meldete sich Albert für die Fahrt an. Er war nicht der Einzige. Am Strand von Bône gab es viele gute und preiswerte Restaurants, wo man Fisch, Meeresfrüchte und guten Wein genießen konnte, eine willkommene Abwechslung zur einfachen Küche in der Legion. Manche hatten andere Absichten, sie wollten Mädchen kennenlernen, nämlich die vom horizontalen Gewerbe. Mit dem GMC waren sie in kaum einer halben Stunde in der Stadt. Albert, der sich in den letzten Tagen, vor allem während der Zeit der Inaktivität im Lazarett, vor Sehnsucht nach Katrin verzehrt hatte, wollte die Gelegenheit nutzen, sie anzurufen. Bône schien ihm prädestiniert dazu. Es lebten viele Franzosen in den schicken Vierteln der Stadt und es gab beeindruckende, palmenbestandene Avenues mit Geschäften europäischen Standards. Sicher gab es auch Postämter, die Telefonverbindungen mit Europa herstellen konnten.

Sie verließen den GMC am Hafen, vor einem quadratisch angelegten, weiß getünchten Gebäude, wahrscheinlich dem Verwaltungsgebäude der Hafenanlage. Dort sollten sie sich wieder zur Rückfahrt einfinden. Ein Teil der Kameraden tauchte sofort in den engen Gassen des Hafenviertels unter, andere schlugen die Richtung Zentrum ein.
Albert schloss sich keiner Gruppe an, er wollte sich Zivilkleidung besorgen. Eine Uniform würde ihn bei dem, was er plante, sofort verraten. Er schlenderte die beeindruckende Avenue entlang, die sich unweit des Meers dahinschlängelte, auf der Suche nach einem Bekleidungsgeschäft. Letztlich entschied er sich für ein Kaufhaus, das neben vielen Produkten auch Bekleidung für Herren anbot. Er erstand eine dunkle, strapazfähige Hose und ein Sakko aus einem dicken Stoff, denn er dachte schon an das Klima in Europa, sicher um einige Grad kälter als jenes im sonnigen Algerien. Neben einem hellblauen Hemd ließ er sich noch einen Pullover in marineblau und eine einfache, unifarbene Krawatte einpacken. Dann kaufte er noch eine Reisetasche. Er verließ das Kaufhaus und suchte

eine Bedürfnisanstalt auf, um die Kleider zu wechseln. Als er die Zivilkleider angelegt hatte, fühlte er sich wie verwandelt.

Er verließ die Avenue und ging nun in Richtung Zentrum, auf der Suche nach einem Postamt. Nach einigen Minuten sah er ein großes Gebäude, aus dem geschäftige Menschen aus- und eingingen. Als er näher kam, stellte er fest, dass es das Hauptpostamt war. Der Gedanke, vielleicht in zwei oder drei Wochen wieder mit Katrin vereint zu sein, ließ sein Herz höher schlagen. Er wandte sich an einen der drei Schalter, die mit der Aufschrift *„Communications téléphoniques"* gekennzeichnet waren. Die Telefonistin, eine schlanke, schwarzhaarige Frau undefinierbaren Alters, blickte ihn an und ließ ein leises, unverbindliches „oui" vernehmen. Albert legte einen Zettel mit der Telefon-Nummer der Sanders vor und präzisierte, dass es sich um eine österreichische Telefon-Nummer handelte.
„Autriche, Autriche ….." murmelte sie, als ob sie diesen Namen zum ersten Mal hörte. Dann nahm sie ein abgegriffenes Büchlein, in dem sie eine Weile herumblätterte, zur Hand.

Alberts Nerven waren zum Zerreißen gespannt. Einerseits freute er sich darauf, mit Katrin nach so langer Zeit sprechen zu können, andererseits fürchtete er, dass keine Telefonverbindung zustande kommen könnte. Endlich notierte die Beamtin ein paar Ziffern und machte sich auf der imposanten Schalttafel, die mit Steckern und Kabeln übersät war, zu schaffen. Dann wies sie Albert an, in der Zelle gegenüber auf die Verbindung zu warten. Albert versuchte krampfhaft, die Kontrolle über seine Emotionen zu gewinnen, doch seine Bemühungen blieben wirkungslos.

Als das Telefon endlich klingelte, nahm er mit zittrigen Händen den Hörer ab.

„Vôtre communication!", avisierte die Beamtin und nach einem Rauschen und Knacken in der Leitung ertönte eine Frauenstimme. Albert meldete sich.

„Hallo Albert!", sagte die Stimme, offensichtlich jene von Katrins Mutter. „Wo sind Sie?" Es rauschte, als ob ein Wind durch die Leitung pfeifen würde.

„Ich rufe Sie aus Algerien an, gnädige Frau", Albert versuchte, ein Stottern zu verhindern.

„Aus Algerien! Was in aller Welt machen Sie in Algerien?"

„Das ist eine lange Geschichte, Katrin hat Ihnen sicherlich die Umstände erzählt …"

„Ja, sie hat etwas angedeutet."

Albert wunderte sich. Warum sprach sie nur von Andeutungen? Er ging nicht näher darauf ein und bat, Katrin sprechen zu dürfen. Eine Zeitlang hörte er nur das Rauschen in der Leitung. Er glaubte schon an einen Abbruch der Verbindung.

Dann ertönte zögernd die Stimme von Katrins Mutter. „Katrin lebt nicht mehr bei uns!"

Albert war irritiert, es kam ihm sonderbar vor, dass Katrin nicht mehr bei ihren Eltern lebte. Eine ungute Vorahnung beschlich ihn.

„Ist sie im Geschäft?"

„Nein, sie arbeitet auch nicht mehr in unsere Firma." Wieder entstand eine Pause. „Es gab ein Zerwürfnis zwischen meinem Mann und Katrin. Er ist gegen die Verbindung mit Ihnen. Als Katrin nicht einwilligte, sich von Ihnen zu trennen, ist es zum Bruch gekommen. Katrin ist daraufhin ausgezogen und hat auch unsere Firma verlassen!"

Albert benötigte einige Augenblicke, um diese Nachricht in ihrer Tragweite zu begreifen.

„Können Sie mir sagen, wo ich Katrin erreichen kann? Ich liebe sie, ich muss mit ihr sprechen!"

„Mein Mann möchte keinen Schwiegersohn, der einen anderen in einem Raufhandel schwer verletzt hat. Er fürchtet, dass Ihre Verbindung zu Katrin den Ruf der Familie und vor allem des Geschäftes schädigt. Der Vorfall stand in allen Zeitungen. Gott sei Dank ist Ihr Kontrahent wieder auf den Beinen, aber ..."

Wieder war Albert irritiert.

„Wieso ...", stotterte Albert, „ist er nicht gestorben?"

„Nein, es war nur eine Kopfverletzung, eine schwere zwar ..."

Auf einmal gingen Albert viele Gedanken durch den Kopf. Vorrangig war jedoch, mit Katrin sprechen zu können und nach Hause zurückzukehren.

„Frau Sander, ich flehe Sie an, geben Sie mir die Adresse von Katrin, ich bin in Algerien durch die Hölle gegangen, aber jetzt sehe ich keinen Grund mehr, meine Haut bei der Legion zu riskieren zu tragen. Ich liebe Katrin, ich muss mit ihr sprechen!"

„Ich musste meinem Mann zusagen, dass ich darüber Stillschweigen halte. Es tut mir leid."

„Dann sagen Sie bitte Katrin, dass ich schnellstens zurückkehren werde und dass ich sie liebe!"

„Ich muss aufhören", sagte Frau Sander plötzlich hastig, „mein Mann kommt gerade, viel Glück, Albert!" Im Hörer tutete es, sie hatte aufgelegt.

Es dauerte eine Weile, bis Albert diese Nachrichten verdaut hatte. Er hatte sein Leben grundlos riskiert. Und er wusste nicht, wo er Katrin erreichen konnte. Sie hatte also um ihn gekämpft, hatte alles aufgegeben, hatte ihre Liebe zu ihm nicht verleugnet. Endlich verließ er die Zelle und kehrte zum Schalter zurück. Die Kosten des Gesprächs verschlangen fast seinen halben Monatssold, aber das war ihm egal.

Als er beim Hafen vorbeikam und die vielen Schiffe sah, die dort vor Anker lagen, dachte er an seine Flucht. Mit einem dieser Schiffe werde ich dieses krisengebeutelte Land verlassen, sinnierte er und wandte sich den engen Gassen des Hafenviertels zu. Ein Gewirr von Menschen war unterwegs, es roch nach Fisch, Gewürzen, süßlichem Tabaksqualm, alles vermischt zu einem undefinierbaren Geruch. Araber in ihren Kaftans, aber auch solche in abgetragener europäischer Bekleidung sowie besser gekleidete Franzosen tummelten sich in den Gassen. Albert überlegte wie er es anstellen konnte, ohne Verdacht zu erwecken, Informationen über Schiffe zu erhalten die nach Toulon oder Marseille ablegten. War einmal ein Schiff gefunden, war es ohnehin nicht zu verbergen, dass mit ihm und Philipp etwas nicht stimmte. Es würde Geld kosten, sich das Schweigen zu erkaufen und die Überfahrt zu bezahlen.

Albert blickte auf seine Uhr, es war kurz vor fünf Uhr. Er trank ein Bier in einer kleinen Bar und gab dem Kellner, einem Araber, dessen kohlschwarze Haare mit einer penetrant süßlich riechenden Brillantine eingeölt und glatt nach hinten gestrichen waren, ein großzügiges Trinkgeld.

„Kommen in dieses Lokal auch Seeleute?", fragte er.

„Warum?"

Albert war klar, dass er nun schwindeln musste. „Ich gehe zurück nach Frankreich und brauche ein Schiff, welches meine Sachen nach Toulon oder Marseille transportiert!"

„Verstehe", sagte der Kellner und ließ einen zweifelnden Blick auf Albert ruhen.

„In dieser Bar verkehren wenige Seeleute, aber im *Ancre doré* (Goldenen Anker) müssten Sie jemand finden!"

Albert fragte nach dem Weg und verließ die Bar. Der Ancre doré war am frühen Abend bereits gut besucht. An der breiten Bar standen Gäste dicht beieinander. Auch Frauen befanden sich darunter, die mit den Matrosen heftig flirteten, offensichtlich in der Hoffnung, mit dem einen oder anderen in einem Hotelzimmer verschwinden zu können. In der Luft hing Zigarettenrauch, vermischt mit dem Duft von billigen

Parfums und dem Geruch menschlicher Ausdünstung. Albert zwängte sich hinter einer jungen Frau an die Bar und versuchte, in möglichst akzentfreiem Französisch ein Bier zu bestellen.

„Was?", fragte der Barkeeper genervt, der im lauten Stimmengewirr Alberts zögerlich vorgebrachte Bestellung nicht verstand. Als er seine Bestellung wiederholte, drehte sich das Mädchen um und lächelte ihn an.

„Deutscher?"

Albert ließ sie in diesem Glauben und bejahte.

„*Légionnaire?*"

„*Non, commerçant* (Kaufmann)", antwortete Albert.

„Interessant", sagte die junge Frau mit ironischem Unterton. Sie war jung, hatte pechschwarzes, leicht gekräuseltes, halblanges Haar, einen kleinen, grellrot geschminkten Mund, auf den langen Wimpern war dunkle Mascara aufgetragen. Nur die kurze, etwas breite Nase störte ein bisschen das Ebenmaß ihrer Züge, die weder europäisch noch arabisch waren. Albert nahm an, dass sie aus einer Mischehe hervorgegangen war. Sie war klein, hatte einen starken Busen und wohlproportionierte Hüften.

„Was willst du trinken?", fragte Albert. Seine Absicht war, die Kleine in ein Gespräch zu ziehen, vielleicht konnte sie ihm bei der Suche nach einem Frachter behilflich sein.

„Champagne?", fragte sie und lächelte kokett. Sie will wohl meine Finanzkraft testen, dachte Albert und nickte zustimmend. „Robert, Champagner!", rief sie mit rauchiger Stimme dem Barmann zu.

Als die Gläser vor ihnen auf dem Tresen standen, erhob sie ihres und prostete Albert zu. „Ich heiße Chantal, und du?"

„Albert!"

„Ein schöner Name", sagte sie und griff in ihr Handtäschchen, um eine Packung Zigaretten hervorzuholen. Sie reichte Albert die Zündhölzer, wobei sie ihre Finger sanft über seinen Handrücken gleiten ließ.

„Nimm dir auch eine", forderte sie ihn auf.

Albert betrachtete die blaue Schachtel. *Gauloises,* würzig, aber stark. Nach dem ersten Zug wandte er sich ab, um ein Husten zu unterdrücken.

„Eine schöne Stadt, Bône. Der Hafen ist beachtlich!" Albert versuchte, die Unterhaltung in die gewünschte Richtung zu lenken.

„Hauptsächlich werden hier seltene Erze und Chemikalien nach Frankreich verschifft", meinte sie.

„Ich nehme an, dass du Seeleute kennst, die auf diesen Schiffen fahren?"

„Schon", sagte Chantal und lächelte, „viele von ihnen sind Gast im Goldenen Anker."

„Ich könnte ein Geschäft vorschlagen, kannst du mir weiterhelfen? Es soll dein Schaden nicht sein?"

Sie verzog den Mund zu einem überlegenen Lächeln. „Geheime Sache, schätze ich!"
Albert hatte das Gefühl, dass er dieser Frau vertrauen konnte. Trotzdem ging er auf keine Einzelheiten ein.

„Komm morgen um fünf Uhr, und bringe zehntausend Francs mit!"

„Bezahlt wird aber erst nach Herstellung des Kontaktes. Ich brauche jemand, der auf dem Schiff Entscheidungsgewalt hat." Albert blickte auf seine Armbanduhr, viel Zeit hatte er nicht mehr.

„Bist ein hübscher Junge, küss mich", forderte ihn plötzlich Chantal auf. Albert gab ihr einen flüchtigen Kuss auf die Wange.

Chantal mimte Erstaunen. „Das soll ein Kuss sein?" Sie schlang beide Arme um Albert und gab ihm einen gefühlvollen Kuss auf den Mund. „Sollten wir unser Geschäft nicht mit einem freundschaftlichen Zusammensein abschließen?" meinte sie und blickte Albert verlockend an.

So läuft das Spiel, dachte Albert, die will sich zu den zehntausend Francs noch etwas dazu verdienen.

„Ich muss leider gehen, mein Freund wartet mit dem Auto auf mich, wir haben eine lange Rückfahrt."

„Schade, aber nimm dir morgen mehr Zeit", sagte sie und machte einen Schmollmund.

24.

Am nächsten Tag fuhr Albert wieder nach Bône. Nachdem er dem GMC am Hafen entstiegen war, schlenderte er Richtung Meerpromenade und ließ sich in einem Café direkt am Meer nieder. Er nahm draußen an einem Tischchen Platz und genehmigte sich ein Bier. Während er ein kühles Bier genoss, betrachtete er das Meer und lauschte dem Rauschen der Wellen. Er machte sich Gedanken über das Gespräch, das er in Kürze führen würde. Auf jeden Fall wollte er über den Zweck der Reise Stillschweigen bewahren. Der Preis würde ohnehin hoch sein, warum dann noch unangenehme Fragen beantworten, die ihn und Philipp verraten konnten? Er leerte sein Glas, zahlte, wechselte auf der Toilette die Kleider und verließ das Lokal.

Als er den Goldenen Anker betrat, war schon viel los. Er drängte sich an den herumstehenden Gästen vorbei und postierte sich an der Bar. Seine Nerven waren zum Zerreißen gespannt. Beim Barkeeper bestellte er einen Cognac und hoffte, dass der Alkohol ihn etwas entspannen würde. Er ließ seine Blicke über die Gäste gleiten. Uniformierte konnte er nicht erblicken, doch es war anzunehmen, dass sich Soldaten unter den Gästen befanden. Immer wieder nippte er an seinem Cognac und warf ungeduldige Blicke auf seine Uhr. Es war schon fünf Uhr vorbei und Chantal ließ sich nicht blicken. Er wartete weitere zehn Minuten und wollte schon gehen, als ihn jemand von hinten leicht an der Schulter berührte. Er wandte sich um und blickte in das lächelnde Gesicht von Chantal.

„*Bon soir*, Albert, entschuldige die Verspätung."

Er war erleichtert, sein Groll schwand. „Kein Problem, was willst du trinken?"

„Nicht hier, wir gehen woanders hin."

Albert zog erstaunt die Augenbrauen hoch.

„Glaube mir, es ist besser. Hier gibt es viele Neugierige."

„Na gut", sagte Albert einlenkend. Er gab dem Barkeeper fünfhundert Francs, und ohne das Retourgeld abzuwarten, verließen sie den Goldenen Anker.

Nach einigen Schritten blieben sie vor dem Eingang eines Hotels stehen, das den Namen „Excelsior" trug. Es machte einen schäbigen Eindruck wie die meisten Hotels im Hafen. Albert mutmaßte, dass man auch hier stundenweise Zimmer mieten konnte. Chantal forderte ihn auf einzutreten und folgte ihm. An der Rezeption saß eine reife Frau üppigen Körperbaus, blond gefärbt und auffallend geschminkt. Chantal und die Blonde küssten sich, sie mussten gut bekannt, wenn nicht befreundet sein. Albert murmelte eine Begrüßung.

„Dein Typ ist schon da", sagte die Blonde zu Chantal, „er ist im Spielsaal."

Ein Billard stand mitten im Raum, auf Tischen lagen Spielkarten, Schachspiele und andere Brettspiele, die Albert nicht kannte. Die Luft war von Zigarettenrauch durchdrungen, ein Mann stieß gelangweilt die Billardkugeln umher. Chantal ging auf ihn zu. Langsam drehte sich der kräftige, sonnengebräunte Mann um und betrachtete die beiden aus seinen dunklen Augen. Chantal stellte Albert vor.

Der Mann, er hieß Raymond, ergriff Alberts Hand, ohne ihn anzublicken. Wortlos deutete er mit einer einladenden Geste auf einen der Tische. Als sie Platz genommen hatten, erkundigte sich Albert bei Raymond nach dessen Getränkewunsch.

„Rotwein?", schlug dieser vor und blickte ihn und Chantal fragend an. Es gab keine Gegenvorschläge und Chantal machte sich erbötig, bei der Blonden die Bestellung aufzugeben. Sie entfernte sich mit wiegenden Hüften.

Raymond begann das Gespräch mit einer direkten Frage. „Also, was willst du?"

„Mein Partner und ich müssen nach Frankreich, Toulon oder Marseille, das ist uns egal."

„Als offiziell Reisende?"

„Nein!"
„Welche Personaldokumente habt ihr?"

Sie hatten nur das Soldbuch der Legion. Albert beschloss, dies zu verheimlichen. „Leider keine!"

Eine Pause entstand.

„Was, glaubst du passiert, wenn die Hafenpolizei euch kontrolliert?"

„Ich weiß es nicht", gestand Albert.

„Dann bin ich mein Patent los und ihr landet im Gefängnis, im Gefängnis der Fremdenlegion schätze ich …"

Albert überging diese Feststellung. „Ich muss unbedingt zurück und mein Kumpel auch", sagte er dann, „wir geben Ihnen unser ganzes Geld."

Chantal kehrte zurück und balancierte auf einem Tablett eine Flasche Rotwein und Gläser.

„Können wir ihr vertrauen?", erkundigte sich Albert und warf einen Blick in ihre Richtung.

Raymond lächelte ironisch. „Na glaubst du, dass sie nicht eins und eins zusammenzählen kann? Sie weiß längst, was gespielt wird. Aber du kannst ihr vertrauen!"

Albert kam wieder zum Thema. „Also, wie ist es, Raymond, können Sie uns helfen?"

„Du stellst dir das so leicht vor. Man muss einen ausgeklügelten Plan haben, um die Polizei zu umgehen. Auch in Toulon beim Einlaufen gibt es noch Risiken, alles muss gut überlegt sein."

„Wir machen alles, was Sie von uns verlangen, an uns soll es nicht liegen."

„Wie viel Geld habt ihr denn?"

Der Sold der letzten sechs Monate belief sich auf dreihundertfünfzigtausend Francs, wenn er den Sold von Philipp dazurechnete, dann konnten sie an die siebenhunderttausend Francs aufbringen. Dreihunderttausend Francs wollte er einbehalten, denn einmal in Frankreich, mussten sie die Weiterreise nach Österreich und Deutschland finanzieren.

„Vierhunderttausend Francs", bot Albert und wartete gespannt auf die Reaktion des Seemanns.

Raymond ließ einige Augenblicke verstreichen, er wirkte nachdenklich. Dann tippte er auf das linke Handgelenk von Albert, seine dunklen Augen leuchteten begehrlich. „Das ist aber eine schöne Uhr."

„Eine Rolex, sie ist sehr wertvoll!" Albert hatte sich diese Uhr von seinem ersten Verdienst gekauft. Sie trotzte allen Beanspruchungen und ging sekundengenau.

„Du gibst mir die Uhr und vierhunderttausend Francs, dann kommen wir ins Geschäft!"

Sich von dieser Uhr zu trennen, war schmerzlich. Außerdem war sie der einzige persönliche
Gegenstand, den ihm die Legion nicht abgenommen hatte. Albert überlegte nur kurz.

„Einverstanden! Wie soll es nun weitergehen?"

„Wir laufen nächste Woche aus. Wir haben eine Ladung Phosphor für Toulon." Raymond blickte Albert mit seinen dunklen Augen an. Er nahm sein Weinglas, schwenkte es und hielt es Albert entgegen. „Lass uns darauf trinken!"

Der Wein rann wie flüssiger Samt durch Alberts Kehle. Chantal näherte sich und ließ sich auf Alberts Schoß nieder. Sie nahm ihm das Weinglas aus der Hand und nippte daran.

„Schade, dass du schon nächste Woche abreist", sagte sie und legte ihm ihren Arm auf die Schulter, „du gefällst mir!"

Raymond lächelte. Er nahm noch einen kräftigen Schluck und drückte seine Gauloise im Aschenbecher aus. „Na, dann will ich nicht stören", sagte er und erhob sich.

Die Annäherung von Chantal, ihr geschmeidiger Körper, die weichen Hüften und der füllige Busen hatten Albert von seinem Fluchtprogramm abgelenkt, trotzdem hatte er nicht ganz vergessen, warum er hier war.

„Warte, Raymond, wann legen wir ab?", fragte er. Seine Stimme klang etwas rau, Chantal schien ihn durcheinander zu bringen.

„Morgen weiß ich, wann ich die Ladung Phosphor erhalte. Voraussichtlich wird es nächste Woche sein, ich schätze Dienstag oder Mittwoch." Er zog die blaue Packung *Gauloises* aus seiner Rocktasche und steckte sich wieder eine Zigarette an. „Dann brauchen wir einen Tag, um unsere Tanks mit Phosphor zu füllen. Ich denke, dass wir Donnerstag ablegen können."

Albert versuchte, Chantal, die immer mehr auf Tuchfühlung ging, wegzuschieben. „Wann besprechen wir die Details?"

„Ich muss zuerst deinen Kumpel kennenlernen, mit einem Dussel ziehe ich eine solche Aktion nicht durch!"

Albert versuchte, Chantal auf den neben ihm stehenden Sessel zu verfrachten, doch vergeblich, sie drückte sich noch mehr an ihn und küsste ihn auf die Wange.

„Über meinen Kumpel brauchen Sie sich keine Sorgen machen, er ist in Ordnung."

Schon im Gehen meinte Raymond lapidar: „Wir werden ja sehen."

Einerseits war Albert froh, eine Gelegenheit für die Überfahrt gefunden zu haben, andererseits beunruhigten ihn die Zurückhaltung und das Misstrauen Raymonds, trotz des hohen Preises, den er ihnen abforderte, und der wertvollen Uhr, die er auch noch haben wollte. Konnte er Raymond vertrauen?

„Hast du Hunger?" fragte Chantal plötzlich mit einem ambivalenten Lächeln und riss ihn aus seinen Gedanken, „ich mache dir eine Omelette."

Albert versuchte auszuweichen. „Vielen Dank, das ist nett von dir, aber ich muss leider zurück in die Stadt." Im Grunde war er nicht in Eile, es war erst sechs Uhr abends. Chantal lächelte ungläubig.

Sie küsste ihn wieder. „Komm, entspann dich!"

Albert spürte das Gegenteil von Entspannung. Er konnte die Konturen ihres Körpers spüren, ihr Dekolleté lag direkt auf seiner Augenhöhe, da sie noch immer auf seinem Schoß herumrutschte. Der Saum ihres Kleides war bis auf die Höhe ihres Slips hinaufgerutscht. Seine Erregung schien ihr nicht entgangen zu sein. Sie drückte sein Gesicht an ihren Busen und presste seine Hand zwischen ihre Schenkel.

„Chantal, ich bin verlobt!"

Amüsiert schien sich Chantal in der Rolle der Verführerin zu gefallen. Mit gespieltem Erstaunen hob sie die Augenbrauen.

„Ich nehme sie dir nicht weg, ich will dich nur etwas verwöhnen."

Albert ahnte seit geraumer Zeit, wohin der Hase lief. Er startete den nächsten Versuch, ihrer Umgarnung zu entrinnen, die sicherlich mit Kosten verbunden wäre.

„Chantal, du bist ein bezauberndes Mädchen, aber ich muss jetzt wirklich gehen. Außerdem kann ich mir es nicht leisten, mit dir den Abend zu verbringen. Es ist dir sicherlich nicht entgangen, dass mein ganzes Geld Raymond bekommt."

„Warum beleidigst du mich, ich habe nicht von Geld gesprochen!"
Albert, der auf diese Reaktion nicht vorbereitet war, wusste im Augenblick nicht, was er sagen sollte.

„Hier sind zehntausend Francs für die Herstellung des Kontaktes", sagte er schließlich und griff in die Brusttasche seines Sakkos.

„Behalte das Geld, du wirst es noch brauchen", sagte Chantal und wies seine ausgestreckte Hand mit dem Kuvert zurück.

Stille trat ein. Doch dann löste sich Chantal, nahm ihn bei der Hand und zog ihn eine hölzerne Treppe hinauf. Die Weinflasche hatte sie mitgenommen. Der Flur im Obergeschoss lag im Dunklen, die Luft war abgestanden,

Gerüche verschiedener billiger Parfums stiegen ihm in die Nase. Chantal öffnete eine Türe und trat ein, den noch immer zögernden Albert an der Hand. Ein schwerer, moschusartiger Geruch lag in dem Raum, dessen Wände mit weinroten Tapeten ausgekleidet waren. Eine wunderschöne Ampel aus Kupfer hing von der mit Ornamenten verzierten Decke und verbreitete ein gedämpftes Licht. Auf einem Tischchen standen Wasserpfeifen, auf dem mit einem schweren Teppich ausgelegten Boden lagen niedrige, runde polsterartige Sitzgelegenheiten aus besticktem Leder. Ein bequemer Divan, ebenfalls in dunklem Rot, dominierte die Einrichtung. Er nahm die gesamte Breite des Zimmers ein, oberhalb an der Decke war eine Messingschiene befestigt, an der zu beiden Seiten ein Baldachin zu Boden fiel. Bei Bedarf konnte dieser Baldachin bis zum Fußende vorgezogen werden. Albert glaubte sich urplötzlich in eine andere Welt versetzt. Träumte er oder wachte er? Das ist wie in Tausendundeiner Nacht, dachte er. Während er wie verloren vor dem riesigen Divan stand, drückte ihn Chantal sanft nieder und goss ihm ein Glas Wein ein.

„Warte hier", sagte sie leise und verschwand auf der gegenüberliegenden Seite des Zimmers hinter einem Perlenvorhang.

Er nahm sich fest vor, standhaft zu bleiben. Mehr als ein halbes Jahr hatte er mit keiner Frau geschlafen, nicht wie viele seiner Kameraden, die ihr Verlangen bereits beim ersten Ausgang bei einer Prostituierten gestillt hatten. Seine Gedanken schweiften von Chantal ab, in seiner Erinnerung tauchten Momente der Vereinigung mit Katrin auf. Nachdenklich nahm er einen Schluck Wein. Er fragte sich, wer den inneren Kampf, den er nun ausfocht, gewinnen würde. Doch als Chantal ihm in einem türkisen, mit Perlen besetzten Schleier erschien, wusste er, dass er ihren Verlockungen erliegen würde. Chantal lächelte frivol und schaltete einen Plattenspieler ein. Aufreizende orientalische Musik erklang. Vor Alberts Augen begann sie in typischer Manier der Bauchtänzerinnen die Hüften und den Oberkörper zu bewegen, ihre Brüste kreisten und schwangen hin und her. Nach einigen Takten hakte sie ihre Daumen in den Bund des reich verzierten Slips, an welchem der lange Schleier befestigt war. Aufreizend begann sie damit zu spielen, Zentimeter um Zentimeter zog sie ihn herab. Die Musik wurde immer lauter, die Streichinstrumente ertönten hoch und dann wieder tief und dumpf, die Flöten schrillten und die Schlagzither ertönte in einem infernalischen Finale, als Chantal die letzten Hüllen fallen ließ. Kaum hatte sich Albert an ihrer Nacktheit ergötzt, hob sie den Schleier auf und verbarg ihren Körper darin.

Chantal hatte definitiv das Feuer seiner Leidenschaft entzündet, nicht nur das, es bereitete sich bereits ein Flächenbrand in ihm aus. Er glühte vor Erregung, und es war ihm unmöglich, dieser Einhalt zu gebieten. Ein Schimmer von Genugtuung strich über Chantals Gesicht, als sie die Begehrlichkeit Alberts merkte, ja, es amüsierte sie sogar. Sie ließ ihren Schleier fallen, um diesen wieder aufzunehmen, wobei sie nur ihre Hüften darin verbarg. Ihr herausfordernder Blick ruhte auf Albert. Dieser erhob sich und nahm sie in die Arme. Sie schienen sich beide bereits in einer hochgradigen Erregung zu befinden, sodass sie sich nur kurze Zeit mit Liebesspielen aufhielten. Er trug Chantal auf den riesigen Divan und zog den Baldachin bis auf einen Spalt zu, nur ein rötlicher Schimmer drang durch. Unbeschreiblich schöne Gefühle schienen ihre Körper zu elektrisieren bis zu einem ekstatischen Höhepunkt, bei dem sie sich rasend aneinander klammerten und wieder lösten und so fort.

Nach der Vereinigung plagte ihn Gewissensbisse. Er fühlte sich schuldig, der Versuchung erlegen zu sein. Doch er war chancenlos gewesen, der Raffinesse und Erotik Chantals hatte er nach monatelanger Askese nicht widerstehen können. Chantal, die nackt neben ihm lag, versuchte zwar, ihn mit erotischen Spielereien zu einer neuen Vereinigung zu reizen, aber dieses Mal blieb Albert standhaft.

„Wann kommst du wieder?", fragte Chantal.

„Ich bin erst wieder am Samstag in Bône, ich muss das Geschäft mit Raymond abschließen, wie du weißt. Mein Kumpel wird auch da sein. Sag Raymond, dass er sich abends zu unserer Verfügung halten soll."
„Ich werde es ihm mitteilen", Chantal dehnte die Wörter, „aber nachher könnten wir beide doch noch einen Drink nehmen, dein Kumpel ist ja groß genug, um auf sich selbst aufzupassen, oder irre ich mich?"

„Lassen wir es an uns herankommen."

25.

Als er wieder zurück in Bugeaud war und sich zur Ruhe begeben hatte, versuchte er den Wirrwarr an Gefühlen, Gedanken und Zweifeln zu entflechten. Wenn die Flucht gelang, dann konnte er vielleicht schon in zwei Wochen in Wien sein. Aber zuvor musste alles klappen, das Auslaufen aus Bône und die Ankunft in Toulon, auch die Grenzübertritte von Frankreich nach Deutschland und nach Österreich mussten unbemerkt von den Kontrollen der

Grenzpolizei durchgehen. Weder er noch Philipp besaßen Ausweispapiere, von einem Reisepass ganz zu schweigen. Sie hatten nur das Soldbuch der Legion, aber dieses mussten sie so schnell wie möglich nach Antritt der Flucht loswerden. Sollten sie geschnappt werden, wäre dieses Dokument nur belastend. Er würde jedes Risiko in Kauf nehmen, um nach Wien durchzukommen, als früher oder später in irgendeinem Einsatz als Legionär draufzugehen. Die zu erwartenden Probleme bei der Flucht wurden überlagert von der Vorfreude, Katrin wiederzusehen. Sie hatte sich von ihrem Elternhaus gelöst, weil sie ihre Liebe zu ihm nicht verraten wollte. Doch er war bei der ersten Versuchung schwach geworden und den Verführungskünsten von Chantal erlegen. Schuldgefühle keimten in ihm.
Albert fieberte dem Samstag entgegen. Er nutzte die Tage bis zum Wochenende, um den Plan für die Flucht vorzubereiten Die erste Etappe der Flucht musste gelingen, wobei Philipp die größere Herausforderung bewältigen musste, nämlich von Batna in das fast zweihundert Kilometer entfernte Bône zu gelangen.

Als er sich am Samstag über die Abfahrtszeit des LKWs nach Bône erkundigte, erfuhr er, dass es wegen eines Anschlags keine Ausfahrt geben würde Terroristen des *FLN* hatten eine Bombe in ein von Franzosen stark frequentiertes Restaurant geworfen. Es hatte Tote und Verletzte gegeben, daher wurde aus Sicherheitsgründen der Besuch von Bône untersagt. Albert war entsetzt. Sein Plan wurde durch diesen Vorfall durchkreuzt. Es blieb ihm nichts anderes übrig, alles auf eine Karte zu setzen und sofort zu verschwinden. Albert erkundete das Gelände, um ein geeignetes Schlupfloch zu finden. Da er keine Lücken finden konnte, musste er über die Mauer klettern, das hatte er bei der Legion ja ausgiebig geübt. Das Hauptproblem bestand jedoch darin, eine Mitfahrgelegenheit nach Bône zu finden, sonst würde er achtzehn Kilometer zu Fuß zurücklegen müssen. Kurz entschlossen packte er seine Habseligkeiten in seine Reisetasche und begab sich in einen entfernten Winkel der Anlage, beobachtete einige Augenblicke das Gelände, und als er sich sicher fühlte, warf er zuerst die Reisetasche über die Mauer, trat einige Schritte zurück, nahm einen Anlauf, sprang, fasste den oberen Rand und schwang sich über die Mauer. Er nahm die Reisetasche auf und schritt abseits der Straße, gedeckt durch Gesteinsformationen und Sträucher in Richtung Bône.

Er mochte eine Stunde gegangen sein, als er sich entschied, die Uniform abzulegen und Zivilkleidung anzuziehen. Oft stolperte er, denn sein Blick war mehr nach rückwärts gerichtet, nicht nur um eine eventuelle Mitfahrgelegenheit auszumachen, sondern auch um sich rechtzeitig vor herankommenden Militärfahrzeugen verbergen zu können. Er überlegte, ob er ein vorbeifahrendes Auto stoppen sollte. Es war gefährlich, mit einem Fahrzeug, das von einem Algerier gelenkt wurde, mitzufahren, denn diese sympathisierten mit der FLN. Es konnte sein, dass er an diese ausgeliefert würde, denn man brauchte nicht viel Phantasie, einen jungen Mann mit starkem Akzent der Fremdenlegion zuzuordnen, trotz Zivilkleidung. Doch auch Franzosen stellten eine Gefahr dar. Ein Blick auf seine Armbanduhr zeigte ihm die Mittagsstunde an. Die Sonne brannte unbarmherzig vom Himmel, der Schweiß tropfte ihm in Strömen von der Stirn. Manchmal hörte er das Geräusch eines herannahenden Fahrzeugs, doch er wagte nicht, es aufzuhalten, sondern zog sich in den Schutz eines Strauchs oder Felsgesteins zurück. Er stolperte weiter, Durst begann ihn zu plagen, die Zunge klebte ihm am Gaumen.

Als er ein tuckerndes Geräusch hörte, wandte er sich um und sah über dem flimmernden Asphalt einen Traktor mit Anhänger holpern. Auf dem Plateau des Anhängers befanden sich einige magere Ziegen, deren Meckern von den knatternden Motorgeräuschen übertönt wurde. Gesteuert wurde das klapprige Fahrzeug von einem alten Araber im Kaftan und mit einem riesigen Turban am Kopf. Albert gab seine Deckung auf und trat auf die Straße, den Daumen in die Höhe gestreckt. Der Araber brachte den Traktor quietschend zum Stehen.

„Bône?" erkundigte sich Albert.

Der Araber sagte etwas und nickte. Albert überwand seine Bedenken, kletterte auf den Traktor und setzte sich auf den als Sitz ausgestalteten Kotflügel. Er griff in seine Brusttasche und reichte dem Araber eine Tausend-Francs-Banknote. Dieser lächelte und schüttelte den Kopf. Er griff in einen Beutel und reichte Albert eine Flasche mit einer hellen Flüssigkeit.

„Raki", sagte er, als er Alberts fragenden Blick merkte.

Albert wollte die Freundlichkeit des alten Mannes nicht zurückweisen und nahm einen kräftigen Schluck aus der Flasche. Das starke Getränk rann wie Feuer durch seine Kehle, erzeugte aber nach einigen Augenblicken ein angenehmes Gefühl im Mund und Magen und vertrieb sein Durstgefühl. Am liebsten hätte er sich ebenfalls mit einem Kaftan gekleidet und einem Turban am Kopf, um nicht aufzufallen. Er kramte in seiner Reisetasche und holte einen Schal hervor. Er wickelte sich diesen wie einen Turban um den Kopf. Er hatte auch eine Decke aus den Beständen der Legion dabei. Er schlug sich die Decke um die Schultern und zog den Kopf ein, sodass nur mehr Augen und Nase zum Vorschein kamen. Sie mochten einige Kilometer zurückgelegt haben, als Albert das Geräusch eines sich nähernden Fahrzeuges vernahm. Es war ein Motorrad, das von einem bärtigen Araber gesteuert wurde. Als er auf ihrer Höhe angelangt war, verlangsamte er das Tempo und fuhr neben ihnen. Der alte Araber auf dem Traktor forderte den Motorradfahrer mit eindeutigen Handzeichen zum Überholen auf, doch dieser fuhr weiter neben dem langsam dahintuckernden Traktor einher. Dabei warf er neugierige Blicke auf den vermummten Albert. Albert spürte, wie ihm der kalte Schweiß auf die Stirn trat. Sein Herz pochte. Wie sollte er reagieren, falls der Motorradfahrer Verdacht schöpfte und die *FLN* verständigte? Der Mann rief dem Alten etwas zu und deutete auf Albert. Der Alte schrie etwas, fuchtelte wild mit den Armen und forderte den anderen auf weiterzufahren. Dieser fuhr noch einige hunderte Meter neben ihnen her, immer wieder forschende Blicke auf Albert werfend, um dann endlich Gas zu geben und bei der nächsten Biegung zu verschwinden. Der Alte grinste zufrieden und tippte sich mit dem Zeigefinger auf die Stirn.

Doch Albert war alarmiert. Er schätzte, dass es bis Bône nicht mehr weit sein würde. Er machte dem Alten ein Handzeichen, sein Gefährt zu stoppen. Er stieg vom Traktor, kreuzte die Arme vor der Brust und verneigte sich, zum Zeichen der Dankbarkeit, mehrere Male vor dem alten Mann. Dann setzte er seinen Weg wieder zu Fuß fort, weitab von der Straße im steinigen Gelände. Der Traktor war nicht weit gekommen, Albert sah ihn noch in der Ferne, als das Motorrad wieder herangebraust kam, gefolgt von einem schwarzen Citroën. Vier Männer sprangen aus der Limousine und stoppten den Traktor. Albert sah, wie sie wild gestikulierend mit dem alten Mann verhandelten. Dann stellte er zu seinem Entsetzen fest, dass sie den Citroën am Straßenrand parkten und auf ihn zukamen, zwei auf der linken Straßenseite, zwei auf der rechten. Der Motorradfahrer fuhr im Schritttempo die Straße entlang und suchte ebenfalls das Gelände ab. Die Männer, sicher Angehörige der FLN, blieben vorerst noch dicht neben der Straße. Es war aber eine Frage der Zeit, bis sie auch abseits der Straße ihre Suche fortsetzen würden, wobei die Hauptgefahr von jenen ausging, die sich auf seiner Seite befanden. Er entfernte sich von der Straße, das Gelände wurde immer felsiger, manchmal musste er Felsformationen umgehen oder über Felsen klettern, die sich ihm als Hindernis in den Weg stellten. Von Zeit zu Zeit hielt er an, um aus der Deckung, die ihm die Felsen boten, einen Blick auf seine Verfolger zu werfen. Von Zeit zu Zeit hielten sie an, um nach ihm Ausschau zu halten, einer der beiden hatte eine Maschinenpistole umgehängt. Zu seiner größten Besorgnis waren sie flink und bewegten sich geschickt wie Gämsen in dem unwegsamen Gelände, während Albert durch die Reisetasche, die er mitschleppte, gehandicapt war. Seine Füße schmerzten und die Schussverletzung machte sich mit einem stechenden Schmerz bemerkbar. Die Hände waren vom Kontakt mit den Gesteins- und Felsbrocken aufgeschunden und bluteten. Er trieb sich zu noch mehr Eile an, dabei ließ er die bisher geübte Vorsicht außer Acht. Er krallte sich gerade an einem Felsbrocken fest, um diesen zu überwinden, als Schüsse krachten und Kugeln überall um ihn herum im Felsgestein einschlugen. Querschläger jaulten durch die Gegend und Steinsplitter flogen ihm ins Gesicht. Blitzschnell ließ er sich zu Boden gleiten, als eine nächste Salve aus der Maschinenpistole über ihn hinwegpfiff. Er überlegte blitzschnell: besser im Kugelhagel zu sterben, als in ihre Hände zu fallen. Denn dies bedeutete Folterung und letztlich Liquidation. Vorsichtig hob er das Gesicht aus der Deckung, um die beiden Verfolger zu orten. Sie waren nicht mehr weit, vielleicht lagen noch fünfzig Meter zwischen ihnen. Er wartete, bis sie sich wieder in Bewegung setzten. Da war er wenigstens vor ihren Kugeln sicher, denn genaues Zielen war beim Laufen schwierig. Er verließ seine Deckung und rannte, kroch und kletterte weiter, ohne auf seine Beine und Hände Rücksicht zu nehmen. Dort wo sich Deckung bot, nutzte er diese, ohne jedoch zu verharren. Plötzlich tauchte der Motorradfahrer auf, hupte laut und fuchtelte mit den Armen. Albert beobachtete, wie ein Verfolger die MP abnahm und sie unter einem Felsbrocken versteckte. Dann wandten sie sich der Straße zu und schritten in Richtung ihres Autos. Albert wunderte sich, dass sie die Jagd nach ihm abgebrochen hatten. Ein Dodge der Fremdenlegion näherte sich und blieb in einiger Entfernung vor dem Citroën stehen. Von der Plattform des Dodge stiegen vier Legionäre aus, die MP im Anschlag. Die Fahrertür öffnete sich und ein Leutnant stieg aus. Er rief den beiden Arabern etwas zu, diese hoben die Hände über ihre Köpfe und näherten sich dem Dodge. Albert konnte nicht verstehen, was zwischen dem Leutnant und den beiden gesprochen wurde, aufgrund der Gesten der Hilflosigkeit der beiden Araber versuchten sie wahrscheinlich, eine Panne vorzutäuschen. Der Leutnant überprüfte ihre Ausweispapiere, schrieb etwas in ein Büchlein und wandte sich dann mit zwei Legionären und den beiden Arabern, die noch immer die Hände über dem Kopf erhoben hatten, zum Citroën. Albert sah, wie wieder Papiere präsentiert wurden. Der eine Araber deutete auf die Motorhaube und hob achselzuckend die Schultern. Dann tastete ein Legionär die beiden auf den Besitz von Waffen ab, der andere durchsuchte den Citroën. Da scheinbar nichts Verdächtiges gefunden wurde, kehrten die Legionäre wieder zum Dodge zurück und fuhren Richtung Bône davon. Es vergingen einige Minuten, dann erschienen wie aus dem Nichts die beiden Araber, die die andere Straßenseite nach ihm durchforscht hatten. Albert beobachtete sie aufmerksam, er war gespannt, ob sie die Verfolgung wieder aufnehmen würden. Doch zu seiner großen Erleichterung stiegen sie in den Wagen und fuhren in Richtung Bône davon. Er wartete noch einige Augenblicke, um sicher zu sein, dass sie nicht mehr zurückkommen würden. Vorsichtig klopfte er seine staubige Kleidung ab und betrachtete seine Schuhe, die durch die Flucht über das steinige Gelände gelitten hatten. Das Oberleder war zerkratzt, aber noch fest mit der Sohle verbunden. Dann betrachtete er seine blutigen und aufgeschürften Hände. Mit einem leidvollen Seufzer nahm er seine Reisetasche auf und setzte seinen Weg in Richtung Bône fort. Bei jedem Schritt meldete sich seine Verletzung am linken Fuß. Die Flucht durch das unwegsame Gelände war eine zu große Belastung gewesen. Er blieb stehen und untersuchte seine Wade. Wo ehemals eine Naht die Wunde verschlossen hatte war eine beträchtliche Anschwellung zu erkennen. Er humpelte weiter, der Straße in einem seitlichen Abstand folgend, sodass er von passierenden Fahrzeugen nicht bemerkt werden konnte. Das Gehen in dem steinigen Gelände bereitete ihm zusehends immer mehr Schmerzen. Oft musste er anhalten und eine Rast einlegen. Der Schweiß rann ihm in Bächen herab, sein Hemd war durchnässt, als ob es ins Wasser getaucht worden wäre. Er war schon über eine Stunde unterwegs und hatte den Eindruck, dass er Bône noch immer nicht wesentlich näher gekommen war. Die Umrisse der Stadt lagen wie eine Fata Morgana vor ihm, die Zunge klebte ihm am Gaumen und er verwünschte sich, dass er kein Wasser mitgenommen hatte. Wieder blieb er stehen und setzte sich auf einen Felsbrocken, um sich auszuruhen. Sein verletzter Fuß tat nun höllisch weh, sodass er ihn nur mehr nachschleifen konnte. Obwohl das Gelände zur Küste nun abfallend war, war dies kein großer Vorteil, weil er immer wieder Felsen und Steinen ausweichen musste. Wieder betrachtete er sein Schuhwerk. Beim linken Schuh hatte sich durch das Nachschleifen die Kappe bereits von der Sohle gelöst und aus dem großen Spalt lugte seine Socke hervor. Sollte er es wagen, auf der asphaltierten Straße weiterzumarschieren? Dadurch würde er sein Bein schonen und schneller vorwärts kommen. Doch damit riskierte er, der *FLN* oder der Militärpolizei in die Hände zu fallen. Oder sollte er sich weiter durch die Steinwüste schleppen? Als sicherste Lösung wäre dies vorzuziehen, die Frage war, ob er es mit seinem verletzten Bein schaffen konnte. Er raffte sich auf und hinkte weiter. Solange es ging, wollte er verdeckt, abseits der Straße seinen Weg fortsetzen. Er versuchte, das linke Bein zu heben, um zu vermeiden, dass sich die Sohle vollends vom Oberteil des Schuhs trennte, wobei ihm bei jedem Schritt ein leises Stöhnen entfuhr. Bald merkte er, dass er so nicht weit kommen würde. Seine Lage spitzte sich weiter zu, als er mit dem linken Bein in einer Vertiefung hängen blieb. Mit einem Ratsch löste sich die Sohle vollends. Albert stoppte und betrachtete das Verhängnis. Die Sohle hatte sich bis zum Absatz abgetrennt und wippte auf und ab. Albert fluchte. Er zog den Schuh aus und versuchte mit dem linken Bein, nur mit der Socke bekleidet, weiterzugehen, doch bald merkte er die Unmöglichkeit seines Vorhabens. Das schroffe Geröll riss nicht nur seinen Socken auf, sondern auch seine Fußsohle. Nun blieb ihm nichts anderes übrig als sich doch um eine Mitfahrgelegenheit zu bemühen, wenn er Philipp in Bône treffen wollte. Verdeckt durch einen halbverdorrten Tamariskenstrauch beobachtete er vorerst die vereinzelt vorbeikommenden Fahrzeuge, ohne etwas zu unternehmen. Das Stehen und Warten in der glühenden Sonne ermüdeten ihn, er war der Erschöpfung nahe. Er konnte sich kaum auf den Beinen halten und schwankte wie ein Baum, der vom Wind hin und her bewegt wurde und litt unter Bewusstseinsstörungen. Er wähnte sich mitten im Ozean treibend, getragen von Wellen und umspült vom kühlen Meerwasser. Er kämpfte dagegen an, doch alsbald trieb er wieder in Trance dahin, sah sich Hand in Hand mit Katrin durch Wien spazieren. In einem klaren Moment realisierte er, dass er sich in einem kritischen Stadium befand. Wenn er das Bewusstsein verlöre, dann würde er verdursten oder die Beute eines Schakals oder einer Hyäne werden, von denen es genug in dieser Gegend gab. Er schleppte sich aus seiner Deckung zum Straßenrand und spähte auf den in der Hitze flimmernden Asphalt. Aus der Ferne hörte er ein Motorgeräusch. Als das Fahrzeug näher kam, stieg ein Hoffnungsschimmer in ihm auf. Es war ein Lastwagen, der Melonen geladen hatte, die sich trotz der hohen Bordwände noch über deren Rand auftürmten. Sein Herz schlug so heftig, dass er ein Pochen in den Schläfen spüren konnte. Der Lastwagen war noch ein gutes Stück entfernt, als Albert, mitten auf der Straße stehend, heftig mit der Hand zu winken begann. Doch der Fahrer gab nicht den Anschein, anhalten zu wollen. Er ließ immer wieder die Hupe ertönen. Entweder er bleibt stehen, dachte Albert, oder aber er überfährt mich und ich werde Katrin nie mehr sehen.Im letzten Augenblick leitete der Fahrer das Bremsmanöver ein. Quietschend hielt das Fahrzeug nur einige Meter vor Albert. Der Fahrer, ein Araber mit dunkelbraunem Teint und einem Turban auf dem Kopf ließ einen Schwall von Beschimpfungen in arabischer Sprache auf Albert niederprasseln. Albert zückte aus seiner Brieftasche einen Zehntausend-Francs-Schein und hielt ihn dem Fahrer hin.

„Ich muss unbedingt nach Bône", sagte er auf Französisch und wies auf den kaputten Schuh und auf seinen blutigen Fuß.

Der Blick des Fahrers wechselte mehrmals von Albert zur Banknote. Einen Augenblick, der Albert endlos vorkam, schien er zu überlegen, doch dann deutete er ihm einzusteigen. Albert kroch in die hohe Fahrerkabine und ließ sich neben dem Fahrer auf dem zerschlissenen Sitz, aus dem die Sitzfedern hervorguckten, nieder. Er reichte dem Fahrer die Banknote, die dieser lächelnd entgegennahm.

„Du schaust krank aus!"

„Ich bin zu lange in der Hitze unterwegs gewesen und habe meine Schuhe ruiniert. Wenn Sie etwas zum Trinken hätten, wäre ich Ihnen dankbar, ich bin am Verdursten".

Der Fahrer hielt ihm eine Flasche mit einer gelblichen Flüssigkeit hin.

Albert war unschlüssig. „Raki?"

„Ja, ist gut gegen Durst", versicherte der Fahrer in gebrochenem Französisch.

Albert war sicher, dass er sich, in dem Erschöpfungszustand, in dem er sich befand, übergeben würde, wenn er nur einen Schluck dieses Teufelsgetränks zu sich nähme. Er legte beide Hände auf seinen Magen und schüttelte resigniert den Kopf. Plötzlich hielt der Araber an, kletterte auf die Bordwand und holte eine Melone herunter. Aus den Falten seines Kaftans zog er ein Springmesser hervor, klappte es auf und teilte die Melone in zwei Teile. Albert wollte schon gierig nach der einen Hälfte greifen, doch der Araber bedeutete ihm zu warten. Er teilte die Melone in dicke Schnitten. Ohne sich die Mühe zu machen, die schwarzen Kerne zu entfernen, verschlang Albert im Nu das köstliche Fruchtfleisch.

„Merci beaucoup", sagte er und lächelte dankbar. Der Araber gab ihm einen freundschaftlichen Klaps auf die Schulter und fuhr das schwer beladene Fahrzeug an.

Nach einigen Minuten erschien das Ortsschild von Bône. Aufgrund der Sicherheitsvorkehrungen war die Präsenz von Militär und Polizei verstärkt worden. Mit Besorgnis stellte Albert fest, dass auf den Straßen Soldaten der regulären französischen Armee und auch der Fremdenlegion patrouillierten. Der Fahrer schien zu ahnen, wen er mit seinem LKW mitgenommen hatte, denn er bedeutete Albert, sich zu ducken und flach auf den Sitz zu legen, damit man ihn von außen nicht sehen konnte.

„Ich muss zum Hafen, wo willst du aussteigen?", fragte er, als sie auf dem Boulevard mit den schönen Palmen dahintuckerten.

„Lassen Sie mich bitte hier aussteigen", bat Albert.

Umsichtig suchte der Fahrer die Umgebung nach einer Patrouille ab, und, als die Luft rein war, hielt er an. Albert schüttelte dem Fahrer dankbar die Hand und stieg aus. Er fürchtete, dass er in seinem Aufzug, nur mit einem Schuh und der verschmutzen Bekleidung, sofort den Sicherheitskräften und Informanten auffallen würde, die der Legion den Aufenthalt von Deserteuren verrieten. Er verharrte im Schatten einer Palme und hielt nach einem Taxi

Ausschau. Nach einigen Minuten kam ein altes, klappriges Peugeot-Taxi vorbei und hielt auf Alberts Zeichen an. Der Fahrer, ein Araber mit einem dunklen Teint und einem schmalen Oberlippenbart, betrachtete ihn misstrauisch.

„Zum Rathaus bitte", sagte Albert mit heiserer Stimme.

Der Araber nickte und ließ ihn einsteigen. Doch anstelle das Taxi in Richtung Stadtzentrum zu lenken, fuhr er den Boulevard entlang. Albert merkte zu spät, dass sie die Stadt verließen und auf der Küstenstraße Richtung Norden fuhren.

Es brach ihm der kalte Schweiß aus. „Ich möchte zum Rathaus", sagte er und blickte den Araber zornig an.

Mit einem Lächeln auf den Lippen entgegnete der Araber mit ergebener Stimme: „Aber ja, mein Lieber, doch vorher möchte ich dich meinen Freunden vorstellen, die wollen sich mit dir unterhalten!"

„Welche Freunde?"

„Gute Freunde!", antwortete der Araber sanft, dabei öffnete er das Handschuhfach und zog eine Pistole hervor. Mit der rechten Hand steuerte er den Peugeot, mit der linken richtete er die Pistole auf Albert.

„Und jetzt keine Dummheiten", drohte er und fuchtelte mit der Pistole herum.

Es war offensichtlich, dass der Araber Verdacht geschöpft hatte. Ein Legionär war für die FLN immer von Interesse, dabei spielte es keine Rolle, ob es sich um einen Angehörigen oder um einen Deserteur handelte. Durch

Folter konnte die FLN Informationen über die Stärke der Verbände, ihre Stationierung, Bewaffnung und vielleicht sogar über Pläne in Erfahrung bringen. Albert hatte keine Zweifel, dass der Araber ihn ausliefern würde, wobei die Vorgangsweise immer gleich war: zuerst Verhör und Folter, dann Liquidierung.

Die Erkenntnis, dass in ein paar Minuten Folter und Tod auf ihn warteten, ließ ihn einen eiskalten Entschluss fassen. Ob er jetzt starb oder später machte keinen Unterschied, aber vielleicht hatte er eine Chance. Er spannte seine Muskeln und schoss eine Rechte, in die er sein ganzes Gewicht legte, auf das Kinn des Arabers ab. Die Wucht des Schlages war gewaltig, fast hätte es den Araber aus dem offenen Seitenfenster hinaus auf die Fahrbahn katapultiert. Er sank bewusstlos auf den Fahrersitz zurück. Das Fahrzeug begann zu schlingern, schnell griff Albert ins Lenkrad und brachte den Wagen wieder in die Spur, dann drehte er den Zündschlüssel und ließ den Wagen ausrollen. Er stieg aus, zog den bewusstlosen Araber aus dem Auto und legte ihn im Straßengraben ab. Dann nahm er den Fahrersitz ein, startete den Wagen, wendete und fuhr in Richtung Bône zurück. Als er den Boulevard erreichte, hielt er nach einem Modehaus Ausschau. Er brauchte unbedingt neue Kleidung, vor allem Schuhe, denn so, wie er jetzt aussah, würde er Verdacht auf sich ziehen. Er fand, was er suchte, und stoppte. Kaum war er in das Geschäft eingetreten, folgten ihm neugierige Blicke. Er rief einen Verkäufer und gab seine Wünsche bekannt. Der Verkäufer brachte einige Stücke zum Probieren. Albert war nicht wählerisch, was größenmäßig passte, wurde genommen. Er behielt die neuen Kleider an und humpelte in die Schuhabteilung. Auch die Auswahl der Schuhe ging rasch von statten. Nun sah er wieder wie ein halbwegs zivilisierter Mensch aus.

26.

Obwohl ihm das Gehen schwerfiel, ließ er den Peugeot stehen. Die Anforderungen jenes Tages und die Katastrophen, die ihm bei seiner Flucht widerfahren waren, machten sich bemerkbar. Albert war erschöpft, das verletzte Bein schmerzte höllisch, jeder Schritt kostete ihn Überwindung. Das Rathaus befand sich auf einem schön angelegten Platz, Bänke und Platanen mit schattigem Blätterwerk luden zum Verweilen ein. Nach den Anschlägen zog es die Bevölkerung vor, daheim zu bleiben. Er warf einen Blick auf seine Armbanduhr. Es war achtzehn Uhr. Für die Flucht vom Rekonvaleszenten-Heim nach Bône hatte er fast zehn Stunden benötigt. Wenn Philipp eine Mitfahrgelegenheit gefunden hatte, könnte er bereits in Bône sein. Falls er den Bus benutzen musste, würde er nicht vor zwanzig Uhr, der Ankunftszeit des Busses aus Constantine, eintreffen. Er ließ seinen Blick über den Platz schweifen und stellte fest, dass es zwei Cafés gab. Er wandte sich zuerst an das Café neben dem Rathaus. Weder an den im Freien aufgestellten Tischen noch im Inneren konnte er Philipp erblicken. Also suchte er das andere Café auf, doch auch hier konnte er ihn nicht entdecken. Er entschied, an einem der Tischchen unter einer riesigen Platane Platz zu nehmen. Dies ermöglichte ihm, sowohl das gegenüberliegende Café im Auge zu behalten, als auch etwaige Polizeikontrollen rechtzeitig zu entdecken. Endlich konnte er sich etwas entspannen und seine gemarterten Beine unter dem Tisch ausstrecken. Er hatte Hunger, doch sein Durst war noch größer. Er bestellte eine *„Pression"*, so nannte man das Bier, welches offen ausgeschenkt wurde. Er leerte das Glas auf einen Zug und bestellte ein zweites Glas.

Ein amüsiertes Lächeln spiegelte sich auf dem Gesicht der jungen Kellnerin, als sie das Bier auf seinem Tisch abstellte.

„Könnte ich die Speisekarte haben?", bat er.

„Wir sind kein Restaurant, aber wenn Sie wollen, kann ich Ihnen einen „*Croque Monsieur*" zubereiten".

Croque Monsieur war ein getoastetes Sandwich mit Schinken und Käse.

„Sehr gut", antwortete Albert. Es lief ihm bereits das Wasser im Mund zusammen.

„Bringen Sie mir bitte am besten gleich zwei und noch ein Bier bitte."

Die Kellnerin lächelte wieder und verschwand mit wiegendem Gang im Lokal. Es dauerte nicht lange und sie erschien wieder mit den reichlich mit Schinken und Käse belegten Sandwiches. Albert musste sich beherrschen, sie nicht gierig hinunterzuschlingen. Als er sein frugales Mahl beendet hatte, dämmerte es bereits, und es wurde merklich kühler. Er holte aus seiner Tasche einen Pullover hervor und zog ihn über. Die Kellnerin lud ihn ein, drinnen im Lokal Platz zu nehmen, doch Albert lehnte ab. Er bestellte sich ein weiteres Bier und harrte aus. Wenn Philipp mit dem Bus gefahren war und dieser pünktlich ankam, dann müsste er bereits hier sein. Während er geduldig wartete, überlegte er, wo er die Nacht verbringen sollte. In ein Hotel zu gehen, ohne Papiere, war gefährlich, wenn nicht gar unmöglich. Es blieb ihm also nichts anderes übrig, als Chantal zu bitten, ihn irgendwo unterzubringen. Während er grübelte, wurde er

schläfrig. Er versuchte krampfhaft, munter zu bleiben, doch ohne dass es ihm bewusst wurde, schlief er ein.
Er schreckte auf, als jemand seine Schulter antippte. Verwirrt betrachtete er die Kellnerin.

„Monsieur, wir schließen", sagte sie leise.

Verschlafen und taumelnd erhob sich Albert. Er warf einen Blick auf das Café gegenüber, aber dieses hatte bereits geschlossen. Es war Mitternacht, er hatte fast vier Stunden geschlafen. Er zahlte, packte seine Tasche und mit steifem Gang verließ er das Lokal. Auf einmal hatte er mehrere Probleme. Er wusste weder, was mit Philipp los war, noch wo er schlafen würde. Er hoffte, dass ihm Chantal oder die üppige Blonde vom Stundenhotel eine Bleibe verschaffen konnte, oder Raymond, falls er noch im Goldenen Anker anzutreffen war. Müde schleiften seine Füße über den Asphalt, ein Taxi zu nehmen, wollte er nach den bösen Erfahrungen von vorhin nicht riskieren. Obwohl er sich im Café ausgeruht hatte, war er so ziemlich am Ende, als er den Goldenen Anker erreichte. Es war nicht mehr viel los, aber Chantal war noch anwesend. Sie saß auf einem Barhocker und hatte ihre gekreuzten Beine so gedreht, dass sie als Blickfang für jeden eintretenden Gast sichtbar waren. Albert trat an sie heran.

„Bon soir, Chantal."

Chantal antwortete mit einem Vorwurf. „Ich warte seit einigen Stunden auf dich. Warum kommst du so spät?"

„Das ist eine lange Geschichte. Bei mir ist einiges schiefgelaufen, gelinde ausgedrückt!"

Die Verärgerung wich aus Chantals Gesicht, als sie Albert betrachtete.

„Was ist denn geschehen?"

„Auf dem Weg hierher bin ich vier Typen von der *FLN* in die Quere gekommen, sie haben mich stundenlang gejagt und mit der MP auf mich geschossen. Mit viel Glück bin ich ihnen entkommen." Den Zwischenfall mit dem Taxichauffeur, der ihn an die *FLN* ausliefern wollte, verschwieg er. „Ich bin am Ende meiner Kräfte. Kannst du mir ein Zimmer besorgen? Ich muss unbedingt ein paar Stunden schlafen."

„Du kannst bei mir schlafen", schlug Chantal vor.

„Okay, aber morgen kommt mein Freund, dann brauchen wir ein Zweibettzimmer."
„Ich werde mit Madeleine reden, vielleicht hat sie ein Zimmer für euch."

„Wer ist Madeleine?", fragte Albert.

„Die Besitzerin vom Excelsior."

„Ist das die Blonde?" Chantal bejahte.

„Na gut, fragen wir sie", sagte Albert und wandte sich zum Gehen.

„Morgen. Diese Nacht bleibst du bei mir. Außerdem ist es besser, wenn du bei mir untertauchst, denn die Polizei hat aufgrund der Attentate die Kontrollen in den Hotels verstärkt."

„Du wirst keine Freude mit mir haben. Ich muss meine Füße verarzten, ich habe sie wundgelaufen und meine Schussverletzung ist wieder aufgeflammt!"

„Ich werde dir den Rücken massieren und deine Wunden verbinden. Also komm, lass uns gehen."

Sie verließen das Lokal. Albert schleppte sich vorwärts. Seine zerschundenen Füße schmerzten ihn höllisch.

„Müssen wir weit gehen?", erkundigte er sich.

„Wir sind gleich da", sagte Chantal beruhigend.

Tatsächlich betraten sie nach einigen Minuten ein schmales, mehrstöckiges Haus. Sie erklommen eine schmale, spärlich beleuchtete Treppe in den ersten Stock. Chantal zog einen Schlüsselbund aus ihrer Handtasche und öffnete die Tür zu ihrem Appartement. Es bestand aus einem kleinen Vorzimmer, einer winzigen Küche und einem Raum, der offensichtlich als Wohn- und Schlafzimmer diente. Das Appartement war der Straße abgewandt, die Fenster lagen auf der dem Hafen zugewandten Seite, in der Ferne konnte man das Meer schimmern sehen. Chantal öffnete die beiden Fenster. Frische, kühle Meeresluft strömte ins Zimmer. Albert ließ sich erschöpft auf das Bett gleiten.

„Komm, zieh dich aus, ich schaue mir einmal deine Verletzungen an."

Albert tat, wie ihm geheißen. Chantal betrachtete seine Füße, dann die Hände.

„Die Hände können wir mit einem Pflaster versorgen, aber die Füße schauen schlimm aus", sagte sie besorgt.

Sie stellte einen großen emaillierten Topf auf einen kleinen Elektroherd und goss Wasser hinein. Als das Wasser zu kochen begann, streute sie Kräuter, die sie einer Blechdose entnahm, hinein.

„Ich werde deine Wunden mit Kamillentee reinigen und nachher verbinden", sagte sie und holte aus einem kleinen Wandschrank Verbandzeug. Sie betupfte vorsichtig die offenen Stellen, vor allem an den Fußballen. Albert verzog schmerzhaft das Gesicht, als sie darüber hinwegwischte. Dann trug sie eine dunkelbraune, nach Schwefel riechende Salbe auf.

„Was ist das?", fragte er beunruhigt.

„Das ist eine Sulfonat-Salbe. Es ist unmöglich, alle Verunreinigungen mit Tee zu entfernen, aber diese Salbe desinfiziert die Wunden. Morgen, wenn wir die Verbände wechseln, können wir eine Salbe mit Heilfunktion auftragen."

Bevor sie sich den Händen widmete, verband sie mit einer Mullbinde die verletzten Stellen.
Die größten Schrunden an seinen Händen versah sie mit Pflastern und legte auf der Wade, dort wo er die Schussverletzung davongetragen hatte, eine kühle Kompresse auf, die sie mit einer dünnen Mullbinde festband.

„Hast du ein Nachtgewand dabei?", fragte sie.

„Nein, aber ich kann in der Unterwäsche schlafen."

Chantal erhob sich und ging zu einem kleinen Kleiderschrank, dessen Türen mit geschnitzten Ornamenten verziert waren, und entnahm einen hellblauen Baumwollpyjama.

„Hier", sagte sie und reichte ihm das Wäschestück. „In der verschwitzten Unterwäsche wirst du ja wohl nicht schlafen wollen!"

Wenn er nicht so erschöpft gewesen wäre, hätte er sicher gefragt, warum Chantal einen Pyjama für Herren aufbewahrte. Aber er verschwendete keine weiteren Gedanken daran, sondern entledigte sich wortlos seiner letzten Kleidungsstücke und legte den Pyjama an. Chantal wandte ihre Blicke nicht ab.

„Das ist der durchtrainierteste Körper, den ich je gesehen habe", sagte sie mit Bewunderung in der Stimme.

„Bei dir sieht man jeden Muskel!"

Albert lächelte müde.

„Kein Wunder nach der Schinderei in der Legion und den Strapazen bei den Kampfeinsätzen. Ich hätte gerne darauf verzichtet." Er gähnte.

Chantal forderte ihn auf, sich in das Bett zu legen. Es war ein Einzelbett, aber groß und breit.

„Ich schlafe immer nackt", eröffnete ihm Chantal.

Trotz seiner Müdigkeit konnte es sich Albert nicht versagen, Chantal beim Entkleiden zuzusehen. Ein flüchtiges Lächeln huschte über ihr Gesicht und sie fuhr fort, sich ungeniert auszuziehen. Dann ging sie zu einem Frisiertischchen, löste die Spange in ihrem Haar, ließ ihre dunkle Haarflut auf die Schultern gleiten und benetzte mit einem Parfumflacon ihren Körper. Sie löschte das Licht und hob die Decke, um zu Albert ins Bett zu schlüpfen. Der große, golden leuchtende Mond lugte zum Fenster herein und ein matter Schimmer legte sich über das kleine Zimmer.

„Oho", Chantal entfuhr ein leichtes Staunen, als sie Alberts Erektion entdeckte.

Dieser wollte sich wegdrehen, doch Chantal hielt ihn zurück. Albert fürchtete, dass er Katrin nun zum zweiten Mal betrügen würde. Die Natur meldete sich und was sollte er machen, wenn dieses zauberhafte Geschöpf ihn unbedingt lieben wollte. Sie tappte mit einer Hand suchend in der Schublade ihres Nachtkästchens herum und entnahm ihm ein kleines Kuvert. Mit ihren zarten Fingern begann sie Alberts Glied zu betasten, was ihr großes Vergnügen zu bereiten schien. Dann entfernte sie die Verpackung des Präservativs und langsam, spielerisch führte sie es seiner Bestimmung zu. Ihr Atem wurde von einem leisen Keuchen begleitet, sie beugte sich rittlings über Albert und rieb ihren Lustpunkt an ihm, wobei sie sich senkte und ihn ein bisschen eindringen ließ. Dieses Spiel betrieb sie einige Augenblicke, bis sie die Lust auf die totale Vereinigung fortriss.

27.

Die Sonne stand hoch am Himmel, als Albert erwachte. Chantal schien mit der Vorbereitung eines Frühstücks beschäftigt. Sie lächelte ihn an.

„Guten Morgen", sagte er und wollte aus dem Bett springen, fiel jedoch mit einem leisen Stöhnen wieder in die Polster zurück.

„Verdammt, tut das weh", presste er zwischen den Zähnen hervor und betrachtete seine Füße. Er musste in der Nacht geblutet haben, denn der Verband war rot gefärbt.

„Bleib noch ein bisschen liegen, Chéri", schlug Chantal vor. „Ich gehe schnell in die Boulangerie und hole uns frische Croissants."

„Wie spät ist es?", erkundigte er sich.

„Fast Mittag, du hast so tief geschlafen, ich wollte dich nicht wecken!"

„Das war ein Fehler, ich muss unbedingt zum Rathausplatz, für den Fall, dass Philipp in der Nacht eingetroffen ist und auf mich wartet!"
„Wenn es dich beruhigt, kann ich nachschauen." Albert beschrieb Philipps Aussehen.

„Es ist ohnehin besser, wenn ich gehe", meinte Chantal, „ich falle nicht auf so wie du, überhaupt mit deinen Verletzungen."

Als sie von ihrem Einkauf zurückkehrte, berichtete sie, dass von Philipp noch nichts zu sehen war. Dann bereitete sie ein ausgiebiges Frühstück mit frischen Croissants, die herrlich schmeckten, und braute einen starken, arabischen Kaffee, den sie in kleinen Kupferkännchen servierte.

„Was willst du nun tun?", fragte Chantal, während sie aßen.

„Ich glaube, wir sollten bis zum Nachmittag warten. Falls er eine Mitfahrgelegenheit gefunden hat, könnte er schon gegen siebzehn Uhr in Bône sein, falls er den Bus über Constantine nehmen musste, kommt er nicht vor zwanzig Uhr an."

Chantal versorgte seine Verletzungen mit einem frischen Verband und wollte sich danach mit ihm ausruhen. Albert gähnte ohne Unterbrechung, die Strapazen des gestrigen Tages lagen ihm noch in den Knochen. Er rechnete damit, dass Chantal mit Ausruhen ein Schäferstündchen verband, doch ehe sie zu ihm ins Bett schlüpfte, war er schon eingeschlafen. Er schlief so fest, dass Chantal ihn nach einigen Stunden fest schütteln musste, um ihn wach zu bekommen. Gähnend streckte er seine Glieder.

„Wie fühlst du dich?", fragte Chantal.

„Viel besser, und das habe ich dir zu verdanken!"

Er verließ das Bett und unternahm wieder einen Gehversuch. Es ging schon besser, wenn er den rechten Fuß nicht zu sehr belastete. Albert warf einen Blick auf seine Uhr, es war Zeit aufzubrechen. Sie verließen die Wohnung und hofften, dass ein Taxi vorbeikommen würde. Sie warteten einige Minuten, Albert hatte sich, um seinen Fuß zu schonen, auf einem Mauervorsprung abgestützt. Es vergingen weitere Minuten, doch kein Taxi war in Sicht. Chantal machte sich erbötig, das nächste Café aufzusuchen, um telefonisch ein Taxi zu bestellen. Sie mussten sich weitere Minuten gedulden, endlich kam ein Renault angefahren. Der Fahrer, ein ungepflegter Araber mit einem wirren Vollbart, hielt sein Vehikel an und machte ihnen ein Zeichen einzusteigen. Sie nahmen auf der zerschlissenen hinteren Sitzbank Platz und nannten das Fahrtziel. Der Fahrer ließ das Volant los und zögerte.

„Das sind ja nur ein paar hundert Meter", sagte er misslaunig in schlechtem Französisch, „da gehen Sie am besten zu Fuß, für mich rentiert sich das nicht!"

„Lassen Sie Ihren Taxameter ausgeschaltet", sagte Albert und drückte ihm einen 1000-Francs-Schein in die Hand. Der Fahrer brummte etwas, legte widerwillig den Gang ein und fuhr los.

Albert wollte dieses Mal in dem anderen Café auf Philipp warten. Am Trottoir vor dem Café waren einige Tische aufgestellt, abgeschirmt durch hoch gewachsene Oleandergewächse, die in großen Holzkisten eingepflanzt waren. Das kam Albert gelegen, dadurch konnte er den Platz ganz gut überblicken, ohne von Passanten entdeckt zu werden. Im Falle einer Kontrolle durch die Militärpolizei hatte er darüber hinaus noch eine Chance, zwischen den Gewächsen hindurchzuschlüpfen, um das Café zu verlassen. Albert bat Chantal, sicherheitshalber im gegenüberliegenden Café nachzuschauen, ob Philipp vielleicht drinnen auf ihn wartete. Doch Philipp war nicht dort. Nun begann das Warten. Sie tranken Tee, der süß und intensiv nach Pfefferminze schmeckte und belebend wirkte. Albert schlürfte nachdenklich den Tee und versuchte, seine Ruhelosigkeit unter Kontrolle zu bekommen. Chantals Geduld schien durch das Warten ebenfalls auf eine harte Probe gestellt zu werden.

„Hoffentlich ist der Bus aus Constantine pünktlich", sagte sie.

„Die Busse werden kontrolliert, überhaupt wenn es Unruhen gibt", sagte Albert besorgt. „Vielleicht hat ihn jemand mitgenommen, das wäre weniger riskant."

Chantal ließ sich gelangweilt in ihren Sessel zurückfallen und kreuzte ihre Beine.

„Kennst du den Kahn von Raymond?", fragte Albert, um mit einem Gespräch das Warten erträglicher zu gestalten.

„Kennen ist zu viel gesagt, aber soweit ich es beurteilen kann, ist die ENYA ein uraltes Schiff. Aber für Phosphortransporte gut genug."

„Ich hoffe, dass Raymond im Goldenen Anker sein wird, wenn wir mit Philipp dort aufkreuzen", warf Albert ein.

„Er hat schon gestern auf euch gewartet. Aber als niemand kam, ist er um Mitternacht gegangen", berichtete Chantal.

In der Folge drehte sich das Gespräch um die Zukunft Algeriens. Chantal sagte, dass sie im Falle der Unabhängigkeit das Land verlassen würde. Ihre Mutter, eine Algerierin, war an einer Infektion gestorben, und ihr Vater, ein Franzose und Soldat der regulären französischen Armee, war bei Kampfhandlungen mit der *FLN* gefallen.

„Ich habe keine näheren Verwandten hier", erzählte sie, „wenn Algerien unabhängig wird, dann haben die Franzosen hier nichts mehr zu lachen. Ich habe einen französischen Pass, ich weiß, was mich erwarten würde."
Dann begann Chantal ihn über seine Lebensumstände auszufragen. Albert berichtete über den Grund seines Eintritts bei der Legion. Dabei hatte er das Gefühl als ob er schon vor Jahren seine Heimat verlassen hätte. Die intensive Ausbildung, die Ereignisse und das fremde Land ließen alles in eine ferne Vergangenheit rücken. Er konnte es noch nicht so richtig realisieren, dass er vielleicht in einigen Tagen, wenn alles gut ging, wieder Zivilist sein würde. Kein Drill, keine lebensgefährlichen Kampfeinsätze mehr.

Sie waren noch immer die einzigen Gäste im Café, was ihnen nur recht sein konnte. Als er einen Blick auf das gegenüberliegende Café warf, hatte er fast einen Herzstillstand. Philipp trat gerade aus dem Café und überquerte mit eiligen Schritten den Platz in seine Richtung.

„Ich habe nicht mehr daran geglaubt, dass ich es schaffe!", sagte Philipp, als sie sich in die Arme fielen. Er warf einen Blick auf Chantal.

„Wer ist sie?"

„Eine gute Freundin, wir können ihr vertrauen. Aber nun erzähle, wie es gelaufen ist."

Aufgrund der Unruhen war eine Urlaubssperre verhängt und die Bewachung verstärkt worden. Philipp hatte also keine Möglichkeit, seine Flucht vorzubereiten, vor allem konnte er niemand wegen einer Mitfahrgelegenheit ansprechen. Er war, so wie Albert, gezwungen, die Kaserne heimlich zu verlassen. Im Morgengrauen hatte er die Einzäunung überklettert und war getürmt. Als er sich weit genug von der Kaserne entfernt hatte, wechselte er die Kleidung und begann seine Wanderung. Seine einzige Hoffnung war, dass ihn ein Wagen mitnahm. Mit dem Bus zu fahren, wagte er nicht, es gab immer wieder Kontrollen durch die Militärpolizei. Er vermied Privatfahrzeuge anzuhalten, denn darin konnten sich Polizisten in Zivil befinden, oder noch schlimmer, Angehörige der *FLN*. Er beschränkte sich auf Lastkraftwagen, die meistens von Landarbeitern gelenkt wurden, von denen die geringste Gefahr drohte. Endlich hielt ein Viehtransporter, der Schafe nach Constantine brachte. Der Fahrer schien zu ahnen, wer ihn bat, mitgenommen zu werden. Aber letztlich willigte er ein, zehntausend Francs schienen ihm die Entscheidung erleichtert zu haben. In Constantine musste er sich um eine weitere Mitfahrgelegenheit umsehen. Er wanderte zur Ausfahrtsstraße, die zur Küste nach Norden führte. Immer wieder musste er sich vor verdächtigen Fahrzeugen verbergen. Und abermals war es ein LKW-Fahrer, der ihn mit seinem Fahrzeug mitnahm und ihm im Hafen von Bône aussteigen ließ.

„Der kurze Weg vom Hafen hierher war gefährlicher als die Fahrt von Batna nach Bône", resümierte Philipp. „Überall Militärpatrouillen, ein paar Mal musste ich mich in Hauseingänge verdrücken oder schnell in ein Café abtauchen. Mein Gott bin ich froh, bei euch zu sein", sagte er erleichtert.

Albert berichtete seinerseits über die Erlebnisse seiner abenteuerlichen Flucht.

„Verdammt, du hast wirklich kein Glück, zuerst bekommst du eine Kugel ins Bein und nun verletzt du dich von Neuem. Werden wir abreisen können?"

„Chantal hat mich professionell verarztet. Es geht schon besser und bis zu unserer Abreise kann ich mich ja schonen. Gehen wir in den Goldenen Anker."

Nun mischte sich Chantal ein. „Es ist zu weit zum Goldenen Anker, außerdem würde es auffallen, wenn wir mit einem Verletzten durch die Stadt humpeln." Sie machte sich erbötig, ein Taxi zu organisieren und verließ das Café.
„Ein tolles Mädchen", bemerkte Philipp, als Chantal außer Reichweite war.

„Ja, wirklich", bestätigte Albert, „sie hat mir viel geholfen. Ihr verdanke ich den Kontakt zum Skipper des Kahns der uns nach Toulon bringen wird. Außerdem hat sich mich gepflegt und verarztet."

„Nur gepflegt und verarztet?", fragte Philipp und lächelte.

„Nicht nur, aber lass mich jetzt über die Fortsetzung unsere Flucht berichten."

Er schilderte Philipp Einzelheiten über sein Treffen mit Raymond. Als er über die Kosten sprach, pfiff Philipp durch die Zähne.

„Ein echter Halsabschneider!", meinte er, „unser ganzer Sold geht sozusagen drauf!"

„Nicht nur das, er möchte auch meine Rolex haben. Das Einzige, was mir von meinem früheren Leben geblieben ist."

„Mach dir nichts draus, wenn wir in Deutschland sind, kaufen wir eine Rolex und ich beteilige mich natürlich an den Kosten."

„Wenn wir nur bald in Deutschland wären!", sagte Albert nachdenklich.

Sie hörten ein Motorgeräusch und sahen, wie ein schwarzes Citroën-Taxi auf das Café steuerte. Es stoppte und Chantal stieg aus.

„Schnell ihr beiden, einsteigen", sagte sie hastig. „Wir fahren zuerst zu Madeleine wegen eines Zimmers für euch und dann in den Goldenen Anker."

Sie stiegen in das Taxi, das langsam anfuhr. Albert wollte Chantal, die vorne neben dem Fahrer saß, eine Frage stellen, doch Chantal legte den Finger auf den Mund und deutete auf den Fahrer. Sie hatte recht mit dieser Vorsichtsmaßnahme, denn mit seinem akzentbehafteten Französisch würde er Aufmerksamkeit erregen. Als sie beim Excelsior ankamen, bat Chantal den Fahrer zu warten. Dieser schnippte mit den Fingern und rieb Zeigefinger und Daumen zum Zeichen, dass er eine Anzahlung wünschte. Albert reichte ihm einen Tausend-Francs-Schein. Chantal und Philipp, die schon aus dem Taxi gesprungen waren, wollten Albert aus dem Taxi helfen, doch dieser wehrte ab. Im Excelsior thronte Madeleine in der Lobby hinter dem breiten Pult, ihre grellrot geschminkten Lippen kontrastierten mit den platinblonden Haaren, die sie hochgesteckt hatte. Eine weiße, enganliegende Bluse, deren oberen Knöpfe geöffnet waren, steckte in einem ebenso knappen Rock. Als sie die drei erblickte, trat sie hinter dem Pult hervor und küsste Chantal.

Albert warf einen Seitenblick auf Philipp, der von der Erscheinung dieser Sexbombe geblendet schien. Verständlich, bei den wenigen Ausgängen kamen Legionäre nur selten in Kontakt mit Frauen, und wenn, dann meistens mit jenen vom horizontalen Gewerbe. Madeleine schien zu merken, wie sie Philipp mit den Blicken verschlang. Leichthin wandte sie sich ihm zu und lächelte liebenswürdig.

„Was kann ich für euch tun?", fragte sie mit einem tollen Augenaufschlag und blickte dabei nur Philipp an.

Chantal schaltete sich ein. „Wir brauchen ein Doppelzimmer für die beiden Herren", sagte sie hastig, „mach schnell, unser Taxi wartet draußen!"

Madeleine konsultierte ein Buch, das auf dem Pult lag. „Doppelzimmer habe ich keines frei", sagte sie gedehnt, „aber zwei Einzel kann ich anbieten, wenn's genehm ist. Ich mache einen Sonderpreis."

„Gut, wir nehmen sie", sagte Chantal anstelle der beiden. „Aber jetzt auf und in den Goldenen Anker."

Der Goldene Anker war an diesem Samstag schwach besucht, die Erklärung dürfte an der instabilen Sicherheitslage liegen. Raymond erwartete sie bereits.

„Na endlich", monierte er anstelle einer Begrüßung.

Albert stellte Philipp vor und sagte: „Jetzt sind wir komplett, wann kann es losgehen?"

„Langsam, langsam", erwiderte Raymond. „Habt ihr das Geld dabei?"

„Langsam, langsam", sagte nun seinerseits Albert, „wir geben Ihnen eine Anzahlung, den Rest bekommen Sie an Bord."

Raymond grinste. „Ich möchte den gesamten Betrag, und das bevor wir ablegen."

Albert machte Philipp ein Zeichen. Sie wandten sich ab und im Flüsterton erörterten sie Raymonds Forderungen. „Vielleicht täusche ich mich, aber der Kerl schaut irgendwie verschlagen aus", meinte Philipp, „ich würde ihm das Geld erst dann geben, wenn wir an Bord sind. Wenn überhaupt, dann nur eine kleine Anzahlung." Albert wandte sich wieder Raymond zu.
„Wie geben Ihnen das Geld, wenn wir an Bord sind, darauf haben Sie meine Hand", sagte Albert und streckte ihm seine rechte Hand entgegen, Raymond ignorierte sie jedoch.

Es entwickelte sich eine Diskussion, Raymond wollte von seiner Forderung nicht abrücken, letztlich schraubte er sie dann doch auf fünfzig Prozent zurück. Albert überlegte krampfhaft, doch ein Gefühl hielt ihn davon ab, auf diesen Vorschlag einzugehen. Das Risiko war zu groß, eher wollte er auf die Überfahrt mit Raymond verzichten und nach einer neuen Möglichkeit suchen.

„Wir zahlen Ihnen zehn Prozent Anzahlung, wenn Sie nicht einverstanden sind, dann platzt unsere Abmachung, so leid es uns tut", sagte er unmissverständlich und deutete an, dass er zu keinen weiteren Zugeständnissen bereit war.

Raymond seufzte. „Wenn ich jetzt nein sage, dann bleibt ihr hier kleben bis zum Nimmerleinstag. Denn ihr werdet niemand finden, der das Risiko auf sich nimmt, euch herauszuschleusen, und wenn ja, dann nicht zu diesen Bedingungen."

„Dieses Risiko müssen wir eingehen", antwortete Albert.

Widerwillig stimmte Raymond letztlich zu. In der Folge gab er ihnen Details zur Überfahrt. Die ENYA würde Donnerstag in der Nacht ablegen. Die beiden sollten sich gegen zweiundzwanzig Uhr im Hafen einfinden. Es wurde ein Treffpunkt vereinbart.

Bevor er sie verließ, drehte er sich noch einmal um. „Chantal soll mir morgen die Anzahlung bringen", brummte er, „sie weiß, wo sie mich finden kann."

28.

Albert und Philipp waren erleichtert, dass alles besprochen war und es nun in Richtung Heimat gehen sollte. Gemeinsam kehrten sie ins Hotel Excelsior zurück. Madeleine schlug vor, diese glückliche Fügung mit einer Flasche Champagner zu begießen.

„Vorher möchte ich euch die Zimmer zeigen", schlug sie vor.

Sie nahm zwei Schlüssel von einem Brett und stieg vor der kleinen Gesellschaft die hölzerne Treppe in den ersten Stock empor. Ihr Hüftschwung war beachtlich. Philipp betrachtete sie fasziniert. Verständlich, wer weiß, wie lange er keine Gelegenheit gehabt hatte, mit einer Frau zusammen zu sein.

Madeleine deutete auf zwei Zimmertüren, händigte ihnen die Schlüssel aus und machte eine Geste ihr zu folgen. Als sie dann die Tür am Ende des Flurs öffnete und in den schummrigen Raum eintrat, ahnte Albert, was folgen würde. Unwillkürlich dachte er an das Liebesabenteuer, das er mit Chantal vor einigen Tagen in dieser orientalischen Traumwelt erlebt hatte. Madeleine lud sie ein, sich auf einem Teppich niederzulassen, auf dem eine Vielzahl von Sitzpolstern und Rollen, überzogen mit bunten orientalischen Stoffen, herumlagen. Albert und Philipp standen ratlos herum und wussten nicht so recht, wie sie sich verhalten sollten. Madeleine lud sie noch einmal mit einer Handbewegung ein, sich auf dem Teppich niederzulassen. Chantal hatte bereits der Einladung Folge geleistet und sich lasziv auf dem Teppich niedergelassen. Madeleine ließ sich ebenfalls nieder, wobei ihr ohnehin kurzes Kleid sich weit hinaufschob. Zögernd folgten nun die beiden Legionäre. Die Polster und Rollen wurden als Unterlage für Kopf und Oberkörper herangezogen. Nun entkorkte Madeleine Champagner und goss die Gläser voll. Es dauerte nicht lange, bis die Flasche geleert war. Madeleine erhob sich und verschwand hinter einer Nische, die mit einem schweren Vorhang vom Raum abgetrennt war. Man hörte Klirren und bald erschien sie mit einer Flasche Rotwein. Die beiden Frauen, hingestreckt auf dem Teppich, unterhielten sich lebhaft. Ab und zu warfen sie den beiden Männern Blicke zu und lächelten charmant. Mit zunehmendem Alkoholkonsum wurden Philipps Blicke direkter, und er starrte unverwandt auf Madeleine. Diese schien Philipps Interesse zu bemerken, doch statt ihre anstößige Haltung zu beenden, zeigte sie durch geschickte Bewegungen immer mehr von ihren Reizen. Philipp wertete dies offensichtlich als stillschweigende Aufforderung und ließ sich neben ihr nieder. Es dauerte nicht lange und seine Hand war unter

Madeleines Kleid verschwunden, was diese in keiner Weise zu stören schien. Chantal warf Albert einen forschenden Blick zu, nachdem dieser mit seinen Zärtlichkeiten zu sparen schien.

„Dein Freund scheint Gefallen an Madeleine gefunden zu haben, aber du bist sehr kühl heute Abend", sagte sie mit einem leichten Vorwurf in der Stimme.

Sie rückte näher an Albert und schmiegte sich an ihn. Albert fühlte, wie ihn Unruhe ergriff. Einerseits wollte er vermeiden, schwach zu werden und einen weiteren Akt der Untreue zu begehen, andererseits spürte er, wie Erregung in immer stärkeren Wellen ihn überflutete.

Madeleine und Philipp erhoben sich und verließen den Raum. Offensichtlich hatten sie die Absicht, ihre Zärtlichkeiten im Zimmer Philipps fortzusetzen. Chantal lächelte verständnisvoll und wandte sich Albert zu. Er sog den Duft ihres verführerischen Parfums ein, ihre Ausstrahlung verdrängte alle Gedanken und Zurückhaltung, die ihn noch vor einigen Augenblicken in Verwirrung gestürzt hatten. Sie rissen sich die Kleider vom Leib und küssten sich halbnackt, bis sie ihr Verlangen nicht mehr unterdrücken konnten und sich leidenschaftlich liebten.

„Ich werde Madeleine sagen, dass du bei mir übernachten wirst", sagte Chantal.

Doch Albert lehnte ab. „Es ist besser, wenn ich bei Philipp bleibe, außerdem schmerzt mein Fuß noch beim Gehen, wie du weißt."

„Schade", sagte Chantal schmollend, versprach aber am nächsten Tag etwas zum Essen mitzubringen. Als sie ihn verlassen hatte, humpelte Albert in sein Zimmer. Aus dem Nebenzimmer konnte man Lachen hören, Philipp schien sich mit Madeleine recht gut zu unterhalten.

Als Chantal am nächsten Tag mit einem Korb voll Lebensmittel erschien, händigten sie ihr Sparbücher aus, auf die sie ihren Sold bei der *Société Générale* eingezahlt hatten.

„Es ist besser dass du unser Geld holst, wir würden nur auffallen. Bitte nimm davon vierzigtausend Francs und bringe sie Raymond, so wie wir das gestern vereinbart haben", bat Albert.

29.

Chantal war immer an Alberts Seite, sie kümmerte sich um seine Verwundung, die unter ihrer Pflege gute Fortschritte machte und verköstigte ihn. Philipps Beziehung zu Madeleine war mit Kosten verbunden, denn sie wollte ein bisschen Geld.

„Ich sehe das vollkommen ein", erläuterte Philipp, „schließlich wohnen wir bei ihr und auch sonst …!" Er lächelte vieldeutig.

„Chantal hat Geld abgelehnt, aber ich sollte mich bei ihr dankbar erweisen", sagte Albert nachdenklich. „Ich glaube, sie hat sich ein bisschen in mich verliebt."

„Oje, arme Chantal, der Abschied wird schmerzlich", sagte Philipp mitfühlend.

„Ich werde ihr ein Schmuckstück kaufen."

„Ich glaube, unsere Amouren kosten uns das Geld für die Überfahrt", sagte Philipp spaßhalber.

„Wer weiß, ohne die Hilfe der beiden hätte uns vielleicht schon längst die Militärpolizei geschnappt", warf Albert ein. „Wir sollten uns nun unterhalten, wie es weitergeht, wenn wir in Toulon ankommen."

„Aus meiner Sicht ist es besser, wenn wir gemeinsam über Straßburg oder Saarbrücken nach Deutschland einreisen", meinte Philipp. „Über Italien nach Österreich einzureisen wäre für dich zwar kürzer, aber wir müssten uns schon früher trennen. Außerdem kann ich dich bei mir zu Hause mit Geld und Kleidung und allem Notwendigen ausstatten, und du kannst dich von den Strapazen unserer Flucht erholen, bevor du weiterziehst."

Albert musste zugeben, dass Philipps Plan etwas für sich hatte.

„Wobei ich es vorziehen würde", setzte Philipp fort, „über Saarbrücken nach Deutschland einzureisen, dort es ist einfacher, die Grenze illegal zu passieren. In Straßburg müssten wir den Rhein überqueren, das ist viel zu riskant."

„Wo bist du denn zu Hause?"

„In Bad Boll, das ist eine kleine Ortschaft bei Göppingen. Von dort könntest du über Ulm nach München fahren und von dort über Salzburg in deine Heimat einreisen", sagte Philipp, als ob es die leichteste Sache der Welt wäre.

„Klingt alles so einfach", murmelte Albert gedankenvoll. „Die größte Gefahr droht uns beim Einlaufen in Toulon", meinte er. „Und dann müssen wir fast ganz Frankreich in nördlicher Richtung durchqueren, ohne Papiere und mit wenig Geld." Er seufzte.

„Kopf hoch, Kumpel", brummte Philipp und legte den Arm auf Alberts Schulter, „gemeinsam werden wir es schaffen."

Dann gingen sie daran, ihre Finanzen zu ordnen. Ihre Barschaft betrug an die siebenhunderttausend Francs, vierhunderttausend Francs kostete die Überfahrt nach Toulon, es blieben dreihunderttausend.

„Vergiss nicht die Mädchen, wir müssen etwas für sie tun", sagte Albert, „sie haben so viel für uns getan."

„Also gut, dann zweigen wir zweihunderttausend Francs ab", schlug Philipp vor, „ich gebe Madeleine hunderttausend und du kaufst ein schönes Geschenk für deine Chantal."

Sie vertrieben sich die verbleibenden Tage mit Kartenspiel und Lesen, oder sie unterhielten sich über ihre Erlebnisse bei der Legion. Einen Tag vor der Abreise entschädigte Philipp Madeleine, doch diese wollte von den angebotenen hunderttausend Francs nur fünfzigtausend nehmen.

„Vergesst nicht auf Chantal", sagte sie, „nehmt das Geld und kauft ihr etwas."

„Wir vergessen nicht auf Chantal", antwortete Philipp, „wir haben schon darüber gesprochen. Albert möchte ihr ein Schmuckstück kaufen. Das Problem ist nur, dass wir uns nicht in der Öffentlichkeit zeigen wollen, die Gefahr, dass uns die Militärpolizei im letzten Augenblick noch schnappt, ist zu groß. Wir haben daran gedacht, dass du für sie etwas aussuchst, ein schönes Schmuckstück."

„Okay, hoffentlich finde ich das richtige."

Die letzten Stunden vor dem Ablegen der Enya schlichen dahin. Die Aufregung der beiden stieg von Stunde zu Stunde. Am späten Nachmittag erwarteten sie die beiden Mädchen, mit denen sie den Abschied feiern wollten.

„Madeleine wird mir fehlen, sie ist eine tolle Frau, ihre Liebe ist phantastisch."
Auch wenn Albert von Gewissensbissen geplagt wurde, musste er gestehen, dass Chantal eine zärtliche Geliebte war.

30.

Am späten Nachmittag erschien Madeleine mit einer Flasche Champagner unter dem Arm.

„Jetzt kommt die Stunde des Abschieds. Seid lieb zu Chantal, sie nimmt es sehr schwer dass ihr uns verlasst."

„Uns fällt es auch schwer, ihr habt uns so viel geholfen, und wir haben uns in euch verliebt", ließ Philipp vernehmen.
Eine kurze Pause entstand, offensichtlich hing jeder seinen Gedanken nach.

„Hast du das Geschenk für Chantal gekauft?", fragte schließlich Albert.

Madeleine öffnete ihre Handtasche und entnahm ihr eine kleine Schatulle. Sorgsam öffnete sie diese und zeigte den Inhalt. Philipp pfiff durch die Zähne. Eine Goldkette mit einem wunderschönen Anhänger, in dessen Mitte ein dunkelblauer Amethyst, umrahmt von vielen kleinen Brillanten, glitzerte.

„Herrlich", lobte Albert.

„Die Kette wäre teurer gewesen, aber ich kenne den Juwelier", Madeleine lächelte zweideutig, „er hat mir einen Freundschaftspreis gemacht."

Dann schlug sie vor, sich in den orientalischen Salon zu begeben. Sie ließen sich auf den Teppichen nieder, Madeleine entkorkte mit einem Plopp den Champagner und stellte die Flasche auf einen niedrigen Tisch mit einer gravierten Silberplatte. Als Chantal erschien, schenkte Madeleine die Gläser voll. Sie prosteten sich zu, die letzten Stunden waren angebrochen. Philipp verlor keine Zeit, um mit Madeleine zärtliche Spielchen zu beginnen. Albert langte nach der Schmuckschatulle, die auf dem Tischchen lag. Er entnahm die Kette und legte sie der überraschten Chantal an. .

„Ich danke dir für alles, was du für mich getan hast", flüsterte Albert.

„Ich habe es doch gern getan", flüsterte Chantal, „ich kann noch immer nicht glauben, dass du mich verlassen wirst."

Er drückte Chantal an sich. „Ich werde dich nie vergessen!"

„Wir sollten unsere Adressen austauschen, man weiß nie, was passieren wird."

Sie kritzelte ihre Adresse auf ein Stück Papier und reichte Albert einen Stift, damit er ebenfalls seine Adresse niederschreiben konnte.

„Vielleicht kannst du einmal für mich etwas tun, falls hier alles in die Luft fliegt und die *FLN* die Kontrolle über Algerien übernimmt", flüsterte sie.

Es klang komisch als sie mit ihrem französischen Akzent versuchte, die Adresse von Albert zu entziffern. Er korrigierte sie, doch auch ein neuer Versuch endete in einem Heiterkeitsausbruch. Chantal deutete in Richtung Philipp und lächelte hintergründig. Philipp wurde in seinen Bemühungen, Madeleine zu entkleiden, von dieser sanft, aber bestimmt zurückgehalten.

„Wir haben eine Abschiedsüberraschung für euch", sagte Madeleine geheimnisvoll.

Sie ging zu einer Kommode aus Ebenholz, auf der ein Plattenspieler stand. Orientalische Musik ertönte, dunkelklingende Streichinstrumente wurden von schrillen Flöten und dumpfen Trommeln begleitet. Madeleine und Chantal bewegten gekonnt ihre Körper zu dieser Musik und langsam, mit aufreizenden Bewegungen, ließen sie ihre Oberkleider fallen. Der schwere Duft, der durch den Raum schwebte, die Wirkung des Alkohols und das erotische Ambiente versetzten die beiden Männer in Erregung. Der üppige Körper von Madeleine war in Slip und BH eine Lawine an Erotik. Die Musik wurde schneller, die beiden Tänzerinnen bewegten die Hüften rhythmisch hin und her wie geübte Bauchtänzerinnen. Albert und Philipp, deren Blut zu kochen begann, erwarteten die Fortsetzung der Entkleidungszeremonie. Chantal neigte sich zu Albert und deutete durch ihre Bewegungen unmissverständlich an, ihren BH zu lösen. Mit zittrigen Händen öffnete er ungeschickt das Häkchen, und der BH fiel zu Boden. Durch die Tanzbewegungen wurde ihr Busen in kreisende Bewegungen gesetzt. Die Spannung wurde weiter gesteigert, als Madeleine Philipp andeutete, gleichfalls in Aktion zu treten. Der volle Busen von Madeleine war eine Herausforderung, die Beherrschung zu behalten. Die Flöten wurden schriller, die Trommeln heftiger, die Sinne begannen zu rauschen. Als sich die Musik in einem tollen Furioso dem Ende zuneigte, entledigten sich die beiden Tänzerinnen ihrer Slips. Nun kehrten sie den beiden Zuschauern den Rücken zu und begannen, mit ihren Hinterteilen intensiv zu wackeln. Wobei sie sich nach vorne neigten und nicht nur die runden Formen ihrer Hinterteile zu bewundern waren. Philipp konnte sich nicht mehr beherrschen, er erhob sich und taumelte auf Madeleine zu. Diese lächelte, nahm ihn an der Hand und verschwand mit ihm hinter dem Baldachin. Chantal ließ sich neben Albert nieder. Die Erregung hatte Alberts tiefste Triebe geweckt. Sonst ein zärtlicher Liebhaber, packte er Chantal bei den Beinen und bog diese zurück. Mit animalischer Kraft versenkte er sich in ihr und mit jedem Stoß versuchte er, immer weiter in sie vorzudringen. Er spürte das Vergnügen und die Lust von Chantal und bemühte sich, den Höhepunkt hinauszuzögern, was ihm aber nur einige Augenblicke gelang. Jedoch beide waren so heiß, dass der Höhepunkt explosionsartig über sie hereinbrach. Sie schrien ihre Lust hinaus und in einem wilden Stakkato entluden sie ihre Leidenschaft.

Albert streckte sich neben Chantal aus und versuchte, sich zu entspannen. Er blickte auf seine Uhr, die bald den Besitzer wechseln würde. Es war bereits acht Uhr abends. Der Treffpunkt mit Raymond war für zweiundzwanzig Uhr bei Mole eins vorgesehen. Nach einigen Augenblicken schlief er ein. Er träumte von einer Blumenwiese, Katrin pflückte dort in einem weißen, im Wind wallenden Kleid, Margeriten. Immer, wenn er die Hand nach ihr ausstreckte, lief sie ein paar Schritte weiter. Das Spiel wiederholte sich einige Male. Die Wiese ging in einen Hain über, am Waldesrand standen mächtige Fichten, die sich im Wind drohend hin- und herwiegten. Schon glaubte er, Katrin fassen zu können, als Konrad hinter einer riesigen Fichte hervortrat, Katrin mit seinen kräftigen Armen anhob und mit ihr im dunklen Wald verschwand. Jäh fuhr er aus seinem Albtraum hoch. Erst nach einigen Sekunden realisierte er, dass er geträumt hatte.

„Armer Liebling", flüsterte Chantal und strich ihm über die schweißnasse Stirn, „was hast du denn geträumt? Du hast im Schlaf ganz laut gestöhnt."

„Schreckliche Bilder aus der Vergangenheit", antwortete er verschlafen.

Madeleine und Philipp lugten aus dem Baldachin hervor. Madeleine machte keinen Versuch, ihre bloßen Brüste zu bedecken, und lächelte anzüglich. Aber die beiden Männer waren bereits gedanklich mit ihrer Flucht beschäftigt.

„Es ist Zeit, zum Hafen zu gehen", kündigte Philipp an.
„Es wäre nicht klug, wenn ihr ohne Begleitung losmarschieren würdet. Liebespaare sind weniger verdächtig als Männer, die sich solo im Hafen herumtreiben."

Das leuchtete ein. Nachdem sie ihre Garderobe in Ordnung gebracht hatten, stiegen sie die Holztreppe hinab und landeten auf der belebten Straße. Chantal und Madeleine lugten die Gasse hinauf und hinab, konnten aber keine Polizisten entdecken. Punkt zehn Uhr trafen sie an der Mole ein. Dort lag ein Passagierschiff mit Zielpunkt Algier vor Anker. Sie mischten sich unter die Leute, die darauf warteten, das Schiff besteigen zu können, und fielen weiter nicht auf. Eine merkwürdige Stimmung ergriff sie. Während die Mädchen vor allem die Trennung betrauerten, wuchs bei Albert und Philipp die Spannung, ob Raymond Wort halten und kommen würde. Es war bereits fünf nach zehn, aber von Raymond war nichts zu sehen.

„Hoffentlich hält er Wort", raunte Philipp.

Sie wurden nur noch kurze Zeit auf die Folter gespannt, Raymond erschien, eine qualmende Gauloise im Mundwinkel.

„Seid ihr bereit?", fragte er grinsend.

„Wir sind bereit."

„Also, dann an Bord mit euch, Albert, du zuerst."

Alberts Augen glänzten, als er die leise weinende Chantal in die Arme nahm und einen letzten Kuss auf ihre Lippen drückte. Er konnte die Rührung nicht ganz unterdrücken, es war eine schöne, intensive Zeit gewesen, die er mit Chantal erleben durfte. Und sie hatte sich für ihn aufgeopfert.

Raymond räusperte sich diskret und zog ihn fort. Albert wendete sich noch einmal um und hob die Hand zum Abschiedsgruß. Als er die heftig weinenden Frauen sah, schnürte es ihm die Kehle zu.

„Ist es weit?", fragte er, nachdem er sich etwas gefasst hatte.

„Die Enya liegt im Frachthafen, fünf Minuten von hier. Wenn wir an Bord sind, gehst du gleich unter Deck. Hast du das Geld dabei?"

„Wie vereinbart", antwortete Albert kurz.

31.

Als sie bei der Enya ankamen, erschrak Albert. Er hatte noch nie so einen rostigen Kahn gesehen. Der ursprünglich weiße Anstrich war über und über mit quadratmetergroßen Rostflecken übersät. Das ungefähr vierzig Meter lange Schiff hatte einen langen Vorbau, die Kommandobrücke befand sich am hinteren Ende. Die Gangway wurde von den schaukelnden Wellen hin und her geschoben, Albert musste sich an den Seilen halten, um nicht ins Meer zu stürzen. Raymond schien dieses Schaukeln nichts auszumachen, breitbeinig erklomm er die Gangway. Das Deck war mit Holzplanken verkleidet, einige davon waren eingebrochen. Vor der Kommandobrücke führte eine schmale Treppe ins Unterdeck. Sie stiegen hinab und landeten in einem etwa zehn Meter langen, schmalen Gang, beiderseits von Türen flankiert. Raymond öffnete eine von ihnen und ließ Albert eintreten. Um einen Tisch standen einige Sessel herum, offensichtlich handelte es sich hier um die Offiziersmesse.

„Bevor wir deinen Freund an Bord holen, sollten wir abrechnen", sagte er und deutete auf einen Sessel.

„Sie haben es aber eilig", monierte Albert.
„Reine Vorsichtsmaßnahme", brummte Raymond, „zahlst du nicht, kannst du gleich den Fußmarsch zurück zu deinem Freund antreten. Vielleicht findet ihr ein Ruderboot, mit dem ihr in See stechen könnt!" Er grinste dämonisch.

Albert seufzte. Er griff in die Brusttasche seines Sakkos und überreichte ein dickes Kuvert.
Raymond öffnete und zählte langsam und gründlich.

„Okay", sagte er dann und streckte seine rechte Hand aus.

Albert wusste, was er damit andeuten wollte, stellte sich aber unwissend und warf Raymond einen erstaunten Blick zu.

„Das war nicht alles, du weißt doch, was du mir noch schuldig bist", sagte er verärgert.

„Halsabschneider", presste Albert hervor und öffnete das Armband seiner Uhr. Gierig griff Raymond danach.

„Ich hole jetzt deinen Freund. Sollte die Hafenpolizei aufs Schiff kommen, dann verschwinde im Laderaum." Er deutete auf eine Klappe im Boden, circa einen Meter breit und ebenso lang. „Dort unten findest du genügend Möglichkeiten, um dich zu verbergen."

„Ich hoffe, sie kommt nicht!"

„Man kann nie wissen", grunzte Raymond.

Albert ging zu der im Boden eingelassenen Klappe und öffnete sie. Er musste einige Augenblicke warten, bis sich seine Augen an das Dunkel gewöhnt hatten. Als Abstiegshilfe diente lediglich ein dickes Seil, an dem man sich herablassen konnte. Ein feuchter, dumpfer fauliger Geruch stieg ihm in die Nase. Schnell schloss er wieder die Klappe. Soviel er noch vom Unterricht in der Schule in Erinnerung hatte, war Phosphor geruchlos. Umso verwunderlicher war der bestialische Gestank. Er begann immer mehr zu bedauern, diesen Handel eingegangen zu sein. Vorahnungen stiegen in ihm auf. Plötzlich hörte er polternde Schritte auf Deck. War es eine Polizeikontrolle? Blitzschnell bewegte er die Klappe nach oben und wollte sich schon in den stinkenden Schiffsbauch abseilen, als sich die Tür öffnete und Raymond und Philipp erschienen. Albert ließ die Klappe wieder fallen und wendete sich erleichtert den beiden zu.

„Ich habe schon geglaubt, dass die Polizei anrückt."

„Entspannt euch, es ist alles okay, wir legen jetzt ab. Da wir beim Auslaufen noch immer von einer Kontrolle gestoppt werden können, müsst ihr euch jetzt unter Deck hinter den Phosphor-Silos verstecken."

Noch einmal zeigte er ihnen die Klappe, öffnete sie und leuchtete mit einer Taschenlampe in den Laderaum. Dort lagen mehrere gigantische Behälter aus Aluminium, gesichert und verkeilt durch Gestelle aus Holz. Das dicke Hanfseil schwankte leicht hin und her. Wieder stieg der faulige Geruch aus der Luke empor.

„Was ist das für ein Gestank?", rief Philipp aus, „das ist ja nicht auszuhalten. Willst du uns dort unten ersticken?"

„Was seid ihr nur für Waschlappen", erwiderte Raymond, „und so was war bei der Legion!" Ein böses Lächeln umspielte seine Lippen. „Also, hinab mit euch, sonst fliegen wir alle miteinander auf, und euch werden sie im Knast der Legion krepieren lassen!"

„Und du bist deinen Rosthaufen los", antwortete Philipp grimmig.

Raymond lächelte überlegen. „Alles eine Frage des Geldes", sagte er und hielt das dicke Kuvert mit den Banknoten hoch, das ihm Albert zuvor überreicht hatte. „Aber ihr, ihr werdet verrecken, verdammte *Boches*!"

Boche wurde als herablassende, meist auch diffamierende Bezeichnung für Deutsche gebraucht. Albert und Philipp blickten sich an. Die plötzliche Bösartigkeit von Raymond frappierte sie.

„Also los, hinunter mit euch", befahl Raymond und drückte Philipp die Taschenlampe in die Hand. „Wenn alles okay ist, klopfe ich dreimal auf die Klappe. Dann könnt ihr raufkommen, und ich zeige euch das Schiff und stelle euch die Mannschaft vor."

Albert schritt als Erster zur Luke. Er fasste das grobe Seil und ließ sich hinuntergleiten. Er war erstaunt, wie tief der Bauch des Schiffes war. Als er endlich den leicht schwankenden Boden unter den Füßen spürte, blieb er einige Augenblicke stehen. Er wagte nicht zu atmen, denn der Gestank war noch penetranter. Es würgte ihn im Hals, und er war im Begriff zu erbrechen. Doch dann fasste er sich ein Herz, hielt sich die Nase zu und atmete durch den Mund.

„Alles okay?", ließ sich die besorgte Stimme von Philipp vernehmen.

„Okay, komm runter", antwortete Albert.

Philipp befestigte die Lampe an seinem Gürtel und ließ sich ebenfalls in den Bauch des Schiffes hinab. Unten angekommen hustete er und spuckte mehrere Male aus.

„Ich glaube, ich muss mich übergeben", japste er.

„Halte dir die Nase zu und atme durch den Mund", riet Albert.

Sie warteten einige Augenblicke. Philipp ließ den Schein der Taschenlampe durch den mächtigen Schiffsbauch gleiten auf der Suche nach einem Versteck. Die Aluminiumtanks, in denen der Phosphor transportiert wurde, reflektierten die Strahlen der Taschenlampe mit einem matten Widerschein. Das Schiff schwankte leicht. Sie fassten sich an den Händen und schritten auf den halb verrotteten Holzplanken nach achtern. Dort erspähten sie einen Verschlag aus Holzplanken, mehrere leere Jutesäcke lagen verstreut auf dem dreckigen Boden.

„Im Falle des Falles müssten wir uns unter den Jutesäcken verstecken", bemerkte Philipp.

„Glaubst du wirklich, dass es sich ein Polizist antun würde, in dieses stinkende Loch herabzuklettern?", zweifelte Albert.

„Was weiß ich."

Plötzlich ertönte ein ohrenbetäubendes Dröhnen, und das Schiff begann zu vibrieren.

„Wir legen ab", rief Albert, aber seine Worte wurden vom Lärm verschluckt. Nach kurzer Zeit ging das Gedröhn in ein leises Gebrumm über. Sie hatten den Eindruck, als ob das Schiff seine Fahrt nicht fortsetzte.

„Komm", sagte Albert und zog Philipp nach hinten. „Vielleicht kommt eine Kontrolle an Bord."

Albert nahm ein paar Jutesäcke und warf sie Philipp zu. Ratten flüchteten quiekend in die Löcher der verrotteten Planken.

„Das ist doch nicht dein Ernst?", Philipp sah ihn entgeistert an.

Die Antwort erübrigte sich, denn die Klappe wurde beiseitegeschoben. Das Gesicht eines Polizisten beugte sich in die Luke und ein kräftiger Strahl aus einem Handscheinwerfer geisterte durch den Laderaum.

„Verdammt, sie kommen", zischte Albert durch die Zähne, „schnell, wirf dir ein paar Säcke über."

Der Gestank und der Sauerstoffmangel waren unerträglich. Lange würde er es nicht aushalten, irgendwann würde er ersticken. Philipp hatte noch größere Probleme, er hustete und gab röchelnde Laute von sich. Albert versetzte dem Bündel, unter dem er verborgen war, einen leichten Fußtritt.

„Beherrsche dich, sonst fliegen wir auf", raunte er.

„Ich ersticke", stöhnte Philipp und hustete erneut.

Aus, es ist aus, dachte Albert. Sie werden uns finden, lebenslang einsperren oder an die Wand stellen. Die Situation schien in eine fatalistische Ausweglosigkeit abzudriften. Von Philipp war nichts mehr zu hören. War er erstickt? Vielleicht das bessere Los, als in der Legion als Gefangener zu krepieren. Albert war im Begriff, das Bewusstsein zu verlieren, als ihn ein rüder Fußtritt traf. Raymond, begleitet von einem Typen mit Vollbart, zog ihn aus dem Gewirr von Lumpen hervor und stellte ihn auf die Beine.

„Geht's?", fragte ihn Raymond.

„Ja", krächzte Albert, „schnell, holt Philipp hervor, bevor er stirbt."

Sie ließen den wankenden Albert stehen und befreiten Philipp von seinen Umwicklungen. Bleich, mit geschlossenen Augen lag er vor ihnen. Das pure Entsetzen packte Albert, er beugte sich über ihn, doch zu seiner Erleichterung hob und senkte sich dessen Brustkorb.

„Schnell, hinauf mit ihm anDeck, er ist bewusstlos, ihr müsst ihn irgendwie hochziehen." Sie trugen Philipp zur Luke, Albert, noch halb betäubt, stolperte hinterdrein.

„Werft mir ein Tau herunter", rief Raymond nach oben,als sie bei der Luke angekommen waren.

In Sekundenschnelle landete ein dickes Tau vor ihren Füßen. Raymond knotete geschickt das eine Ende um Philipps Hüften, der bärtige Matrose nahm das andere Ende und kletterte geschickt nach oben. Das Tau spannte sich und Philipp wurde nach oben gezogen. Albert taumelte noch immer wie ein angeschlagener Boxer. Er ergriff das Tau, um daran hochzuklettern, schaffte aber nicht einmal einen Meter.

„Du bist ja auch halb tot", sagte Raymond, „ich glaube, wir liften dich auch hoch, sonst stürzt du uns noch ab."

Das Tau wurde wieder nach unten geworfen, und derselbe Vorgang wiederholte sich. An Deck schnappte Albert nach Luft wie ein Fisch, den man aus dem Wasser gezogen hatte. Philipp lag noch immer bewegungslos am Boden. Er fasste ihn an den Schultern und schüttelte ihn leicht, jedoch ohne Erfolg. Plötzlich sah er den Bärtigen mit einem Eimer Wasser.

„Nein", sagte Albert schroff und wandte sich wieder Philipp zu. Er tätschelte dessen Wange, immer wieder, bis dieser endlich die Augen öffnete. Sie schleppten ihn zu einer Bank neben dem Aufgang zur Kommandobrücke. Philipp sog tief die frische Luft in sich hinein und langsam wurde er wieder klarer.

„Dass ihr nicht im Kittchen gelandet seid, habt ihr mir zu verdanken", ließ Raymond großspurig vernehmen. „Mit einer Stange Gauloises und einer Flasche Cognac konnte ich den Polizisten davon abbringen, den Laderaum zu durchsuchen."

Er pfiff leise durch die Zähne und augenblicklich erschienen zwei Männer, ein dritter kam von der Kommandobrücke herab.

„Das ist meine Mannschaft", kündigte er an. Er deutete auf einen glatzköpfigen, rundlichen, kleinen Mann mit schmalen, listigen Augen.

„Das ist Yves, unser Koch, und das ist der Steuermann der Enya, François", er wies auf einen großen, breitschultrigen Mann mit buschigen, dunklen Augenbrauen. Dieser verzog den Mund zu einem undefinierbaren Lächeln, wobei große, gelbe Zähne zum Vorschein kamen. Dann wandte er sich ab und erklomm die Leiter, um auf die Brücke zu gelangen.

„Und das ist Mohammed, unser Mädchen für alles", Raymond zeigte auf einen drahtigen Mann mit dunklem Teint und gekraustem Vollbart. Es war jener, der ihnen beim Aufsteigen aus dem Laderaum des Schiffes behilflich gewesen war.

„Freut mich", murmelte Albert. Das Gegenteil war jedoch der Fall, denn die drei Typen machten einen wenig Vertrauen erweckenden Eindruck.

„Kommt, ich zeige euch jetzt eure Kajüte", sagte Raymond und machte eine Handbewegung in Richtung der Treppe, die zu den Schiffsräumlichkeiten führte. Den Raum mit dem Tisch und den Sesseln bezeichnete er aufschneiderisch als Offiziersmesse. Dort wurden auch die Mahlzeiten eingenommen.

„Hier schläft die Mannschaft", erklärte er und öffnete kurz eine Türe. Ein Mief nach Schweiß und unangenehmen Körpergerüchen strömte ihnen entgegen.

Er ging zur nächsten Tür. „Das ist die Kapitänskajüte. Wenn ihr mit mir sprechen wollt, hier findet ihr mich, wenn ich nicht an Deck oder auf der Brücke bin."

Ein paar Schritte weiter öffnete er eine weitere Tür. „Und das ist eure Kajüte", kündigte er verheißungsvoll an.

In Wirklichkeit handelte es sich um ein Loch ohne natürliches Licht. Von der niedrigen Decke pendelte eine Glühbirne, die ein schwaches, gelbliches Licht verbreitete. Abgestandene, muffige Luft schlug ihnen entgegen. Sie konnten nicht aufrecht stehen, ohne sich den Kopf an der Decke anzuschlagen. Zwei Holzpritschen waren an einer rohen Bretterwand übereinander befestigt.

„Was, in diesem Loch sollen wir schlafen?", rief Albert aus.

„Es ist ja nur für zwei Nächte, am Samstag laufen wir in Toulon ein", versuchte Raymond abzuschwächen. Ohne sich auf weitere Diskussionen einzulassen, verließ er die beiden und stieg die Treppe zum Deck hinauf.

Albert bettete den benommenen Philipp in die untere Pritsche. Er öffnete die Tür damit wenigstens ein bisschen frische Luft in die Kajüte gelangen konnte. Dann stieg er zum Deck empor, setzte sich auf eine spartanische Holzbank und sog die Seeluft ein. Noch immer hatte er den fauligen Geruch des Laderaums in der Nase. Irgendwann überfiel ihn bleierne Müdigkeit und er suchte die Kajüte auf. Er schlief einige Stunden, als der Morgen graute, erhob er sich von seiner Pritsche und verließ die Kajüte.

32.

Das Wetter hatte sich verschlechtert, ein steifer Wind blies, das Schiff wogte auf und ab. In Alberts Erinnerungen kamen Gedanken an die Überfahrt vor neun Monaten auf, als er mit den anderen Legionären von Marseille nach Oran gebracht wurde. Die Reise war damals furchtbar gewesen, der hohe Wellengang hatte bei den meisten seiner Kameraden, ihn eingeschlossen, eine veritable Seekrankheit ausgelöst. Da er bereits ein flaues Gefühl in der Magengegend spürte, hoffte er, dass sich der Wind legen würde. Er hörte auf der Kajütentreppe ein Schlurfen und einige Augenblicke später tauchte Philipp an seiner Seite auf. Mit einem Stöhnen ließ er sich auf die Bank fallen. Er sah furchtbar aus, sein Gesicht hatte eine graue Farbe angenommen.

„Mir ist schlecht und in meinem Kopf hämmert es", stöhnte er.

„Ein Kopfwehpulver kann ich dir geben", sagte Albert vage, „aber ich fürchte, dann wird dein Magen noch mehr rebellieren."

Da ertönte Raymonds rauchige Stimme. „Na ihr beiden, habt ihr gut geschlafen?", sagte er mit einem Anflug von Sarkasmus.

„Die Kittchen in der Legion waren ein Luxus gegenüber dem Loch, das du uns zugewiesen hast!", brummte Albert.

„Was seid ihr doch für Weichlinge", antwortete Raymond, „kommt mit in die Messe, dort gibt es starken Kaffee und Croissants, die werden euch gut tun."

Und wirklich, nach dem Frühstück fühlten sie sich besser, obwohl das Schiff nun heftig schaukelte.

„Wenn der Wind noch heftiger wird, müssen wir im Laderaum die Keile der Silos überprüfen", sagte Raymond sorgenvoll. „Wahrscheinlich müssen wir sie verstärken, damit die Silos nicht aus ihrer Wiege rollen können", kündigte er an. Die halbrunden Unterbauten der Tanks nannte man Wiege. „Ihr könntet uns dabei helfen", meinte er und wandte sich an die beiden.

„Keine zehn Pferde bringen mich noch einmal in dieses stinkende Loch", sagte Philipp bestimmt.

„Und was ist mit dir, Albert?"

„Wir haben euch unserer ganzes Geld gegeben, damit ihr uns nach Toulon bringt, aber um euren Kram müsst ihr euch schon selber kümmern", antwortete Albert kühn. Im nächsten Augenblick bereute er schon seine Worte. Raymond kam auf ihn zu, packte ihn am Hemdkragen und zog ihn vom Stuhl hoch.

„Ich bin der Kapitän", zischte er, „und ihr werdet tun, was ich euch befehle."

„Du kannst deiner Mannschaft befehlen, aber wir sind Passagiere." Albert stieß Raymond von sich, sodass dieser gegen die Wand knallte. Dabei schlug sein Kopf hart auf.

„Teufel", sagte dieser und griff sich auf seinen Hinterkopf.

Der Koch und der Araber erhoben sich und nahmen eine drohende Haltung ein. Philipp stellte sich neben Albert, bereit diesem beizustehen, sollte es zu einem Kampf kommen. Albert hatte keine Angst vor den dreien, er wusste um seine Kampfkraft, auch Philipp war ein guter Kämpfer. Der Steuermann war durch den Tumult aufmerksam geworden und lugte von der Brücke auf das Geschehen herunter. Doch er konnte die Brücke bei diesem Sturm nicht verlassen, er hielt das Steuerrad umklammert und kämpfte gegen Wind und Wellen.

„Gebt es ihnen", brüllte er von der Brücke herunter.

„Jetzt gibt's Prügel", sagte Raymond mit wutverzerrtem Gesicht. „Los, Jungs", sagte er auffordernd zu seiner Mannschaft, „holt sie euch, wir sind drei gegen zwei!"

Und schon stürmten sie los, Raymond und der Araber stürzten sich auf Albert, der Koch wollte sich Philipp vornehmen. Doch bevor der Koch nur einen Schlag landen konnte, hatte ihn Philipp mit einem Haken in die Magengegend schwer getroffen. Alberts Situation war bedrohlicher. Der Araber versuchte ihn von hinten anzugreifen, während Raymond frontal auf ihn zuging. Albert versetzte ihm einige Schläge, konnte ihn aber nicht gänzlich außer Gefecht setzten. Schwer angeschlagen kämpfte Raymond weiter, wobei ihm der Araber zu Hilfe kam, der einen Arm von Albert von hinten packen konnte. Das ermöglichte Raymond den gehandicapten Albert mit Faustschlägen zu traktieren. Doch noch bevor Albert k.o.ging kam ihm Philipp zu Hilfe, der den Koch mit einem Schwinger kampfunfähig gemacht hatte. Er hieb Raymond die Faust in den Nacken und als dessen Füße nachgaben, schickte er einen Haken nach, der Raymond endgültig in das Land der Träume beförderte. Albert hatte die Situation genutzt und sich blitzschnell aus der Umklammerung des Arabers befreit. Als er sich jedoch anschickte, ihn zu Boden zu schlagen, ließ dieser ein Springmesser aufklappen und stach zu. Nur eine rasche Drehung rettete Albert das Leben. Das Messer hatte ihn zwar gestreift, aber nur eine unbedeutende Schnittwunde am Oberarm hinterlassen. Raymond kam wieder auf die Füße, in seiner Rechten blitzte ebenfalls ein Messer, sein Gesicht zu einer grimmigen Fratze verzogen, zu allem fähig. Urplötzlich hatte sich die Situation zu ihren Ungunsten verändert, und Albert und Philipp blickten dem Tod ins Auge. Im Grunde hatte Raymond nichts zu verlieren, wenn er sie umbrachte und ihre Leichen im Meer versenkte. Kein Hahn würde nach ihnen krähen. Die Legion würde nach einigen Tagen die Vermissten als Deserteure abschreiben, und damit wäre alles erledigt. Nun zog sich auch der Koch an der Reling hoch, mit einem Messer bewaffnet. Albert wich zurück, und sah sich verzweifelt nach einer Verteidigungsmöglichkeit um. Doch die gab es nicht, es blieb nur mehr die Flucht, die aber nur eine aufschiebende Wirkung hätte, denn irgendwo würde es nicht mehr weitergehen, außer sie sprangen ins Meer, was ebenfalls dem Tode gleichkam. Plötzlich schob ihn Philipp hinter sich, ihm ein lebendes Schutzschild vor den Angreifern bietend. Albert war irritiert, er wollte nicht, dass Philipp allein den Kampf aufnahm. Doch zu seiner größten Verblüffung hielt dieser einen Revolver in den Händen und zielte auf die Angreifer.

„In dieser Trommel sind sechs Kugeln, zwei für jeden von euch", zischte er, „lasst eure Messer sofort fallen!"

Erstaunt starrte die Besatzung auf die Mündung der Waffe.

„Na, los, werft die Messer weg, sofort, sonst ..." Doch die drei wollten sich noch nicht geschlagen geben. Der Araber schleuderte sein Messer Philipp entgegen, traf aber nicht. Raymond und der Koch stürzten sich mit gezückten Messern auf Albert. Auf einmal krachte ein Schuss, und der Koch brach zusammen. Raymond blieb wie angefroren stehen.

„Die nächste Kugel ist für dich reserviert, wenn du nicht sofort das Messer fallen lässt", drohte Philipp. Das Messer fiel zu Boden.

Mit einem raschen Blick verschaffte sich Philipp einen Überblick. Der Araber lag mit einer blutenden Kopfwunde am Boden, Philipp hatte ihm nach dem verfehlten Messerwurf den Knauf seines Revolvers über den Schädel gezogen, und der Koch hielt sich mit schmerzverzerrtem Gesicht seinen rechten Oberschenkel.

„Ihr könnt mich umlegen", stieß Raymond hervor, als ihm Philipp die Waffe unter die Nase hielt, „aber dann werdet ihr Toulon niemals sehen, denn nur ich kann navigieren und das Schiff steuern."

„Kümmere dich vorerst um deine verwundeten Kameraden", befahl Philipp, „und dann werden wir weitersehen."

Der Steuermann hatte von der Brücke die Vorgänge mitverfolgt. Vorsichtig stieg Albert die Brücke empor, ihn nicht aus den Augen lassend. Der massige Kerl grinste ihn verschlagen an.

„Vor mir brauchst du keine Angst haben, ich bin unbewaffnet", sagte er.

„Schon möglich", sagte Albert lakonisch, „aber ich werde dich trotzdem durchsuchen!"

Er tastete er den Steuermann ab, in der rechten Hosentasche spürte er einen länglichen Gegenstand. So wie er es vermutet hatte, zog er ein gewaltiges Springmesser hervor. Der Steuermann zuckte mit den Achseln und versuchte ein unschuldiges Lächeln. Albert stieg wieder nach unten und gesellte sich zu Philipp. Unter den wachsamen Augen von Philipp verarztete Raymond seine beiden verletzten Mannschaftsmitglieder.

„Schau nach, ob du Schusswaffen findest", befahl Philipp, „damit wir keine Überraschungen erleben."

Albert suchte alle Räumlichkeiten nach verborgenen Schusswaffen ab. Es war nichts zu finden, was jedoch nicht bedeutete, dass es auf diesem Schiff nicht irgendwo welche gab. Die drei Seeleute wurden vorübergehend eingeschlossen. Albert und Philipp beratschlagten, wie es nun weitergehen sollte.

„Sag mal", fragte Albert, „wo hast du diesen Revolver her? Er hat uns das Leben gerettet, sonst würden unsere Leichen schon im Meer schwimmen!"

„Bevor ich in Batna getürmt bin, habe ich mich noch im Zimmer von Nazdor umgesehen", schilderte Philipp verschwörerisch. „Er lag betrunken im Bett. Seine Kanone lag am Boden, ich habe sie aufgehoben und mitgenommen."

Die beiden hatten zwar vorübergehend einen Sieg errungen, aber bis zur Ankunft in Toulon lagen noch ein Tag und eine Nacht vor ihnen. Sie mussten sich nun überlegen, wie sie die Mannschaft der Enya so lange in Schach halten konnten. Wenn auch der Araber und der Koch teilweise außer Gefecht gesetzt waren, so konnten Raymond und der Steuermann gefährlich werden. Aber diesen beiden musste man eine gewisse Bewegungsfreiheit zubilligen, damit sie das Schiff steuern konnten. Sie vereinbarten, dass Albert die Verletzten bewachen sollte, während sich Philipp mit seinem Revolver um die beiden anderen kümmern sollte.

„Gib acht, dass keine Funksprüche gesendet werden", sagte Albert, „sonst haben wir die Polizei im Nacken, früher als es uns lieb ist."

„Wir werden die nächsten vierundzwanzig Stunden kein Auge zudrücken", stellte Philipp fest.

„So ist es", stimmte ihm Albert bei. „Aber das ist unser kleinstes Problem. Hauptproblem ist das Einlaufen im Hafen von Toulon. Bevor wir noch das Schiff verlassen können, wird die Hafenpolizei auf das Schiff kommen und kontrollieren."

„Das heißt, wir müssen schon früher das Schiff verlassen, aber wir können weder in den Hafen hineinschwimmen, noch können wir mit dem Rettungsboot in den Hafen hineinrudern", sagte Philipp.

Albert kniff die Augen zusammen. „Wenn ich den Verlauf der Küste vor Toulon richtig im Kopf habe, erstreckt sich die Landzunge von Hyères weit ins Meer, und das nur wenige Kilometer von Toulon entfernt. Wenn wir Raymond dazu bringen, uns dort abzusetzen, dann haben wir gewonnen."

„Einen Hafen wo er mit der Enya anlegen kann, wird es aber dort nicht geben", meinte Philipp nachdenklich.

„Wir müssen uns das Rettungsboot aneignen oder schlimmstenfalls ein paar Meter schwimmen", meinte Albert.

„Fragt sich nur wie viele Meter. Denn wenn das Wetter morgen auch so stürmisch ist, dann haben wir wenige Chancen", warf Philipp deprimiert ein. „Außerdem ist im April das Wasser noch saukalt!"

„Wir haben die Wahl zwischen Pest und Cholera", stellte Albert fest. „Es war nicht klug von mir gewesen, dass ich diesen Streit vom Zaun gebrochen habe."

„Diese Galgenvögel hätten uns früher oder später ohnehin attackiert, und wenn es nur darum gegangen wäre, uns die letzten Sous zu entwenden", tröstete ihn Philipp.
Die Fahrt wurde fortgesetzt. Philipp bewachte Raymond und den Steuermann, Albert den Araber und den Koch. Der Sturm hatte nachgelassen, der Tag neigte sich ohne weitere Zwischenfälle zur Neige. Müdigkeit und Hunger machte sich bemerkbar, doch an Schlaf war nicht zu denken. Ihren Hunger konnten sie immerhin stillen, denn in der Kombüse waren reichlich Lebensmittel. Als die Nacht hereinbrach, stellte Albert Kaffee auf, die kleinste Unaufmerksamkeit oder ein Nickerchen könnte fatale Folgen haben. Am schlimmsten war es bei Tagesanbruch. Albert gähnte ununterbrochen und hatte Mühe, die Augen offen zu halten.

Er schloss seine beiden Gefangenen in der Kajüte ein und stieg aufs Deck.

„Jetzt wird es spannend", rief Philipp von der Brücke herunter, „ich schätze, dass wir in drei bis vier Stunden in Toulon einlaufen werden. Mach dich schlau, wie wir das Rettungsboot zu Wasser lassen können."

„In Ordnung", antwortete Albert, „und dann müssen wir mit Raymond Klartext reden, damit er uns vor Hyères aussetzt."

„Die Sprache von *Smith and Wesson* wird er verstehen", Philipp deutete auf seinen Revolver.

An der Backbordseite befand sich ein kleines hölzernes Boot, das man mithilfe einer primitiven Aussetzvorrichtung zu Wasser lassen konnte. Einer von ihnen musste ins Boot steigen, während der andere es zu Wasser ließ. Dieser musste dann von Bord ins Meer springen und ins Boot klettern. Albert kehrte zur Brücke zurück und erklärte Philipp die Sachlage.

„Gut, dann komm hoch und rede mit Raymond." Philipp saß in einer Ecke in angemessener Entfernung von den Gefangenen am Boden, die Waffe im Anschlag. Raymond blickte sie finster an, der Steuermann hatte den Blick stur auf das Meer gerichtet.

Albert sprach ohne Umschweife das Problem an. „Ich werde dir jetzt erzählen, wie es weiter geht. Bevor wir in Toulon einlaufen, passieren wir westlich die Landzunge von Hyères. Du wirst mit deinem Kahn so nahe wie möglich ans Ufer fahren. Dort verabschieden wir uns von euch und verlassen eure Schaluppe mit dem Rettungsboot. Ihr könnt dann eure

Fahrt fortsetzen und wie geplant die Fracht im Hafen von Toulon löschen."

Raymond setzte ein höhnisches Grinsen auf. „Der vereinbarte Endpunkt der Reise ist Toulon. Dort könnt ihr vom Schiff gehen, nicht früher!"

Albert, dessen Nervenkostüm durch die Vorfälle der letzten Tage dünn war, wurde böse. „Jetzt hör einmal zu, du Ratte, wenn du nicht tust, was wir dir sagen, dann jagen wir dir eine Kugel in deinen Schädel und werfen dich den Fischen zum Fraß vor."

Mit einer Härte, die ihn selber erstaunte, packte er Raymond am Kragen. „Und wenn die ganze Mannschaft über die Klinge springt", zischte er, „dann soll es so sein, wir haben nichts zu verlieren. Wir zünden euren Kahn an und verschwinden mit dem Rettungsboot, was aus euch wird, ist uns egal." Er stieß Raymond von sich. „Hast du mich verstanden!", brüllte er.

Raymond fluchte, er war in die Enge getrieben. Als er nicht aufhörte zu fluchen, packte ihn Albert noch einmal am Kragen und schnürte ihm die Kehle zu. „Hast du mich verstanden!", brüllte er immer wieder und schüttelte Raymond heftig, bis dieser nach Luft rang. Albert drückte noch fester zu, bis Raymond ein krächzendes „Ja" vernehmen ließ.

Die Minuten wurden zu Stunden, die Spannung stieg. Ein schöner Tag kündigte sich an, als die Sonne im Osten aus dem Meer stieg.

„Da vorne", Philipp war aus dem Häuschen, „Land in Sicht!"

„Gut, machen wir uns bereit", sagte Albert, „ich werde den Koch und den Araber fesseln und einschließen, sicher ist sicher. Dann konzentrieren wir uns auf die beiden anderen."

Albert hob ein Tau auf, das am Boden herumlag, und verließ die Kommandobrücke. Die beiden Gefangenen dösten noch immer, es schien ihnen nicht gut zu gehen, bald würden sie ärztliche Hilfe benötigen. Er knotete ihnen das Tau um die Handgelenke und fesselte sie aneinander. Dann verließ er wieder die Kajüte und stieg zur Brücke empor.

„Ihr bringt jetzt das Schiff so nahe wie möglich ans Ufer heran, dann stoppt ihr die Maschinen und folgt uns nach Backbord zum Rettungsboot. Wir werden ins Boot steigen und ihr wartet an der Reling, bis wir euch ein Zeichen geben. Verlässt einer von euch vorher die Reling, wird er von uns mit dem Revolver weggeputzt, ist das klar?"

Die Geschwindigkeit der Enya wurde verlangsamt. Das Ufer trat immer klarer aus dem Dunst hervor. Alle vier befanden sich auf der Kommandobrücke, Raymond und der Steuermann sowie Albert und Philipp, der die Schiffsleute mit dem Revolver in Schach hielt. Raymond nahm noch einmal die Geschwindigkeit zurück, die Schiffsschraube drehte sich langsam, der Kiel verursachte nur mehr kleine Wellen. Plötzlich stoppte Raymond das Schiff.

„Weiter geht es nicht mehr, sonst laufen wir auf Grund, hier gibt es jede Menge Untiefen."

Raymond und Philipp, beide keine Seeleute, konnten den Wahrheitsgehalt von Raymonds Worten nicht überprüfen. In der Ferne konnte man eine kleine Bucht ausmachen mit einer Marina. Dahinter waren einige weiße Häuser sichtbar. Albert und Philipp unterhielten sich kurz, um die Situation abzuwägen. Einerseits war die Küste noch weit entfernt, andererseits waren ihre Nerven zum Zerreißen gespannt, sie wollten die Sache hinter sich bringen.

„Also los, gehen wir", befahl Philipp. Die beiden Seeleute rührten sich nicht. „Wir lassen euch den Vortritt", sagte Philipp und wies mit dem Revolver zum Achterdeck. Widerwillig setzten sich die beiden in Bewegung, gefolgt von Philipp und Albert.
„Hände auf die Reling", befahl Philipp, als sie beim Rettungsboot angelangt waren, „ihr bleibt hier, bis wir euch freigeben".

Philipp kletterte in das Boot, Albert fierte es mithilfe der Aussetzeinrichtung aus und ließ es zu Wasser. Philipp hielt die Waffe auf die beiden Seeleute gerichtet, was nicht einfach war, weil das Boot auf den Wellen hin- und herschaukelte. Plötzlich erfasste eine Welle das Boot und drehte es. Einen Augenblick wandte Philipp dem Schiff den Rücken zu. Dieses Missgeschick nützten die beiden Seeleute, um sich auf Albert zu stürzen. Philipp feuerte, konnte aber nur einen Schreckschuss abgeben, denn die Gefahr war zu groß, im Handgemenge versehentlich Albert zu treffen. Dieser wehrte sich verzweifelt gegen die Übermacht. Raymond, scheinbar noch von den Prügeln, die er am Tag zuvor bezogen hatte, geschwächt, war schnell ausgeschaltet, aber der Steuermann war ein kampferprobter Typ. Er versetzt Albert einen Schwinger, der ihn zu Boden warf. Der Steuermann setzte nach und wollte Albert einen Tritt versetzen. Philipp zielte genau und riskierte einen Schuss. Es krachte und der Steuermann wurde durch die Kugel aus dem großkalibrigen Revolver zurückgeworfen. Er presste seine Hand auf die blutende Schulter, konnte sich aber aufrichten. Albert, benommen, taumelte zur Reling, überstieg diese und ließ sich fallen. Dabei streifte er den Schiffsrumpf und plumpste ins Wasser. Besser wäre es gewesen, mit einem Sprung vom Schiff wegzuhechten. Philipp wartete gespannt, bis Albert aus den Fluten auftauchen würde. Bange Sekunden vergingen, Philipp vergaß die beiden Gauner, die sich mittlerweile aus dem Staub gemacht hatten, und suchte verzweifelt die Wasseroberfläche ab. Endlich, einige Meter vom Boot entfernt, kam Albert prustend an die Oberfläche. Philipp ruderte schnell auf ihn zu, hob das Ruder aus den Riemen, streckte es Albert hin und zog ihn heran. Er half dem nach Atem Ringenden ins Boot und bettete ihn auf dem Boden. Dann griff er wieder in die Ruder, um schnell von der Enya wegzukommen.

Von den beiden Seeleuten war nichts mehr zu sehen. Das Boot hatte kaum einen Abstand von hundert Metern gewonnen, als sie merkten, wie die Enya, einem Ungeheuer gleich, auf sie zukam. Der Abstand reduzierte sich immer mehr, offensichtlich wollte man sie mit dem Schiff rammen. Philipp versuchte einen Richtungswechsel, er steuerte das Boot in einem rechten Winkel seitwärts, doch nicht schnell genug. Die Enya stoppte, dann drehte sie wieder in Richtung ihres Bootes. Albert, der sich mittlerweile erholt hatte, fixierte mit Entsetzen den rostigen Kiel der Enya, der sie in einigen Augenblicken zermalmen würde. Und sollte das nicht reichen, würden die Schiffsschrauben das grausige Werk vollenden. Das hässliche Monstrum war nur mehr einige Meter von ihnen entfernt. Wieder einmal sah Albert dem Tod in die Augen, doch dieses Mal schien es unausweichlich zu sein. Plötzlich ertönte ein knirschendes

Geräusch, mit einem Ruck stoppte die Enya und legte sich leicht auf die Seite.

„Die Enya ist auf Grund gelaufen", schrie Philipp mit überschlagender Stimme.

„Schnell weg, bevor ihnen eine andere Teufelei einfällt", rief Albert erregt.

Die Motoren der Enya brummten beträchtlich, augenscheinlich wollte man das Schiff wieder flott bekommen, doch es schien sich nicht vom Fleck zu rühren. Philipp und Albert nützten die Gunst der Stunde und ruderten mit allen Kräften dem rettenden Ufer entgegen. Immer wieder blickten sie zurück, die Enya wurde immer kleiner, sie schien noch festzustecken. An Land wartete eine neue Schwierigkeit auf sie. Sie waren verdächtig, schon allein mit einem Rettungsboot einzulaufen, musste auffallen. Sie hatten keine Personaldokumente, jede Kontrolle durch die Polizei würde ihre Pläne zunichtemachen. Aber auch Zivilpersonen konnten das sonderbare Paar der Polizei melden. Der starke Akzent, mit dem sie Französisch sprachen, war verdächtig.
„Es hat keinen Sinn, in der Marina einzulaufen, halte dich weiter östlich. Dort ist das Ufer bewaldet und wahrscheinlich unbewohnt", rief Albert.

Sie steuerten auf das felsige Ufer zu und suchten nach einer Landemöglichkeit. Sicherlich hätten sie das Boot aufgeben und die letzten Meter an Land waten können, aber ein herrenloses Boot im Meer treibend, würde erst recht die Aufmerksamkeit der Polizei erregen. Sie ruderten entlang der Küste, bis sie endlich eine Stelle fanden, die ihnen erlaubte, das Boot an Land zu ziehen. Erschöpft ließen sie sich unter einer Pinie nieder.

„Wie soll es jetzt weitergehen?", fragte Philipp.

„Wenn ich das wüsste, aber eins weiß ich, Toulon ist nicht mehr weit."

„Mir kracht der Magen", stöhnte Philipp, „vor Hunger kann ich gar nicht richtig denken."

Albert, dessen Kleider nass waren, klapperte mit den Zähnen. „Am liebsten würde ich mir die Kleider vom Leibe reißen und in der Sonne zum Trocknen auflegen."

„Ich glaube, die Zeit haben wir nicht, wir müssen uns aus dem Staub machen, bevor jemand vorbeikommt."

Sie erhoben sich und wandten sich ins Landesinnere. Nach einigen Minuten kreuzten sie einen mit Piniennadeln bedeckten Weg. Ein hölzerner Wegweiser wies in Richtung Küste, „Pointe de terre rouge", stand darauf zu lesen.

„Dort wollen wir nicht hin", bemerkte Philipp.
„Wir sollten versuchen auf eine Straße zu kommen, vielleicht ergibt sich die Möglichkeit, per Anhalter weiterzufahren", schlug Albert vor.

„Oder mit einem Linienbus", meinte Philipp.

„Mit meinen nassen Kleidern, das würde auffallen!", warf Albert ein.

Sie setzten ihre Wanderung fort. Nach einigen Minuten hörten sie Verkehrslärm und bald kam eine Landstraße, gesäumt von weiß getünchten Häusern, in Sicht. Es war ihnen nicht so richtig wohl dabei, als sie ihren Weg auf der Straße fortsetzten, die eine kleine Ortschaft durchquerte. Es war noch ruhig, doch die wenigen Passanten, die sie kreuzten, warfen ihnen neugierige Blicke zu. Als sie eine Bäckerei passierten und ihnen der Geruch frischen Brotes in die Nase stieg, hielten sie an.

„Ich riskiere es, ich gehe hinein und kaufe uns eine *Baguette*, was hältst du davon Albert?"

„Okay, wenn wir etwas in den Magen kriegen, dann werden wir uns besser fühlen und einen Plan schmieden."

Philipp verließ die Bäckerei mit einer Tüte, aus der zwei Baguettes hervorlugten. Obwohl ihre Mägen vor Hunger krachten, hielten sie nach einem stillen Plätzchen Ausschau, um in Ruhe das Brot verzehren zu können. Nach einigen Metern bog eine schmale, von Feldern gesäumte Straße ab, die mehr einem Karrenweg glich. Sie folgten der Straße und ließen sich dann am Straßenrand nieder. Sie brachen die Baguette in der Mitte und würgten die Brocken hinunter. Nachdem Albert eine Hälfte des Brotes verschlungen hatte, verwahrte er den verbleibenden Rest in seiner Rocktasche. Philipp warf ihm einen erstaunten Blick zu.
„Für später", sagte Albert entschuldigend. „Jetzt gäbe ich viel für einen Schluck eines guten Bordeaux und eine Stunde Schlaf!"

Nachdem sie sich halbwegs gesättigt hatten, machte sich bleierne Müdigkeit bei ihnen bemerkbar. Sie hatten seit dreißig Stunden kein Auge zugedrückt und entschieden, eine

Rast einzuschieben und ein bisschen zu schlafen. Zwei Männer, die am Straßenrand schliefen, hätten sicherlich Aufmerksamkeit erregt, daher sollte einer Wache halten. Sie warfen das Los, Philipp sollte die erste Wache übernehmen. In der Ferne zeigte die Kirchenuhr elf Uhr.

„Okay", sagte Philipp, „um zwölf wecke ich dich, dann werde ich ein Stündchen schlafen und du hältst Wache."

Aber Albert hörte seine Worte nicht mehr, er war schon eingeschlafen.

33.

Die Sonne verstrahlte eine angenehme Wärme, immer wieder schlossen sich Philipps Augenlider. Mehrere Male gelang es ihm, sie aufzureißen. Er begann, sich mit der flachen Hand auf den Hinterkopf zu schlagen, um sich wach zu halten, doch nach einigen Minuten verlor er den Kampf gegen die Müdigkeit und schlief ebenfalls ein.

Als Albert erwachte, stand die Sonne tief am Horizont. Er rieb sich die Augen und wollte einen Blick auf die Uhr am Kirchturm werfen, als er erschreckt hochfuhr. Zwei Frauen standen vor ihm und betrachteten ihn argwöhnisch. Er schüttelte heftig den schlafenden Philipp, als dieser die zwei Frauen bemerkte, legte sich Erstaunen auf sein Gesicht. Bevor er noch ein Wort sagen konnte, grüßte Albert, wobei er sich bemühte, seinen deutschen Akzent zu verbergen.

Die beiden Frauen erwiderten den Gruß. „Was machen Sie hier?", wollte die ältere wissen.

Die Ähnlichkeit der beiden ließ vermuten, dass es sich um Mutter und Tochter handelte.
Albert antwortete ausweichend. „Wir haben den Bus nach Toulon verpasst. Wir wollten uns ein bisschen ausruhen und sind eingeschlafen."

Er erhob sich und glättete seine Kleidung, die mittlerweile trocken geworden war. Philipp folgte seinem Beispiel. Sie wollten sich davonmachen, doch die Mutter hielt sie zurück.

„*Attendez*", sagte sie befehlend, „Sie sind doch nicht von hier?"

„Nein", sagte Albert kurz und ging weiter. Doch die Frau holte ihn ein.

„*Attendez*", wiederholte sie streng, „von wo sind Sie?"

Albert überlegte blitzschnell. Irgendwelche fadenscheinige Lügen würden ohnehin nicht geglaubt werden. „Wir sind Legionäre, wir haben für Frankreich in Algerien gekämpft und unser Leben für Ihr Land aufs Spiel gesetzt. Ich wäre fast draufgegangen", sagte er. Er zog sein Hosenbein hoch und zeigte den Frauen die hässliche Narbe. „Fast wäre ich verblutet, wenn mich mein Freund nicht gerettet hätte." Er deutete auf Philipp.
„Das kann ich glauben oder nicht!", blieb die Ältere misstrauisch.

Albert seufzte. „Es ist so", sagte er mit einem Bedauern, „wir haben unseren Dienst quittiert und sind auf der Heimreise nach Österreich."

Die Schwierigkeiten nahmen kein Ende. „Komm, verschwinden wir", raunte er Philipp zu, „bevor sie die Polizei alarmieren."

Sie kümmerten sich nicht mehr um die beiden Frauen und wandten sich der Hauptstraße zu.

„Mama, du bist unmöglich", hörten sie plötzlich die Jüngere sagen, „warum bist du so grob?"

Die beiden Frauen diskutierten heftig. Plötzlich meldete sich die Junge zu Wort: „Haben Sie Hunger?"

Sie blieben stehen. „Wir haben seit einer Ewigkeit nichts gegessen, außer ein paar Bissen trockenes Brot!"

„Kommen Sie mit, wir machen Ihnen ein Abendessen."

Albert und Philipp sahen sich an. War es eine ehrliche Einladung oder eine Falle? „Sollen wir?", Philipp blickte Albert fragend an.

„Riskieren wir es", sagte dieser.

Ihre Blicke wanderten nach allen Seiten, als sie den Frauen folgten, sie zweifelten noch an der Redlichkeit dieser Einladung. Sie überquerten einen kleinen Platz und bogen in eine schmale Seitengasse. Langgestreckte, ebenerdige Häuser mit Backsteinfassaden reihten sich aneinander. Vor einer breiten Einfahrt, die mit einem Stahlportal verschlossen war, hielten sie. Die jüngere der beiden öffnete den schweren Flügel, der mit einem Quietschen zurückschwang. Der Boden des weitläufigen Innenhofs war mit Schlacke belegt. Gegenüber einem flachen Gebäude, offensichtlich dem Wohngebäude, befand sich eine Scheune, deren Wände sich schon stark neigten, einige Bretter fehlten sogar. Man merkte sofort, dass hier die tüchtigen und kräftigen Hände eines Mannes fehlten. Ein Hund bellte. Die Ältere öffnete eine kleine Tür in der Scheune und ein großer, zotteliger Hund mit schwarzem Fell stürmte mit bedrohlichem Gebell heraus. Er wollte die beiden Fremden aufs Korn nehmen, wurde aber mit einem scharfen Befehl der Mutter gestoppt. Sofort ließ er sich neben der Frau nieder, die Augen auf sie gerichtet, weitere Befehle abwartend.

„Komm", befahl sie dem Hund, zog einen Schlüssel aus ihrer Schürze und öffnete eine verwitterte Holztür.

Sie betraten einen kleinen Vorraum und dann ein großes Zimmer. Ein ausladender Tisch stand in der Mitte und an der Rückwand ein massiver Herd. Als sie Platz genommen hatten, stellten sich die Gastgeberinnen vor.

„Ich bin Joyceline und meine Tochter heißt Marie-Claire."

„Es ist äußerst liebenswürdig von Ihnen, uns einzuladen", sagte Albert und stellte sich und Philipp ebenfalls vor.

Joyceline hatte dunkelbraune Augen und schwarzes, von einigen grauen Strähnen durchzogenes Haar. Der ernste Ausdruck ihres schmalen Gesichtes ließ sie älter erscheinen, als sie wahrscheinlich in Wirklichkeit war, doch sie war noch immer eine Schönheit. Ihre Tochter hatte kastanienbraunes Haar und volle, schön geformte Lippen. Sie war kräftig gebaut, hatte einen hoch angesetzten Busen, rundliche, jedoch makellose Hüften und kräftige, vollendet geschwungene Beine.

„Hilf Marie-Claire Holz hereintragen", sagte sie zu Albert, „ich werde Feuer machen und für uns kochen." Sie hängte ihre Arbeitsschürze auf einen Haken.

Kaum hatten sich Marie-Claire und Albert erhoben, folgte ihnen der Hund. Sie wandten sich der Scheune zu und öffneten das Tor, das windschief in den Angeln hing. Ein modriger, feuchter Geruch stieg Albert in die Nase. An einer Wand waren kurz geschnittene Holzscheiter aufgeschichtet. Sie warfen einige Scheiter in einen großen Korb, als Marie-Claire ihn aufnehmen wollte, schob sie Albert sanft zur Seite.

„Wann kommt dein Vater nach Hause?", fragte er unvermittelt und nahm den Korb auf.

„Mein Vater ist gestorben, er ist bei einem Autounfall ums Leben gekommen."

„Das tut mir leid", murmelte Albert.

Joyceline hatte mittlerweile mit Spänen ein Feuer im Herd entfacht und schob nun einige Scheiter nach.

„Mögt ihr Bifteck?", fragte sie und lächelte zum ersten Mal.

„Wir essen alles", sagte Philipp bescheiden.

Sie lächelte wieder und holte aus einem Kühlschrank einen großen Teller. Auf diesem waren riesige, dünn geschnittene Steaks aufgetürmt, von den Franzosen Bifteck genannt. Dann nahm sie eine Bratpfanne von einem Regal oberhalb des Herdes und platzierte sie auf der Herdplatte. In die

Pfanne gab sie großzügig Butter und als diese zu zerfließen und brutzeln begann, legte sie ein Bifteck hinein. Schon nach kurzer Zeit wendete sie das dünn geschnittene Fleisch und nach einer Minute zog sie das Bifteck aus der Pfanne und legte es auf einen Teller. Dieser Vorgang wiederholte sich einige Male. Währenddessen wusch Marie-Claire Salatblätter und trocknete diese sorgfältig mit einem Tuch. Dann nahm sie eine riesige Keramikschüssel und legte den Salat hinein, vermischte ihn mit Öl, Zitronensaft und etwas Salz. Die Biftecks mundeten unübertrefflich gut, das Fleisch war saftig und zart. Philipp und Albert waren voll des Lobes über diesen unerwarteten Genuss.
„Dürfen wir wenigstens einen kleinen Beitrag für das Fleisch leisten?" Albert griff in seine Brusttasche und holte ein Bündel Banknoten hervor.

„Wenn du das tust, beleidigst du uns", sagte Joyceline, „ihr seid unsere Gäste."

Sie erhob sich und entnahm dem Kühlschrank eine Platte mit verschiedenen Käsesorten.

„Geh in den Keller und hole eine Flasche vom Roten", befahl sie ihrer Tochter.

Nach einigen Gläsern Wein lösten sich die Zungen. Philipp und Albert erzählten von ihren Erlebnissen in der Legion, wobei sie vermieden, die schikanösen Ausbildungsmethoden anzusprechen, die kein gutes Licht auf eine Kulturnation wie Frankreich geworfen hätten.

„Ich glaube, de Gaulle wird sich entscheiden müssen, Algerien in die Unabhängigkeit zu entlassen", mutmaßte Joyceline.

„Wir haben das Land aufgebaut, haben eine Verwaltung eingeführt, Schulen ins Leben gerufen, eine Infrastruktur geschaffen und Industriebetriebe angesiedelt, mit uns hätten sie sich zu einem modernen Staat entwickeln können", sagte Marie-Claire.

„Ohne unsere Hilfe werden sie wieder zurückfallen", meinte Joyceline.
Die Flasche Rotwein war schnell leergetrunken und Marie-Claire holte eine neue aus dem Keller. Die beiden Frauen schienen die Gesellschaft der beiden Männer zu genießen. Offensichtlich führten sie ein einsames Leben und schätzten ein bisschen Abwechslung.
„Wenn ihr wollt, könnt ihr einige Tage hier bleiben. Ein bisschen Arbeit gibt es immer und wenn Zeit bleibt, könnt ihr mit Marie-Claire im Meer baden", schlug Joyceline nach einigen weiteren Gläsern des vollmundigen, schweren Rotweins vor.

Ein paar Tage Aufenthalt am Meer bei Joyceline und Marie-Claire, die sie verwöhnen würden, das klang verlockend, vor allem Philipps Augen begannen zu glänzen. Offensichtlich glaubte er, bei Marie-Claire Chancen zu haben, denn die beiden hatten bereits vielsagende Blicke gewechselt.

„Ich wäre einigen Tagen frischer Meeresluft und guter französischer Küche nicht abgeneigt", raunte Philipp.

Albert lächelte. „Und Marie-Claire, sie gefällt dir, stimmt's?"

„Das auch!", erwiderte Philipp.

„Daraus wird leider nichts", meinte Albert kategorisch, „wir könnten jederzeit entdeckt werden, morgen machen wir uns auf den Weg nach Toulon!"

Die Enttäuschung auf den Gesichtern der beiden Frauen war deutlich zu sehen, als die beiden die Einladung ablehnten, besonders Marie-Claire schien es zu bedauern.

Als Nachtlager diente den beiden Männern ein alter, nicht mehr benutzter Wohnwagen der hinter der Scheune auf der Wiese stand. Trotz des intensiven Plastikgeruchs, der von der Einrichtung des Wohnwagens ausging, schliefen die beiden sofort ein. Kein Wunder, nach den Abenteuern, die sie durchgestanden hatten, und nach dem üppigen Abendessen und dem schweren Wein.

Am nächsten Morgen erwachte Albert, sein Körper war von Schweiß überzogen, denn der Wohnwagen stand in der prallen Sonne. Die Hitze im Inneren war, vermischt mit dem ausströmenden Geruch von Kunststoff, unerträglich. Schnell weckte er Philipp, dessen Gesicht ebenfalls von Schweißperlen überzogen war.

„Schnell raus hier", sagte Albert, „sonst werden wir noch geröstet!"

Kaffeegeruch strömte ihnen entgegen, als sie die Wohnküche betraten. Mutter und Tochter saßen bei Tisch und plauderten, es hatte den Anschein, als ob sie auf die Männer gewartet hätten.

„Wo können wir uns erfrischen?", fragte Albert, der sich für sein verschlafenes Gesicht und sein verschwitztes Äußeres schämte.

„Im Badezimmer", sagte Joyceline und deutete auf eine Türe. „Wenn ihr heißes Wasser braucht, sagt es mir."

„Nur das nicht, je kälter desto besser", antwortete Albert. Er zog sein Hemd aus und legte es auf einen Sessel.

Sowohl Mutter als auch Tochter beobachteten ihn. Sein sehniger Oberkörper schien sie zu beeindrucken. Im Bad war alles blitzsauber, ein frisches Handtuch lag neben dem Waschbecken. Albert ließ Wasser in das Becken laufen und schüttete sich das Wasser in das verschwitzte Antlitz. Das erfrischende Nass ließ seine Lebensgeister erwachen und er war wieder bereit, die Herausforderungen des Tages anzunehmen. Er verließ das Bad und überließ es Philipp.
„Nimm Platz", lud ihn Joyceline ein und goss aus einer Kanne heißen, dunkelbraunen Kaffee in eine große Schale. Ein Korb mit frischen Croissants wurde ihm gereicht, Butter und Marmelade standen in Reichweite.

„Herrlich", sagte Albert in einem Anflug von Begeisterung, „Sie verwöhnen uns, das haben wir gar nicht verdient. Ich weiß nicht, wie wir uns revanchieren können!"
Joyceline lächelte. „Das ist doch selbstverständlich."

„Wenn ich wieder in der Heimat bin, schicke ich Ihnen ein paar Köstlichkeiten aus Österreich", sagte Albert.

„Ihr wollt uns also wirklich schon verlassen?", fragte Marie-Claire als Philipp aus dem Bad kam.

„Wir würden noch gerne bleiben", antwortete Philipp und warf Marie-Claire einen Blick zu, „aber es erwarten uns eine Menge Probleme, die wir schnell lösen müssen." Er ließ offen, um welche Probleme es sich handelte, aber es lag nahe, dass es die bevorstehende Heimreise durch Frankreich war, die sie belastete.

„Wir müssen noch heute nach Toulon", sagte Albert gedehnt, „gibt es einen Bus oder eine Bahnverbindung?"

„Am besten ihr nehmt den Zug", sagte Joyceline. „Es geht jede Stunde ein Zug nach Toulon, der nächste um 10 Uhr 45."

Albert blickte auf die große Uhr an der Wand. Es war zehn Uhr.

„Wenn ihr wollt, dann bringen wir euch mit dem Auto zum Bahnhof."

Einige Minuten später verließen sie Hyères in einem verbeulten *Citroën Deux Chevaux*. Das Auto holperte über die gepflasterten Straßen, das rechte Vorderrad vibrierte angsterregend, offensichtlich war der Stoßdämpfer hinüber. Am Bahnhof angekommen, wurden sie mit Küssen auf beide Wangen, mit Wünschen und einem Lunchpaket, verabschiedet.

„Schreibt uns eine Karte, wenn ihr in eurer Heimat seid, unsere Adresse findet ihr im Lunchpaket."
„Wir schicken euch ein Päckchen mit Leckereien", beeilte sich Philipp zu sagen. „Und ich verspreche euch, ich komme wieder, vergesst mich nicht." Er warf einen vielsagenden Blick auf Marie-Claire, über deren Gesicht ein Lächeln huschte.

Im Zug diskutierten sie die Route ihrer Heimreise. Sie wollten von Toulon nach Marseille und von dort nach Paris und dann nach Saarbrücken reisen. Sie wussten nicht wie, mit dem Zug, per Anhalter, oder per Bus? Irgendwie mussten sie es schaffen, die französisch-deutsche Grenze würde die letzte Herausforderung sein, bevor sie sich sicher fühlen konnten. Bald würden sie wieder die Stadt betreten, wo vor neun Monaten ihr Dienst bei der Legion begonnen hatte. In Alberts Gedanken tauchten Bilder vom Fort Saint Nicolas auf, dieser trotzigen Festung, in der er kaserniert war, bevor er mit der Black Mary nach Oran ausgeschifft wurde. Sein Magen krampfte sich zusammen, als er an die Schikanen dachte, denen er im Fort ausgeliefert gewesen war. In Toulon kauften sie die Fahrkarten nach Marseille und konnten schon nach einigen Minuten den Zug besteigen.

„Wie wäre es mit einem Abendessen am alten Hafen bei einem guten Roten, mit Ausblick auf Fort Saint Nicolas?", meinte Philipp ironisch, als sich der Zug in Bewegung setzte.

„Ich hoffe, dass das nicht dein Ernst ist", antwortete Albert.

„Von der Station Saint Charles sind es nur ein paar hundert Meter zum Fort", Philipp blieb beim Thema, „ein kleiner Spaziergang zum Ausgangspunkt unserer Karriere bei der Legion wäre doch nett?"

„Mein Bedürfnis ist für immer gedeckt", warf Albert ein.

„Wir sollten so wenig wie möglich sprechen", sagte er dann zum redefreudigen Philipp, „unser Deutsch würde uns verraten und unser Französisch ist auch nicht perfekt. Wenn jemand misstrauisch wird, braucht er nur eins und eins zusammenzählen, und wir sind geliefert."

34.

Der Zug näherte sich nach Bandol der Küste, das Meer war von einem berückenden Blau. Nicht umsonst hieß dieses Küstengebiet Côte d'Azur. Albert hing seinen Gedanken nach. Warum war Katrin ausgezogen, warum arbeitete sie nicht mehr im Geschäft ihres Vaters? Er konnte sich keinen Reim auf das machen, was ihm Katrins Mutter berichtet hatte. Viele Fragen, auf die er eine Antwort finden musste.

Als sie in Marseille einliefen, beschlossen sie mit dem nächsten Zug, der nach Paris ging, weiterzureisen. Albert erstand wieder die Tickets. Der nächste Expresszug ging um achtzehn Uhr, ohne Verspätung würden sie am nächsten Tag gegen neun Uhr morgens in Paris sein. Die Fahrt über neunhundert Kilometer würde fünfzehn Stunden dauern, musste doch Frankreich vom Süden nach Norden durchquert werden. Sie nutzten die Zeit bis zur Abfahrt des Zuges, den Inhalt der Lunchpakete zu verzehren. Albert erstand am Kiosk eine Tageszeitung. Auf der ersten Seite wurde über den Krieg in Algerien berichtet, über zunehmende Unruhen, Kämpfe und Attentate.

„Der Krieg in Algerien ist nun in die heiße Phase getreten", sagte Albert, „es kracht ganz furchtbar da unten."

„Seien wir froh, dass wir dieser Hölle entkommen sind, wir wären ja doch nur das Kanonenfutter gewesen, bevor die Franzosen ihre reguläre Armee einsetzen", sagte Philipp und seufzte. Es stimmte, meistens musste die Legion an

vorderster Front kämpfen, bevor die regulären Einheiten, die ebenfalls in Algerien stationiert waren, nachrückten.
Plötzlich pfiff Albert durch die Zähne. „Verdammt", presste er hervor, „in Nizza wurde ein Geldtransport der *Banque de Paris* überfallen, es gab Tote und Verletzte, die Räuber sind mit der Beute entkommen."

„Na und", brummte Philipp lapidar.

„Hier steht, dass Bahnhöfe, Flugplätze und die Häfen stärker kontrolliert werden, die Straßen sowieso."

„Als ob wir noch nicht genug Probleme hätten", seufzte Philipp. „Sollen wir die Fahrt verschieben? Sie werden auch die Züge kontrollieren, vor allem die Hauptlinien."

„Das bringt doch nichts", meinte Albert, „ohne Papiere können wir in kein Hotel gehen und am Bahnhof herumlungern bringt auch nichts, wir würden nur auffallen."

„Dann müssen wir höllisch aufpassen, ob Polizisten in den Zug einsteigen", riet Philipp.

„Das auf jeden Fall", bestärkte ihn Albert, „aber Kriminalbeamte sind nicht leicht zu erkennen."

Als sie den Zug nach Paris bestiegen, suchten sie ein Abteil auf, in dem sie Fensterplätze einnehmen konnten. Sie setzten sich gegenüber und beobachteten die Menschen am Bahnsteig. Als der Zug sich in Bewegung setzte, verließ Philipp das Abteil und bezog Posten am Gang, um eine etwaige Kontrolle rechtzeitig zu entdecken. Sie mochten noch keine zwei Stunden gefahren sein, als der Zug in Salon-de-Provence hielt. Fahrgäste verließen den Zug,

andere stiegen zu. Als der Zug sich in Bewegung setzte, machte Philipp plötzlich aufgeregt Handzeichen zu verschwinden. Wie aus dem Nichts tauchten zwei Polizisten, begleitet von einem Zivilbeamten, auf und kontrollierten bereits das vorderste Abteil. Albert und Philipp rissen ihr Gepäck aus der Ablage und drängten sich auf den Gang.
„Schnell, springen wir aus dem Zug", zischte Philipp und rüttelte an der Tür. Plötzlich erschien der Schaffner.

„Sind Sie verrückt, Sie können jetzt nicht aussteigen!"

Albert überlegte nicht lange, er holte aus und schickte den Schaffner mit einem Kinnhaken ins Land der Träume. Eilig, bevor man auf sie aufmerksam wurde, öffneten sie die Tür. Der Zug hatte mittlerweile Fahrt aufgenommen. Philipp sprang als Erster, Albert folgte. Sie krochen vom Bahndamm und robbten zu einem naheliegenden Gebüsch. Außer dem Schaffner, den Albert k.o. geschlagen hatte, schien niemand ihren Absprung bemerkt zu haben.

Sie blickten sich an. „Jetzt sind wir im Eimer", befand Philipp.

„Und wie!"

„Was nun?", fragte Philipp.
„Wir müssen weg von hier", befahl Albert, „es kann sein, dass sie den Zug anhalten, wenn sie den Schaffner entdecken. Dann werden sie die Gegend absuchen."

Philipp fluchte fürchterlich. „Mit der Bahn können wir nicht mehr fahren, die Bahnhöfe hier im Umkreis sind sicherlich alarmiert worden", äußerte er.

Nach einigen Minuten waren sie wieder im Zentrum von Salon-de-Provence, der Zug hatte ja kaum die Station verlassen, als sie absprangen. Ohne Ziel durchstreiften sie die Stadt.

„Kannst du ein Auto aufbrechen?", fragte Albert, nachdem sie einige Zeit ziellos durch die Stadt geirrt waren.

Philipp grinste. „Mit meinen Kumpeln habe ich einmal ein Auto gestohlen, wir waren damals sechzehn, es sollte ein Streich sein. Mit einem Lineal haben wir zwischen Seitenfenster und Türfüllung den Verschluss in die Höhe gedrückt und dann das Starterkabel kurzgeschlossen. Hat prima geklappt. Wir sind die ganze Nacht herumgefahren und als der Tank leer war, ließen wir das Auto stehen und gingen nach Hause."

„Kannst du das wieder machen?"

„Schon, ich brauche nur etwas Dünnes und Langes", bekräftigte Philipp, „unter Umständen tut es ein steifer Karton auch."

Bald würde es dämmern, was ihr Vorhaben erleichtern würde. Sie kamen bei einem Fußballstadion vorbei, auf dem Parkplatz standen viele Fahrzeuge.
„Ideal, um ein Auto zu klauen", sagte Philipp, „es fehlt uns nur mehr das Werkzeug. Hast du vielleicht eine Schachtel in deinem Gepäck?"

Albert dachte nach. „Ich habe ein Buch, wir können den Einband herunterlösen, der ist aus Karton."

Philipp nahm das Buch in Augenschein. Er riss den kartonierten Einband heraus. „Ich hoffe, es ist nicht dein Lieblingsroman?", fragte er lächelnd.

Es handelte sich um „Verdammt in alle Ewigkeit" in französischer Sprache. Albert hatte dieses Buch gelesen, um seine Sprachkenntnisse zu vervollkommnen.

„Schon, aber das ist jetzt egal."

Philipp nahm sein Taschenmesser und ritzte den Karton vertikal, brach ihn und erhielt einen zwanzig Zentimeter langen, schmalen Streifen.

„Hoffentlich ist er lang genug", bemerkte er.

Sie sahen sich nun nach einem geeigneten Fahrzeug um. Weiter hinten, gut abgedeckt durch zwei Kastenwagen, stand ein hellblauer Peugeot 203.

„Ich mach mich ans Werk, hoffentlich klappt es", sagte Philipp, „du stehst Schmiere."

Philipp führte den Karton zwischen der Fensterdichtung und dem Glas ein und schob den Streifen nach unten in die Türfüllung. Als dies erfolglos blieb, zog er den Streifen heraus und versuchte es an einer anderen Stelle. Wieder nichts. Dann versuchte er es oberhalb des Schlosses zwischen Dichtung und Fensterglas, es machte Klick, und der kleine Zapfen an der Innenseite der Türe sprang in die Höhe. Er packte den Türgriff und öffnete. Dann ließ er sich mit dem Oberkörper auf den Boden des Fahrzeuges gleiten und nahm die Unterseite des Armaturenbrettes in

Augenschein. Er zog an verschiedenen Drähten, bis er zwei davon in Händen hielt.

„Jetzt wird es spannend", schnaubte er. Er brachte den Schalthebel in die neutrale Position und führte dann die beiden Drähte zusammen. Der Starter machte einige Umdrehungen, und mit einem leisen Schnurren sprang der Peugeot an.

„Nichts wie weg", sagte Albert und atmete erleichtert durch.

Sie verließen Salon-de-Provence in Richtung Norden und folgten den Straßenschildern nach Valence.

„Lange werden wir den Wagen nicht benützen können", sagte Albert, nachdem sie einige Kilometer gefahren waren. Der Besitzer wird das Fahrzeug als gestohlen melden, und jeder Polizist wird danach Ausschau halten. Wenn wir uns bis Lyon durchschlagen, könnten wir wieder mit der Bahn weiterfahren."

„Wie weit ist es bis Lyon?"

Im Handschuhfach fand Albert eine Straßenkarte. Er knipste die Deckenbeleuchtung an und faltete das Papier auseinander.

„Ungefähr zweihundertsechzig Kilometer bis Lyon", antwortete er, „wie lange werden wir brauchen?"

„Ich schätze, dass wir fünf bis sechs Stunden fahren werden", sagte Philipp.

„Wie viel Sprit haben wir noch?", fragte Albert.

„Mehr als halbvoll."

„Ich schlage vor, wir schlagen uns auf Nebenstraßen durch."

Sie verfuhren sie sich einige Male, außerdem dauerte die Fahrt auf den Nebenstraßen länger. Der Hunger begann sie zu quälen, die letzten Bissen des Lunchpakets, das ihnen Joyceline mitgegeben hatte, waren längst verzehrt. Müdigkeit machte sich bemerkbar, im Halbstundentakt wechselten sie sich am Volant ab.

„Wir sollten eine Schlafpause einlegen", schlug Philipp vor.

Als sich die Straße durch ein bewaldetes Gebiet schlängelte, entdeckten sie eine Abzweigung, die in den Wald führte. Der Peugeot holperte über den von Karren und Traktoren zerfurchten Weg. Nach einigen Metern hielten sie an, stellten den Motor ab, lehnten ihre müden Häupter zur Seite und schliefen sofort ein. Erst als die Morgensonne das Wageninnere erwärmte, erwachten sie. Vor Hunger knurrte ihnen der Magen.

„Was hältst du von Kaffee und Croissants in einem der Cafés, an denen wir vorbeikommen?"

Sie mochten eine halbe Stunde gefahren sein, als sie eine kleine Stadt namens Communay passierten, fünfunddreißig Kilometer vor Lyon.

„Ich glaube, wir müssen nun den Peugeot loswerden", sagte Albert.

Sie passierten den Hauptplatz und ließen den Wagen in einer einsamen Seitenstraße stehen. Am Hauptplatz betraten sie ein Café. Es verfügte über große Fenster, im Innern waren an den Wänden Spiegel montiert, und der Boden war mit Fliesen ausgelegt, alles in diesem Café vermittelte eine kühle Atmosphäre. An dem breiten, mit Zinkblech verkleideten Tresen lümmelten einige Männer und schlürften Kaffee aus großen Schalen. Die beiden nahmen im hinteren Bereich des Lokals Platz. Eine hübsche junge Frau Anfang dreißig mit kurz geschnittenen Haaren kam an ihren Tisch und lächelte freundlich.

„Messieurs?", sagte sie fragend und blickte von einem zum anderen.

Sie bestellten Kaffee und erkundigten sich, ob man ihnen Omeletten braten könnte, eine für Frankreich typische Eierspeise. Die Kellnerin nickte und schon nach kurzer Zeit servierte sie ihnen vortrefflich duftenden Kaffee. Als die Omeletten vor ihnen standen, mussten sie sich beherrschen, um nicht gierig über sie herzufallen. Als sie gegessen und gezahlt hatten, ließen sie sich den Weg zum Bahnhof erklären.
„Also riskieren wir die Weiterfahrt mit der Eisenbahn?", erkundigte sich Philipp.

„Ich glaube, das ist am wenigsten riskant für uns. Per Anhalter weiterzukommen ist mühsam. Und vergiss nicht, egal wo wir uns in Frankreich befinden und was wir machen, die Zeitbombe tickt, wir können jederzeit entdeckt werden."

35.

Feuchte Luft lag wie eine Decke aus Dunst über der Stadt und ließ keinen Sonnenstrahl durch. Es war schwül und heiß. Alberts Kopf begann zu schmerzen. Im Lokalzug nach Lyon suchte er die Toilette auf. Der Wasserhahn gab nur einen dünnen Strahl von sich, mit beiden Händen schüttete er sich das Wasser ins Gesicht, um seinen schmerzenden Kopf zu erfrischen.
In Lyon versuchten sie, aus den im Bahnhofsgebäude angeschlagenen Fahrplänen schlau zu werden. Wenn sie diese richtig verstanden hatten, konnten sie von Lyon über Nancy und dann weiter über Metz und von dort über Forbach nach Saarbrücken reisen. Sie lösten Fahrkarten nach Nancy. Als sie den Zug bestiegen, war dieser nur spärlich besetzt. Trotzdem blieben sie auf der Hut und beobachteten in den Stationen die Bahnsteige. Gegen sieben Uhr abends lief der Zug in Nancy ein.

„Wir sollten unsere Francs in D-Mark wechseln, damit wir in Deutschland flüssig sind", riet Albert.

„Okay", stimmte Philipp zu, „aber einige Francs sollten wir behalten, wir sind noch nicht in Deutschland, wer weiß, was uns noch widerfährt."

Das Bankinstitut war bereits geschlossen, also wandten sie sich an eine Wechselstube. Der Kurs für den Umtausch war schlecht, wie immer bei solchen Geldwechslern. Als sie den Zug nach Metz bestiegen, wurde ihnen das erste Mal so richtig bewusst, dass ihre Odyssee nun bald zu Ende gehen würde. Unbehelligt kamen sie in Metz an und einige Minuten später saßen sie im Lokalzug nach Saarbrücken. Sie entschieden, die noch in Frankreich liegende

Grenzstation Forbach zu meiden, da sie dort die Anwesenheit von Polizei und Zoll fürchten mussten. Sie verließen den Zug schon vor Forbach und wanderten zu Fuß weiter. In einem weiten, südwärts gerichteten Bogen, abseits der Hauptstraße, wollten sie die Grenze passieren. Schon nach einigen hunderten Metern befanden sie sich in einer leicht hügeligen Landschaft. Nach einer halben Stunde wandten sie sich nach Osten. Sie bewegten sich nun im freien Gelände. Es war eine klare Nacht, der Halbmond spendete ein spärliches, fahles Licht. Die Orientierung fiel ihnen schwer.

„Hoffentlich bewegen wir uns zur deutschen Grenze", sagte Philipp.

„Wir werden ja sehen", war die kurze Antwort Alberts.

Schweigend setzten sie ihren Marsch fort. Sie waren nun schon eine Stunde unterwegs, ihre Zweifel verstärkten sich. Doch nach einigen Minuten hörten sie Fahrzeuglärm, und in der Ferne tauchten Lichter auf.

„Das muss eine Stadt sein", meinte Philipp, „entweder es ist Forbach oder bereits Saarbrücken."

„Meiner Schätzung nach müsste es Saarbrücken sein, siehst du nicht die vielen Lichter?"

„Dein Wort in Gottes Ohr", antwortete Philipp, „vielleicht haben wir die Grenze bereits überschritten und wissen es nicht."

„Vielleicht", sagte Albert, in seiner Stimme schwang aufkeimende Hoffnung mit.

Schon nach kurzer Zeit hatten sie die ersten Häuser erreicht und hielten nach Merkmalen Ausschau, die ihnen beweisen sollten, dass sie in Deutschland waren. Die Autos, die am Straßenrand geparkt waren, hatten deutsche Kennzeichen. Sie gingen weiter die schmale Straße entlang, offensichtlich befanden sie sich in einer Siedlung. Auf einem Straßenschild konnten sie „Almetstraße" lesen. Sie fielen sich um den Hals.

„Geschafft", presste Philipp gerührt hervor, „der Albtraum hat ein Ende."

Eine Weile hielten sie sich in den Armen. Ihre Flucht war gespickt gewesen mit gefährlichen Situationen, doch sie hatten alle Schwierigkeiten gemeistert. Albert richtete still ein Dankgebet zum Himmel.

„Wir müssen auf der Hut sein", riet er, „wir haben keine Papiere, wenn uns die Polizei aufgreift, können wir noch immer Probleme bekommen."

„Du hast recht", stimmte ihm Philipp bei, „aber ich hoffe doch, dass sie uns nicht nach Frankreich zur Legion zurückschicken werden."

Albert erkundigte sich bei Philipp, wie es nun weitergehen sollte. Es war seine Heimat, er sollte die Initiative ergreifen. „Ich schlage vor, dass wir mit der Bahn nach Stuttgart fahren. Am besten wir gehen zum Hauptbahnhof und erkundigen uns über die Bahnverbindungen."

Sie wollten ein Taxi nehmen, aber es kam keines in Sicht. Also mussten sie sich zu Fuß auf den Weg machen, marschieren waren sie gewöhnt. Irgendwann begegneten sie zwei jungen Männern, die scheinbar einen zu viel hinter die Binde gekippt hatten, denn sie torkelten von einer Seite zur anderen. Philipp erkundigte sich bei ihnen nach dem Weg zum Bahnhof. Die beiden hielten an, wobei sie sich gegenseitig stützen mussten, um nicht umzufallen. Sie schienen die Frage nicht verstanden zu haben.

„Was?", grölte einer der beiden. Philipp wiederholte die Frage. Sie blickten sich an, ihren Mienen sah man an, dass sie angestrengt nachdachten. Nach einigen Augenblicken ließ einer der beiden verlauten: „Immer in diese Richtung", und rülpste.

Auf gut Glück setzten sie den Weg, wie angegeben fort. In der Ferne ratterte ein Zug, also musste die Richtung stimmen. Sie benötigten aber noch eine Stunde, bis sie den Hauptbahnhof erreichten. Der Mann am Schalter teilte ihnen mit, dass der nächste Zug erst nächsten Morgen um fünf Uhr dreißig abfahren würde.

„Gibt es in der Nähe eine Kneipe, die noch geöffnet hat?", fragte Philipp, denn die Zeit, im Warteraum bis zur Abfahrt des Zuges zu verbringen, schien ihnen zu lange und riskant wegen der Polizeikontrollen.

„Nur eine Bar, das Suzie Wong, die schließt im Morgengrauen, soviel ich weiß", informierte sie der Beamte und erklärte ihnen den Weg.
Sie mussten nicht weit gehen. Man hatte den Eindruck, dass bereits geschlossen war. Doch als Albert an einem Türgriff aus Messing zog, öffnete sich die Tür und gab Stufen frei, die nach unten führten. Leise Musik, gedämpfte Beleuchtung und ein Gemisch von Gerüchen verschiedener Parfüms und Zigarettenrauch drang ihnen entgegen. An der

Bar lümmelten einige Mädchen und rauchende Männer, die in ihre Gläser starrten. Hinter der Bar verrichtete eine stark geschminkte Blondine in einem tief ausgeschnittenen Kleid, unterstützt von einem Typen mit glänzendem Haar, ihren Dienst. Auf einer kleinen Tanzfläche wiegte sich ein Paar zu einem Song von Connie Francis. Die Bemühungen des Mannes, die Frau zu begrapschen, blieben erfolglos. Hinter der Tanzfläche standen einige runde Tischchen, flankiert von gepolsterten Sesseln.

Sie steuerten die Bar an, die Blondine schlurfte herbei und musterte sie kritisch. Kein Wunder, war doch ihre Kleidung während ihrer Flucht in Mitleidenschaft gezogen worden. Außerdem hatten sie sich einige Tage nicht rasiert. Ohne ein Wort zu sagen, hob sie nur das Kinn, scheinbar als Aufforderung, einen Drink zu bestellen.

„Zwei Bier", sagte Philipp leise.

„Was?", kläffte die Blonde.

„Zwei Bier", wiederholte Philipp.

„Könnt ihr bezahlen, die Flasche kostet zehn Mark?", fragte sie misstrauisch.

„Und wenn sie zwanzig kosten würde", antwortete Albert, „dieser Schluck ist es uns wert."

„Seid ihr aus dem Knast entlassen worden?", fragte die Blondine argwöhnisch.

„Fast könnte man es so sagen", ließ Albert vernehmen, „aber wir sind keine Kriminellen, wir haben den Dienst bei der Legion beendet und sind auf der Heimreise."

Ein Blick, der Bewunderung, aber noch immer etwas Argwohn ausdrückte, streifte sie. Doch dann entspannte ein freundliches, fast mütterliches Lächeln ihre Züge.

„Eure Biere gehen auf das Haus, ihr seid eingeladen, Jungs!", sagte sie angeregt und stellte Flaschen und Gläser vor ihnen ab.

Genussvoll ließen sie die ersten Schlucke in ihre ausgetrockneten Kehlen rinnen. Die Blondine gesellte sich zu ihnen. Ihr Interesse war geweckt, sie wollte mehr über das Leben bei der Legion erfahren. Philipp schilderte die Härte der schikanösen Ausbildung und sprach über die gefährlichen Kämpfe mit der FLN. Sie hörte einige Minuten zu, dann schnippte sie mit den Fingern. Zwei Mädchen, die abseits an der Bar saßen, erhoben sich langsam und kamen heran.

„Die beiden Jungs sind der Hölle in Algerien entronnen, seid ein bisschen nett zu ihnen."

Die eine stellte sich mit Marion vor, sie hatte blonde, halblange, glatt gekämmte Haare und große, etwas schräg gestellte Augen. Ihre schlanke Figur wurde von einem eng anliegenden rosafarbenen, ärmellosen Kleid gut zur Geltung gebracht. Der Saum ihres Kleides endete weit oberhalb der Knies und gab den Blick auf schöne Beine frei. Die andere hieß Vanessa. Ihr dunkles Haar trug sie lang und mittelgescheitelt. Das runde Gesicht mit etwas auseinanderstehenden blauen Augen und dem großen Mund gaben ihr eine besondere Ausstrahlung. Permanent lag ein ausgelassenes Lächeln auf ihrem Gesicht. Sie war etwas älter als Marion und hatte ihre üppige Figur in ein trägerloses, fliederfarbenes Cocktailkleid gepresst. Ihr Busen hob sich aus dem tief angesetzten Dekolleté empor. Aufgrund der Einfalt der Mädchen blieb die Unterhaltung oberflächlich. Interessante Gespräche wurden von ihnen ohnehin nicht erwartet, sie beeindruckten vielmehr mit ihrem Sex-Appeal.

Philipp schien von Vanessa angetan zu sein, er war nahe an sie herangerückt und hatte seine Hand weit oben auf ihren Oberschenkel gelegt, was sie nicht zu stören schien. „Ich muss mit dieser Kleinen ins Bett gehen", flüsterte er Albert auf Französisch Albert zu.

„In drei Stunden geht unser Zug, vergiss das nicht!"

„Ich muss die Kleine haben, ich bin ganz scharf auf sie", sagte Philipp, nahm Vanessa an der Hüfte und drückte sie an sich.

„Mach, was du willst, aber wenn du nicht um fünf Uhr dreißig am Bahnhof bist, fahre ich alleine los!"

„Keine Sorge", sagte Philipp. Er kritzelte etwas auf einen Bierdeckel. „Hier ist meine Heimatadresse", sagte er, „nur für den Fall …"

Dann flüsterte er der Kleinen etwas ins Ohr. Sie tuschelten eine Weile, dann erhoben sie sich und verließen die Bar. Albert ärgerte sich über den Leichtsinn seines Kumpels.

Er blieb mit Marion zurück. Eine Weile sprach sie nichts. Dann wandte er sich mit einer Frage an sie. „Sag, Marion, wäre es möglich, ein Sandwich zu bekommen, ich habe eine Ewigkeit nichts zwischen die Zähne bekommen?"

Marion zog erstaunt die Brauen in die Höhe. Dann lachte sie. „Sonst hast du keine Wünsche?"

„Eigentlich nicht." Er spürte ihre Enttäuschung. Sie rückte von ihm ab und machte der üppigen Blondine ein Zeichen.

„Er möchte etwas essen!", sagte sie angekratzt.

Die Blondine, die Susi hieß, hob fragend die Augenbrauen.

„Ich habe seit vierundzwanzig Stunden nichts gegessen", sagte Albert verlegen.

Susi lächelte verständnisvoll. Schon nach kurzer Zeit servierte sie ein Paar Wiener Würstchen mit Senf und Brötchen. Der Duft ließ Albert das Wasser im Mund zusammenlaufen. Ab und zu nahm er einen Schluck Bier aus dem Glas. Schon wollte er eine zweite Flasche bestellen, als ihn Marion ihn fragend anblickte.

„Trinken wir etwas Anständiges", sagte sie gedehnt, „ein Fläschchen Schampus zur Feier des Tages zum Beispiel?"

„Ich würde so gerne mit dir feiern, aber ich habe grad noch das Geld für die Bahnkarte nach Hause."
„Ich lade dich ein." Sie lächelte gönnerhaft und schien Spaß daran zu haben, die Situation zu beherrschen.
„Das ist nett von dir, aber trinken wir lieber ein Bier zusammen", schlug Albert vor.

„Bier?" rief sie aus, „ich soll Bier trinken? Ich habe schon Jahre kein Bier getrunken!"

Am liebsten hätte er Marion weggeschickt, doch er wollte nicht grob werden. „Komm, rauchen wir eine, dann werde ich gehen", sagte Albert.

„Ich rauche nicht", sagte sie trotzig, Ärger schwang in ihrer Stimme mit.

Albert befand, dass es Zeit war zu gehen. Er machte Susi ein Zeichen.

„Die Würstchen waren phantastisch, ich möchte zahlen."

„Du bist eingeladen", sagte sie und lächelte verbindlich.

Albert erhob sich und gab Marion ein Küsschen auf die Wange. Besser einen ausgedehnten Nachtspaziergang machen, dachte er, als sich mit dieser kaprizierten Marion abzumühen. Doch sie wandte sich ihm zu und küsste ihn auf den Mund. Ihre Lippen waren weich, ihr Atem heiß. Albert spürte ein Prickeln. Wenn er nun wieder schwach werden sollte, dann würde er Katrin ein zweites Mal betrügen. Bevor er seine Gedanken vertiefen konnte, küsste ihn Marion noch einmal. Ihre Lippen waren geöffnet und die Berührung ihrer Zungenspitze empfand er wie kurze Stromstöße. Warum begegnete er immer der Versuchung? Weiter kam er nicht mit seinen Überlegungen.

„Komm", flüsterte Marion und nahm ihn bei der Hand.
Albert versuchte, sich mit einer Ausrede zu retten. „Mein Zug fährt gleich, ich muss zum Bahnhof!"

„Jetzt fährt kein Zug mehr", sagte Marion bestimmt und zog ihn nach sich.

Nach einigen Minuten erreichten sie ein schäbiges, einstöckiges Haus. Marion schloss ein schweres Holztor mit einem riesigen Schlüssel auf. Sie betraten einen dunklen, muffig riechenden Flur und stiegen abgetretene Stufen in den ersten Stock empor. Marion öffnete eine Tür, trat ein und machte das Licht an. Albert folgte zögernd.

„Warum ist die Wohnung nicht abgeschlossen?", fragte er erstaunt.

„In dieser Bude gibt es nichts, was einen Dieb interessieren würde", antwortete sie leichthin.

Als sich Albert umblickte, musste er ihr zustimmen. Die Wohnung, bestehend aus einer Küche und einem kleinen Kabinett, war der Gipfel der Unordnung. In der Küche standen eine Menge schmutziger Gläser und leere Flaschen, das Bett, das fast die gesamte Fläche des Kabinetts einnahm, war zerwühlt. Ein süßlicher Geruch billigen Parfums lag über dem Raum. Eine kleine Lampe verbreitete ein schummriges, rötliches Licht. Marion schlängelte sich am Bett vorbei und öffnete das Fenster. Sie nahm aus einem kleinen Kühlschrank ein Fläschchen Piccolo-Sekt, entfernte den Korken und goss das Getränk in zwei Sektflöten. Sie ließ sich auf das Bett fallen, schüttelte Polster und Decken auf und versuchte etwas Ordnung in das Chaos zu bringen.

„Uff, ist es heiß hier", sagte sie und legte ihre hochhackigen Stöckelschuhe ab, „wie bin ich müde", sie gähnte gekünstelt.

„Komm, ruhe dich ein bisschen aus", sagte sie sanft zu Albert.

Er starrte auf die entblößten Schenkel und das verrutschte Dekolleté. Gedanken jagten durch sein Gehirn, er konnte noch immer verschwinden. Doch Marion reichte ihm ein Sektglas, und als er daran genippt hatte, küsste sie ihn und stellte das Glas zurück. Sie nahm aus ihrer Handtasche eine kleine Schachtel und legte diese auf das Nachtkästchen. Ein flüchtiger Blick ließ ihn nicht daran zweifeln, dass es sich um ein Präservativ handelte. Langsam begann sie sich zu entkleiden, behielt aber BH und Slip an. Dann streichelte sie ihren Körper zärtlich. Dabei wand sie sich hin und her. Ihre Haut war weiß, weiß wie Alabaster. Sie öffnete den BH, die vollen Brüste senkten sich etwas.

„Zieh dich aus, Liebling", hauchte sie.

Wieder begann sie, sich zu drehen und zu winden. Albert erhob sich, um sie zu berühren, doch Marion lächelte kokett und wies ihn sanft von sich. Sich streckend strich sie zärtlich über ihre Brüste.

„Willst du, dass ich meinen Slip ausziehe?", ihre Stimme hatte einen fernen Klang.

„Ja, bitte", sagte Albert gepresst. Sie näherte sich und blickte ihn sonderbar an.

„Weißt du, dass das normalerweise ein kleines Vermögen kostet?"

Aha, dachte er, so läuft die Geschichte, nachdem sie mich mit ihrer unwiderstehlichen Erotik eingesponnen hat, will sie Geld. Noch während er nach einer Antwort suchte, sagte sie leise:

„Wenn du aber zärtlich zu mir bist und keine Ferkeleien mit mir anstellst, schenke ich dir diese Nacht!"

Albert betrachtete diesen weißen und wohl entwickelten Körper. Langsam entfernte sie den Slip und ließ ihn die ganze Pracht ihrer Erotik sehen. Wieder begann sie sich zu wiegen, öffnete ihre Beine und nicht nur das. Wie von einem Magnet wurde seine Hand angezogen. Er berührte sie, zärtlich, gefühlvoll.

„Oho", sagte sie und betrachtete seinen Körper. „Höchste Zeit!" Sie nahm das kleine Päckchen, öffnete es und hantierte behutsam mit dem Inhalt.

Albert wollte sie auf den Rücken legen und in sie eindringen, doch sie behielt die Führung, drückte ihn sanft in die Polster zurück, kam über ihn und bewegte sich gefühlvoll. Im Spiegel, der gegenüber dem Bett hing, sah er, wie sie sich empfindsam auf ihm auf und ab bewegte. Sie hatte den Oberkörper weit über ihn gebeugt, ihre Brüste streiften immer wieder seinen Körper. Sie seufzte in leisen, hohen Tönen, wobei sie immer wieder, ja, ja, murmelte. Als er seinen Höhepunkt herannahen spürte und sich heftig gegen sie presste, bewegte sie sich schneller. Sie zuckten mit einem rasenden Stakkato in einen furiosen Höhepunkt.

„Liebling, du bist wunderbar", flüsterte sie.
Nachdem sie sich beruhigt hatten, massierte sie Alberts Rücken, nicht nur um ihn zu verwöhnen, sondern um eine weitere Vereinigung einzuleiten. Dieses Mal dauerte es, bis sie den Höhepunkt erreichten. Marion begleitete ihre Gefühle mit Zurufen, die eine beträchtliche Lautstärke

erreichten. Endlich ließen sie sich erschöpft, aber angenehm entspannt, in die Kissen sinken. Wenn er den Zug nach Stuttgart erreichen wollte, musste er spätestens um fünf Uhr Marion verlassen. Er hatte keine Ahnung, wie spät es war. Sanft zog er Marions das Handgelenk zu sich, um einen Blick auf das Zifferblatt ihrer Uhr zu werfen. Es war drei Uhr morgens.

„Um fünf Uhr muss ich dich verlassen."

„Schade", antwortete Marion, „du bist ein lieber Kerl, nicht so wie die anderen. Bleib noch eine Weile, wir könnten miteinander einen schicken Urlaub machen, ich habe genug Geld."

Albert ließ einige Sekunden verstreichen. „Marion, ich war lange weg und habe eine Menge Probleme zu lösen, die keinen Aufschub erlauben. Ich muss schnellstens nach Hause zurückkehren, sonst bekomme ich mit den Gerichten Schwierigkeiten. Es tut mir furchtbar leid, aber es geht nicht."

Albert merkte, wie nun Gefühle ins Spiel kamen. Sie hatte ihm diese traumhafte Nacht geschenkt und nun würde er verschwinden. Auf der gefährlichen Flucht aus Algerien war er einige Male dem Tode nahe gewesen, aber er hatte auch Frauen unglücklich gemacht. Eine Welle von Schwermut überwältigte ihn.

Marion seufzte. „Ruhe dich noch ein Weilchen aus, ich stelle den Wecker auf vier Uhr fünfundvierzig."

36.

Das höllische Rattern des Weckers riss Albert aus dem Schlaf. Er richtete sich auf und wusste im Augenblick nicht, wo er sich befand. Er wendete den Kopf und bemerkte Marion, die sich das Kissen um die Ohren geschlungen hatte, um dem Krach zu entgehen. Er rieb sich die Augen und griff nach seinen Kleidungsstücken, um sich anzuziehen. Er warf einen Blick auf Marion, die wieder eingeschlafen war. Die blonden Haare verdeckten wie ein goldener Schleier ihr Gesicht. Sie sieht wie ein Engel aus, dachte er. Sollte er sie wecken oder ohne Abschied verlassen? Er kniete sich zu ihr nieder, schob ihr das Blondhaar aus der Stirn und küsste sie zärtlich. Sie räkelte sich und schlang die Arme um seinen Hals. Ihr Busen quoll aus der Decke hervor, ihr Körper war warm, ein erotisierender Duft von Parfum strömte ihm entgegen. Albert spürte Spannung aufsteigen, doch er versuchte, der Umarmung zu entgehen, neigte sich zurück und wollte sich erheben. Doch Marion zog ihn zu sich herab.

„Geh nicht", sagte sie und schlug die Decke zurück.

„Mein Zug …", doch er konnte den Satz nicht vollenden.

„Dein Zug, dein Zug", sagte sie auffahrend, „jede Stunde geht ein Zug nach Stuttgart."

Marions Nacktheit beeinträchtigte Alberts Denkvermögen. Er spürte sein Blut rauschen.
„Aber mein Freund wartet auf mich", brachte er dennoch mit rauer Stimme hervor.

„Dein Freund wird wohl alleine nach Stuttgart fahren können", sagte sie und öffnete seinen Hosengürtel.

Eigentlich wollte er sie noch berühren, um mit einem intensiven Vorspiel ihr Verlangen und ihre Lust zu steigern. Er brauchte die Illusion, sie zur Hingabe verführt zu haben, denn das Gefühl der Eroberung und der sexuellen Dominanz machte ihn erst so richtig heiß. Wenn er Katrin liebte, trieb er das erotische Spiel bis zu einem Punkt, wo sie sich nicht mehr zügeln konnten, um sich dann leidenschaftlich zu vereinigen. Mit ihren langen, rot lackierten Fingernägeln zog Marion ihm das Kondom über. Fast mit Abscheu betrachtete er das „Ding" mit den Querrillen. Er spürte, wie seine Erregung nachließ, schnell drang er in sie ein. Er hatte jedoch das Gefühl, als ob der Kontakt unterbrochen wäre. Er drang nun heftig, fast brutal in den Schoß von Marion ein. Sein sehniger Körper drückte sie tief in die Matratze, die sich gewaltig durchbog. Ihr Körper wippte durch den Druck auf und ab. Je mehr sie sich wehrte, desto aggressiver wurde er. Mit eisernem Griff packte er ihre Beine bei den Kniekehlen und drückte sie auf ihren Oberkörper. Er stützte sich auf ihre zurückgebogenen Beine und drang in das aufgerichtete Becken tief ein.

„Langsam, Albert", wisperte sie und stemmte ihre Arme gegen Alberts Oberkörper.

Erst jetzt bemerkte er seine Entgleisung und nahm sich zurück. Doch als Marion ihm durch gedämpfte Zurufe signalisierte, dass er seine Leidenschaft nicht zügeln sollte, erwachte sein Verlangen wieder und mit enormer Kraft drang er so tief wie möglich in Marion ein. Als sie sich beruhigt hatten, warf er einen Blick auf den Wecker. Es war Viertel nach fünf.

„Wie weit ist es bis zum Bahnhof?"

„So an die zwanzig Minuten,, das schaffst du nicht. Bleib hier, wir machen uns einen schönen Tag in Frankreich. Gleich nach der Grenze kenne ich einen Gourmet-Tempel, ich wette, so gut hast du dein ganzes Leben noch nicht gegessen!"

Gerade Frankreich, damit sie ihn am Schluss noch schnappen und einbuchten würden, dachte er.

„Wenn ich jetzt losrenne, schaffe ich es noch, mein Kumpel wartet auf mich. Danke für alles Marion, ich wünsche dir viel Glück."

„Bleib!", rief Marion, aber Albert stürmte schon aus der Tür.

Als er draußen war, dämmerte es schon. Schnell orientierte er sich, dann rannte er los. Keuchend erreichte er den Bahnhof, doch der Zug verließ soeben den Bahnsteig. Aus einem Fenster des letzten Waggons bemerkte er Philipp, der sich weit hinauslehnte. Albert rannte hinterher, sah aber die Aussichtslosigkeit seines Vorhabens ein.

„Komm nach, meine Adresse hast du, mach's gut", brüllte Philipp.

Albert stoppte seinen Lauf. Er lehnte sich an eine Säule und rang nach Atem. Mit letzter Kraft versuchte er, eine Ohnmacht zu verhindern. Es vergingen einige Minuten, bis er wieder klar denken konnte. Den Großteil des Geldes hatte Philipp behalten, die Mittel für die Rückreise würden knapp werden, vielleicht nicht ausreichen. Sollte er Philipp nachreisen, um seine Barschaft aufzubessern und einige Tage bei ihm verweilen? Aber das würde die Rückkehr um einige Tage verzögern. Dazu hatte er keine Lust, denn plötzlich ergriff ihn Ungeduld, es drängte ihn, in die Heimat zurückzukehren. Er gab sich einen Ruck und schleppte sich zum Fahrkartenschalter. Der unfreundliche Beamte antwortete unwirsch auf seine Fragen, endlich erfuhr er, dass in einer Stunde ein Zug nach Stuttgart abfuhr. Dort musste er umsteigen und konnte über Ulm, Augsburg und München nach Salzburg weiterreisen.

Die Zeit bis zur Abfahrt des Zuges verbrachte er in der Bahnhofsrestauration bei einem schwarzen Kaffee, den er in kleinen Schlucken trank. Im Zug ließ er sich auf den erstbesten freien Sitzplatz nieder. Das monotone Rattern machte ihn schläfrig. Er kämpfte gegen die Müdigkeit an, aber schließlich konnte er seine Augen nicht mehr offen halten und fiel in einen Dämmerschlaf. Er hätte wohl seinen Ausstieg in Stuttgart verschlafen, wäre er nicht durch die Geschäftigkeit der Mitreisenden, die ihr Gepäck zusammensuchten, aus dem Schlaf gerissen worden.

„Sind wir schon in Stuttgart?", fragte er verschlafen eine ältere, wohlbeleibte Dame mit einem rosigen Gesicht und einer großen Brille auf der Nase.

„Ja, Jungchen", sagte sie mit einem schwäbischen Dialekt, „wenn Sie aussteigen wollen, dann hopp, hopp!"

Es war kurz vor Mittag, es blieben ihm nur einige Minuten für die Weiterreise nach Salzburg, wo er vor neun Uhr abends ankommen würde. Eigentlich ein guter Zeitpunkt für eine Überquerung der Grenze, die Finsternis würde sein Komplize sein. Der Zug war stark besetzt, aber dann fand er doch einen Sitzplatz. Er beabsichtigte wieder ein Schläfchen zu machen, aber seine Gedanken drehten sich um die Aufgaben, die ihn in Wien erwarteten. Er musste vor allem bei den Behörden um Ausstellung von Pass und Führerschein ansuchen. An ein Gerichtsverfahren wegen der blutigen Auseinandersetzung mit Konrad dachte er nur kurz. Er hatte in Notwehr gehandelt, und Konrad war am Leben geblieben.

Dann fiel ihm ein, dass er keinen Schlüssel für seine Wohnung hatte. Einen hatte er Katrin überlassen, aber ihren Aufenthaltsort musste er erst finden. Er verfügte zwar über einen Reserveschlüssel, aber dieser war in seiner Kommode verwahrt. Bei einem Schlüsseldienst konnte er sich nicht als Eigentümer ausweisen, also blieb ihm nur, in seine eigene Wohnung einzubrechen. Er erinnerte sich an seinen Kumpel Giancarlo. Der hatte mit einem gebogenen Eisen Balkontüren, die über kein Schloss verfügten, ausgehebelt.

37.

Am frühen Abend kam der Zug in München an. Es gab einen längeren Aufenthalt. Er erhob sich und verließ den Waggon, um sich am Bahnsteig die Füße zu vertreten. Auf der Bahnhofstoilette, deren fürchterlicher Geruch ihm fast den Atem nahm, ließ er Wasser ins Waschbecken laufen und schaufelte sich mit beiden Händen das kühle Nass ins Gesicht. Er überwand seine Abneigung und begann vorsichtig, in kleinen Schlucken zu trinken. Die ersten Schlucke schmerzten seinen überreizten Magen, aber tapfer trank er weiter, um seinen Körper zumindest mit ausreichend Flüssigkeit zu versorgen. Dann bestieg er wieder den Zug, die letzten Stunden seiner Flucht, die ihn durch halb Europa und Nordafrika und wieder zurück in die

Heimat geführt hatten, waren angebrochen. Er spürte, wie seine Anspannung wuchs. Bald würde er den Zug in Freilassing, der letzten Station, bevor der Zug die Grenze passierte, verlassen, um über die grüne Grenze österreichischen Boden zu erreichen. Bei jedem Halt blickte er aus dem Fenster, um nicht den Ausstieg zu verpassen.

Als es schließlich so weit war, verließ er den Zug mit gemischten Gefühlen. Schon während der Fahrt hatte er versucht, sich die Route seines früheren Grenzübertritts in Erinnerung zu rufen. Damals war er der Saalach in südlicher Richtung gefolgt und hatte über eine kleine Brücke den Fluss überqueren können. Also musste er den Weg nun in der Gegenrichtung finden. Nachdem er eine halbe Stunde marschiert war, änderte er die Richtung und wandte sich nach Osten. Er überquerte eine Straße und befand sich vor einem Waldstück. Er sah einen Weg, kurz entschlossen trat er in das Dunkel ein und setzte vorsichtig einen Schritt vor den anderen. Und wirklich, schon nach einigen Minuten hatte er das Wäldchen durchschritten und stand am Ufer der Saalach, dem Fluss, der zwischen Deutschland und Österreich eine natürliche Grenze bildete. Gefühlsmäßig musste er sich nun weiter nach Süden wenden. Dort glaubte er, das kleine Brückchen zu finden, über das er vor Monaten von Österreich nach Deutschland gelangt war. Ein paar Minuten wanderte er der Saalach entlang und tatsächlich, schon bald sah er das Brückchen. Ein Schranken, der, wie er sich noch erinnerte, nur am Tag von Grenzern betreut wurde, sperrte den Übertritt. Den Schranken konnte man zwar leicht übersteigen, aber dieses Mal war das Risiko ungleich höher. Er hatte keine Papiere, falls er einer Kontrolle in die Hände fiel, war er geliefert. Lange observierte er die Brücke. Alles war still, nur das Glucksen und Rauschen der Saalach war zu vernehmen. Er verließ das

Buschwerk, welches das Ufer säumte, und ging raschen Schrittes auf die Straße zu, die mit der Brücke verbunden war. Er schwang sich über den Schranken und dann rannte er, als ob der Teufel hinter ihm her wäre. Er rannte, bis er zu taumeln begann. War er nun in Österreich oder noch immer in Deutschland? Es war ihm auf einmal egal, wo er sich befand, seine Reserven waren aufgebraucht, die physischen so wie die psychischen.

Er ließ sich auf den Sockel eines Zaunes fallen und verharrte einige Minuten mit geschlossenen Augen. Die Etappen seiner Flucht zogen wie Schemen in seiner Erinnerung vorbei. Er seufzte und öffnete die Augen. Wie ein Betrunkener setzte er schwankend seinen Weg fort und nahm die Umgebung nur wie durch einen Schleier wahr. Hatten die geparkten Fahrzeuge nicht österreichische Kennzeichen? War das eine Tabaktrafik? Gab es in Deutschland Trafiken? Seine letzten Zweifel zerstreuten sich, als er bei einem Gasthof vorbeikam. Die Preise der angebotenen Speisen waren in österreichischen Schillingen angeschlagen. War es möglich, dass er es geschafft hatte? War alles nur ein Albtraum gewesen? Nein, er hatte diese unglaublichen Abenteuer wirklich erlebt, die Schindereien in der Legion, das Gefängnis, das Feuergefecht mit der *FLN* und die Flucht, bei der sich ein Unglück an das andere reihte. Er fiel auf die Knie, breitete die Hände aus und ließ sein Haupt einige Augenblicke auf der Heimaterde ruhen. Als er sich erhob, fühlte er sich leicht, befreit. Ein feines Lächeln spielte um seine Lippen, niemand trachtete mehr nach seinem Leben, er war ein freier Mann. Plötzlich hatte er es eilig. Wenn er Glück hatte, konnte er noch den Spätzug nach Wien erreichen.
Es war elf Uhr abends, als er den Bahnhof erreichte. Rasch ging er zum Schalter und erkundigte sich nach dem nächsten

Zug nach Wien. In fünfzehn Minuten verließ der letzte Zug Salzburg. Der Mann hinter dem Schalter akzeptierte jedoch keine D-Mark.

„Dort ist eine Wechselstube", sagte er und wies ihm die Richtung, „wenn Sie Glück haben, ist sie noch offen."

Das Licht hinter dem Auslagenfenster ließ darauf schließen, dass noch Betrieb war. Albert begab sich im Laufschritt zur Wechselstube, ungestüm riss er die Tür auf.

„Na, na", ertönte eine ärgerliche Stimme.

„Entschuldigen Sie, aber mein Zug fährt in ein paar Minuten und ich habe keine Schillinge."

Albert legte die D-Mark auf das Pult. Der übermüdet aussehende Mann gähnte, nahm seine Mark, zählte und tippte Zahlen in eine elektrische Rechenmaschine. Dann drückte er Albert ein paar Geldscheine in die Hand. Albert stürmte wieder zum Schalter und erstand endlich die Fahrkarte. Als er zum Bahnsteig rannte, hörte er schon das Donnern des herannahenden Zuges.In Wien würde er sich ein gutes Frühstück in einem gemütlichen Café auf der Mariahilfer Straße genehmigen und dann mit der ersten Straßenbahn nach Hause fahren. In seine Wohnung wollte er mithilfe eines Hebeleisens eindringen, wie er das bewerkstelligen könnte, war ihm nicht ganz klar, aber er war fest entschlossen. Dann eine warme Dusche, frische Wäsche, herrlich, dachte er. Diese angenehmen Aussichten ließen ihn in einen tiefen Schlaf fallen.

38.

Als er die Augen öffnete, stand der Eisenbahnschaffner vor ihm. Das Abteil war bereits leer, die Reisenden hatten schon den Zug verlassen.

„Aufwachen, junger Freund, und aussteigen!"

„Sind wir schon in Wien?", fragte Albert verschlafen.

„Schon seit einer Viertelstunde!"

Mit etwas steifen Beinen verließ Albert das Bahnhofsgebäude und steuerte das gegenüberliegende Café an. Die Luft war frisch, und er fröstelte. Die Stadt, in der er geboren wurde und bis zu seiner Flucht gelebt hatte, kam ihm wie ein Freund vor, den man lange nicht gesehen hatte. Es gab keinen Staub und Unrat auf den Straßen, die Häuser waren gepflegt, die Autos glitten fast lautlos dahin. Welcher Kontrast zu den schmutzigen und lärmenden Städten Algeriens! Als er das gemütliche, bereits gut besuchte Wiener Café betrat, musterte man ihn mit Aufmerksamkeit. Man sah ihm noch seine Verschlafenheit an, auch seine Kleidung schien nicht unbedingt vertrauenerweckend zu sein. Albert schlich auf ein freies Tischchen zu und nahm Platz. Von überall her drang Wienerisch an sein Ohr. Es klang vertraut und doch musste er sich erst daran gewöhnen. Eine reife Blonde in einem schwarzen, eng anliegenden Kleid und einem weißen Schürzchen kam an seinen Tisch.

„Sie wünschen?", fragte sie und blickte ihn misstrauisch an.

„Wenn es ein Wiener Frühstück gibt, dann hätte ich gern eines!"

„Bitte sehr!", sagte sie und entfernte sich.

Schon nach kurzer Zeit stand ein Tablett mit Kaffee, Semmeln, Butter und Marmelade auf dem Tisch. Auch ein weiches Ei und ein Glas mit frisch gepresstem Orangensaft waren inbegriffen. Albert schloss die Augen, das Aroma des Kaffees, der in Wien so köstlich duftete, stieg ihm in die Nase. Und erst die Semmeln, wie lange hatte er keine gegessen? Während er sie dick mit Butter bestrich und eine kräftige Lage Marillenmarmelade darüber legte, lief ihm das Wasser im Mund zusammen. Er fühlte, wie neue Energien in ihm aufstiegen, und eine Welle von Selbstvertrauen durchflutete ihn.

Als er sein Frühstück genossen hatte, nahm er von einem Ständer eine Zeitung und begann zu lesen. Er überflog die Nachrichten aus Politik, Wirtschaft, Kultur und Sport, und langsam begann er zu realisieren, dass er tatsächlich in der Heimat angekommen war. Die Gesichter der Leute waren nicht von Unruhe und Angst gezeichnet wie jene in dem Pulverfass, dem er entronnen war. Das rumpelnde Geräusch, das die ersten Straßenbahnen beim Vorbeifahren erzeugten, erinnerte ihn an sein nächstes Vorhaben. Er zahlte und verließ die gastliche Stätte. Mit der nächsten Straßenbahn konnte er ohne Umsteigen bis in die Nähe seiner Wohnung fahren. Dabei kam ihm eine Idee: Er könnte doch den Hausmeister, der ihn gut kannte, bitten, ihm bei seinem Einstieg zu helfen. Vielleicht hatte dieser eine Leiter, mit der er auf seinen Balkon gelangen, und Werkzeuge, mit welchen er die Tür ausheben konnte. Je mehr er sich seiner Wohnung näherte, desto mehr stieg seine Anspannung. Zu Hause, endlich zu Hause, nur noch eine Hürde war zu nehmen. Trotz des frühen Morgens, läutete er an der Tür des Hausmeisters namens Rauchberger.

Es dauerte, bis die Tür geöffnet wurde.

„Jesus Maria, der Herr Berry!" Dem Hausmeister war die Bestürzung anzusehen. „Wo kommen Sie denn her?" Rauchberger war ein untersetzter, rothaariger Mann in den Sechzigern, mit einem breiten, gutmütigen Gesicht.

„Aus einer anderen Welt", antwortete Albert, „aber das ist eine lange Geschichte, die erzähle ich Ihnen später bei einem guten Glas Wein, jetzt brauche ich Ihre Hilfe!"

Albert schilderte sein Problem. Dabei kam er nicht umhin, die Umstände, die diese Aktion erforderten, zu erzählen. Rauchberger starrte ihn dabei an, als ob er von einem anderen Stern käme.

„Natürlich helfe ich Ihnen", sagte er.

Man sah ihm an, dass sich seine Gedanken noch immer mit der unglaublichen Geschichte von Albert beschäftigten. Kopfschüttelnd wandte er sich ab und kehrte kurze Zeit mit einem Schlüsselbund zurück.

„Jetzt werden wir Einbrecher spielen", sagte er und lachte.

Im Keller schloss er einen Verschlag auf und zerrte einen Werkzeugkasten hervor. Er kramte darin herum und brachte ein S-förmiges Stück Stahl zum Vorschein. Er hielt es Albert vor die Nase.

„Das perfekte Einbrecherwerkzeug, ein Nageleisen!", meldete er stolz. „Die Leiter ist in der Garage, die hole ich noch. Gehen Sie einstweilen zu Ihrer Loggia, ich komme gleich nach."

Albert nahm den Werkzeugkasten und umrundete den Bau bis zu seiner Loggia. Zur Not hätte er auch über die knapp vorbeiführende Dachrinne hochklettern können. Doch schon sah er Rauchberger die schwere Holzleiter heranschleppen. Er legte die Leiter an, stieg hoch, überquerte die Balustrade der Loggia und forderte Albert auf nachzukommen.

„Eigentlich brauchen wir nur das Nageleisen, wenn alles gut geht", sagte Rauchberger.

Er setzte das gebogene Ende an der Unterkante der Loggiatür wie einen Hebel an, und vorsichtig zog er am Werkzeug nach hinten. Als er die Türe einige Zentimeter angehoben hatte, hielt er inne.

„Probieren Sie mal, langsam zu öffnen", sagte er schnaufend.

Albert zog vorsichtig am Türknopf, aber die Türe blieb blockiert. Rauchberger zog wieder sachte am Nageleisen.

„Jetzt", sagte er und Albert zog wieder am Türknopf. Die Türe öffnete sich ein bisschen, aber nicht ganz.

„Der Zapfen steckt noch immer in der Führung", meinte Rauchberger, „ich hebe noch ein bisschen an." Und tatsächlich ließ sich die Tür nun aufdrücken und schwang zurück. „Schnell den Öffnungshebel an der Innenseite der Tür hochdrücken, damit die Türe offen bleibt", befahl Rauchberger.

Albert fiel ein Stein vom Herzen. „Ich bin Ihnen so dankbar", sagte er glücklich. „Wenn ich keinen Job kriege, gehe ich einbrechen!" sagte er spaßhalber und lachte erleichtert.

„Lassen Sie die Tür der Loggia offen für den Fall, dass Sie den Wohnungsschlüssel nicht finden. Die Leiter lasse ich zum Aus- und Einsteigen angelehnt."

Als Rauchberger gegangen war, trat Albert zögernd in seine Wohnung. Alles war ordentlich aufgeräumt. Er trat auf den kleinen Flur und warf einen Blick in sein Wohnzimmer. Auch hier war alles tadellos in Ordnung, ebenso in der Küche. Katrin hatte in seiner Abwesenheit alles sauber gehalten. Auf dem Wohnzimmertisch stapelten sich Briefe, die Katrin in seiner Abwesenheit geöffnet hatte, so wie er es ihr aufgetragen hatte. Später wollte er einen Blick darauf werfen, aber vorerst musste er den Reserveschlüssel suchen. Tatsächlich fand er ihn in einer Lade seiner Kommode.

Endlich war er zu Hause, ein unsagbares Glücksgefühl durchströmte ihn, und entspannt ließ er sich auf dem Fauteuil nieder. Einige Minuten saß er so da und ließ die vertraute Umgebung seines Heims auf sich einwirken. Dann nahm er eine Dusche und zog frische Kleider an. Er wählte ein elegantes Fischgräten-Sakko mit Doppelschlitz, eine graue Flanellhose, ein hellblaues Hemd und eine dunkelblaue Paisley-Krawatte. Er betrachtete sich im Spiegel und konnte zufrieden sein. Nun nahm er sich die Post vor. Obenauf lag ein Brief vom Landesgericht Wien. Darin wurde ihm mitgeteilt, dass er wegen Körperverletzung angeklagt sei. Eine Menge von Benachrichtigungen bezogen sich auf weitere Schriftstücke vom Landesgericht, in welchen er aufgefordert wurde, diese im Postamt zu beheben. Sie gingen bis zum Herbst des vergangenen Jahres zurück und reichten bis in die jüngste Zeit.

39.

Es drängte ihn, das Geschäft der Sanders aufzusuchen. Man musste ihm doch sagen, wo er Katrin treffen könnte. Dass sie nicht mehr bei ihren Eltern wohnte, noch in deren Geschäft arbeitete, war eigenartig. Fragen über Fragen. Er glaubte, dass Katrins Mutter ihm vielleicht helfen würde.

Als er das exklusive Geschäft der Sanders betrat, benahm er sich wie ein Kunde und betrachtete die auf Pulten präsentierten Pullover und Hemden sowie die in Nischen hängenden Sakkos, Hosen und Anzüge. Das Lokal war mit einem hochwertigen, geräuschdämpfenden Hochflorteppich ausgelegt, raffiniert angebrachte Spots tauchten den Raum in ein angenehmes Ambiente. Der gesamte Schauraum atmete Gediegenheit. Albert nahm einen Anzug in Augenschein und ließ den Stoff durch Daumen und Zeigefinger gleiten.

„Gefällt Ihnen dieser Anzug?"

„Ja sehr!", antwortete Albert leise und wandte sich einer Verkäuferin zu.

Sie hatte dunkle, lange Haare, die sorgfältig im Nacken zu einem Pferdeschwanz zusammengebunden waren. Ein dezentes Make-up betonte die schönen, dunklen Augen.

„Wollen Sie ihn probieren?"

Albert versuchte ein verbindliches Lächeln. „Sehr nett von Ihnen, aber eigentlich möchte ich Frau Sander sprechen."

Die Verkäuferin lächelte. „Wen darf ich melden?"

„Mein Name ist Albert Berry."

Im hinteren Bereich des Lokals öffnete sich eine Tür und Frau Sander trat heraus. Auf ihrem vornehmen Gesicht hatten sich Sorgenfalten eingegraben. Man sah ihr an, dass ihr die Begegnung mit Albert ungelegen kam, sie hatte die Lippen zusammengepresst und ein abweisender Zug verdunkelte ihr schönes Gesicht.

Albert verneigte sich und grüßte.

Ohne seinen Gruß zu erwidern, sagte sie „Sie hätten nicht herkommen sollen, mein Mann …"

Albert fiel ihr ins Wort: „Ich bin von der Fremdenlegion desertiert und ohne Papiere aus Algerien geflüchtet, nur um Katrin zu sehen."

Frau Sander blickte ihn an. Ein leidvoller Zug verdunkelte ihre Augen, sie schwieg.

„Sagen Sie mir bitte, wo sich Katrin befindet. Ich habe ein Recht, es zu erfahren, denn ich liebe ihre Tochter, und sie liebt mich, ich werde sie heiraten!"

„Ich habe Ihnen schon am Telefon gesagt, dass ich es Ihnen nicht sagen kann."

Die Weigerung, ihm zu helfen, und die Zurückweisung seiner Person verletzten ihn, es fiel ihm schwer, seinen Zorn zu zügeln.

„Ich werde Ihnen etwas sagen, Frau Sander", sagte er heftig, „ich werde jeden Tag kommen und Sie fragen, wo Katrin ist, jeden Tag werden Sie mich sehen, bis Sie mir es sagen!"

„Beruhigen Sie sich doch", entgegnete Frau Sander ärgerlich.

Auf einmal öffnete sich die Bürotür, und Herr Sander kam heraus. „Warum sind Sie so laut?", sagte er aufgebracht, „Sie sind hier nicht erwünscht, verlassen Sie mein Geschäft!"

„Wie Sie wünschen, aber vorher sollen Sie erfahren, dass mich nichts in der Welt, auch Sie nicht, davon abbringen werden, Katrin zu heiraten. Ich habe mein Leben mehrmals riskiert, um von der Legion loszukommen, nur um bei Katrin zu sein. Jetzt gehe ich, aber morgen komme ich wieder und werde Sie fragen, wo Katrin ist, und das so lange, bis ich es erfahren habe."

Albert wandte sich ab und ging zum Ausgang. Doch er hatte Sander unterschätzt.

„Halt", sagte dieser hart, „Sie haben hier Hausverbot, ab sofort dürfen Sie dieses Geschäft nicht mehr betreten. Sollten Sie zuwiderhandeln, rufe ich die Polizei, die ohnehin auf der Suche nach Ihnen ist."

„Ich habe weder vor Ihnen noch vor der Polizei Angst. Nur zu Ihrer Information, ich werde freigesprochen, weil ich in Notwehr gehandelt habe. Und ich pfeife auf Ihr Hausverbot." Kaum war sein letzter Sager über seine Lippen gekommen, bereute er es schon. Mit dieser respektlosen Ansage war er zu weit gegangen.

„Was?", schrie nun Sander, „Sie impertinenter Flegel, ich …" Er trat einen Schritt auf Albert zu, doch Frau Sander stellte sich dazwischen.

„Johann", sagte sie beschwörend, „bitte beherrsche dich."
Sie legte ihm beruhigend die Hand auf die Schulter und
schob ihn sanft von sich.

Als er außer Hörweite war, fasste sie Albert am Arm.
„Nehmen Sie Kontakt mit meiner Schwester auf", flüsterte
sie geheimnisvoll und schob Albert auf den Gehsteig.

Albert verweilte einige Augenblicke auf dem Gehsteig,
bevor er sich in Bewegung setzte. In seinem Kopf formten
sich Gedanken, wie er nun vorgehen sollte. Er erinnerte sich
noch an den Tag, als er nach dem Urlaub mit Katrin den
Fotoapparat kaufen ging. Nun führte ihn ein anderes
Problem in das kleine Fotogeschäft, das sich nicht weit
entfernt in der City befand. Kurz entschlossen trat er ein.
Der Besitzer des Geschäftes schien sich offensichtlich nicht
mehr an ihn zu erinnern. Albert stellte mit einigen Worten
den Zusammenhang her und erkundigte sich dann nach
Katrins Tante.

„Sie ist in der Mittagspause, vielleicht kann ich Ihnen
helfen?", fragte er freundlich.

„Ich habe eine private Frage", sagte Albert höflich, „kann
ich in einer halben Stunde wiederkommen?"

„Selbstverständlich!"

Albert schlenderte in der City herum. Von Zeit zu Zeit hielt
er an, um einen Blick in die Auslagen der vornehmen
Geschäfte zu werfen. Vor allem Juweliere mit ihrem breiten
Angebot an Markenuhren interessierten ihn. Mit Groll
dachte er an den verräterischen Raymond, der ihm seine
kostbare Rolex abgenommen hatte. Eine Uhr brauchte er,
doch im Augenblick musste er sich mit einer billigen

Ausführung begnügen, die er in einem kleinen Laden erstand.

Als er wieder das Fotogeschäft betrat, wurde er schon erwartet. „Ich kann mir vorstellen, warum Sie zu mir kommen", sagte Katrins Tante nach der Begrüßung.

„Ich suche verzweifelt Katrin."

„Warum melden Sie sich erst jetzt?"

„Ich habe doch Katrin jede Woche geschrieben."

„Das kann nicht stimmen, Katrin hat nie ein Lebenszeichen von Ihnen erhalten, keinen einzigen Brief", sagte sie streng. „Sie hat sich furchtbar gekränkt, sie glaubt, dass Sie eine andere gefunden haben, umso mehr, als sie einen Brief von einer gewissen Chantal vor einigen Tagen in Ihrer Post gefunden hat."

Albert war entsetzt. Vorerst ging er auf die Bemerkung bezüglich Chantal nicht ein.

„Waas", rief er aus, „ich habe geschrieben und sogar angerufen, aber ich konnte sie nie erreichen. Ich verstehe das nicht."

„Sonderbar", sagte Christine und musterte ihn. „Der Brief dieser Französin trieft vor Liebeserklärungen und das anzügliche Foto, das dem Brief beilag, na ja, ich kann Katrin sehr gut verstehen."

Albert war sprachlos, der Schweiß brach ihm aus. Chantal! Es rächte sich, dass er ihr seine Adresse gegeben hatte. Aber er hatte nicht damit gerechnet, dass sie ihm schreiben würde, schon gar nicht unmittelbar nach seinem Aufbruch aus Bône. Der Brief musste es in sich haben.

Eine weitere Pause entstand. „Katrin lebt jetzt bei mir, sagte sie dann. „Sie hat den Glauben an Sie verloren. Zu mir hat sie gesagt, dass sie mit Ihnen fertig ist."

Albert benötigte einige Sekunden, um das Gesagte zu verdauen. Katrins Tante schien ihm seine Fassungslosigkeit anzusehen.

„Wenn Sie wollen, können Sie heute Abend bei uns vorbeikommen." Sie überreichte ihm eine Visitenkarte. Christine Schubert stand darauf, die Wohnadresse lag in einem der nobelsten Bezirke Wiens. „Aber machen Sie sich keine großen Hoffnungen!"

Als sich Albert auf der Straße wiederfand, konnte er vorerst keinen klaren Gedanken fassen. Was er soeben erfahren hatte, konnte er vorerst nicht glauben. Was war mit seinen Briefen geschehen? Sie konnten doch nicht alle verloren gegangen sein? Oder wurden Sie von Katrins Eltern zurückgehalten? Was den Brief von Chantal betraf, erforderte es nicht viel Phantasie, um sich vorzustellen, was darin zu lesen war. Er spürte, wie er innerlich zusammenbrach. Nur um bei Katrin sein zu können, war er durchs Feuer gegangen und hatte sein Leben mehrere Male aufs Spiel gesetzt. Wenn Chantal ihm nicht geholfen hätte, wäre er sicher von der Militärpolizei geschnappt worden und würde nun in einem Gefängnis zugrunde gehen.

Kraftlos schleppte er sich dahin, es war ihm, als ob er sich durch eine Nebelwand bewegte. Irgendwann raffte er sich auf und warf einen Blick auf seine Uhr. Es war drei Uhr nachmittags. Trotz der niederschmetternden Ankündigung von Katrins Tante musste er sich wieder den praktischen Dingen des Lebens zuwenden, und dazu brauchte er Dokumente sowie einen Rechtsbeistand bei Gericht in der Sache Konrad.

Eine Weile wanderte er ziellos in der City herum, doch dann peilte er das Büro seines Rechtsanwalts an. Doktor Scharf hatte ihn schon einmal erfolgreich bei einer Anklage wegen eines Verkehrsunfalls vertreten. Das Anwaltsbüro befand sich in einem alten Haus mit dicken Mauern und Gewölben, die sich über die Aufgänge und die Flure spannten. Albert hatte das Bedürfnis, mit jemand zu sprechen, der ihm helfen konnte. Er hatte den Eindruck, als ob sich auch in der Heimat alles gegen ihn verschworen hätte. Nachdem er geläutet hatte, wurde ihm geöffnet, und er wurde von einer schwarzhaarigen Sekretärin empfangen. Sie trug das halblange Haar mittelgescheitelt, auffallend war die grellrote Schminke ihrer Lippen und der straffe Pullover, der einen gut entwickelten Busen betonte. In seiner Niedergeschlagenheit registrierte er gar nicht, dass sie eigentlich sehr sexy war.

„Kann ich Dr. Scharf sprechen?"

„Sind Sie angemeldet?", erkundigte sie sich, wobei sie Albert aufmerksam musterte. Er mochte interessant wirken mit seinem sonnengebräunten Teint in dem schmalen, von Strapazen gehärteten Gesicht. Vielleicht hätte ihm dieses Interesse ehemals eine gewisse Genugtuung gegeben, aber in seiner augenblicklichen Stimmungslage war es ihm egal.

„Nein", sagte er monoton, „vielleicht erinnert sich Herr Dr. Scharf an mich, er hat mich vor Jahren einmal vertreten. Ich habe derzeit ein gravierendes Problem, vorerst benötige ich nur einige Minuten."

„Wie ist Ihr Name?"

„Mein Name ist Albert Berry."

„Nehmen Sie Platz", sagte die Sekretärin freundlich, „ich frage einmal nach." Sie klopfte an eine mit Ornamenten verzierte Holztür und trat ein. Schon nach kurzer Zeit erschien sie wieder.

„Herr Dr. Scharf bittet Sie um einige Minuten Geduld, wenn Sie Platz nehmen wollen", sagte sie und deutete auf eine wuchtige Sitzgarnitur aus dunklem Leder. Albert versank in der weichen Polsterung des Fauteuils.

„Kaffee?", fragte sie einladend.

„Ja bitte."

Nach einigen Augenblicken servierte sie ein kleines Tablett mit Kaffee, Milch und Zucker. Albert bedankte sich und streifte sie mit einem kurzen Blick. Sie schien seinen Blick eingefangen zu haben und lächelte ihn an.

„Sie haben eine phantastische Bräune, wo waren Sie denn auf Urlaub?"

„In Algerien", sagte Albert lakonisch, „aber es war kein Urlaub, ganz im Gegenteil."

„Jetzt machen Sie mich aber neugierig", sagte sie, „Algerien ist nicht unbedingt ein Land, das man bereist, vor allem, wie es da gerade zugeht."

Albert überlegte kurz. Zwar hatte er in seiner aktuellen Stimmungslage keine Neigung, mit ihr zu plaudern, aber er wusste, dass Sekretärinnen viel bewirken können, vor allem wenn es um Termine, Schriftverkehr und Informationen ging.

„Ich habe dort bei der französischen Fremdenlegion gekämpft."

Es entstand eine Pause. Die Sekretärin musste erst das Gesagte verarbeiten.

„Mein Besuch bei Dr. Scharf hat indirekt damit zu tun", setzte Albert fort, „ich war nicht freiwillig bei der Legion, ich musste Österreich verlassen, vielmehr glaubte ich, es tun zu müssen. Ich stand unter einem schweren Verdacht, nun hat sich herausgestellt, unbegründet. Aber ich brauche dennoch den Rechtsbeistand von Herrn Dr. Scharf, um mich rehabilitieren zu können."

„Sie müssen eine Menge mitgemacht haben", sagte sie anteilnehmend.

„Abgesehen von den schikanösen Schindereien bei der Legion, wurde ich bei einem Gefecht mit der FLN angeschossen. Um ein Haar wäre ich verblutet, Kameraden haben mich unter Einsatz ihres Lebens gerettet. Ich habe immer wieder den Tod vor Augen gehabt, dass ich nach Österreich zurückkehren konnte, grenzt an ein Wunder."

„Wir können uns das gar nicht vorstellen, wir leben hier in Frieden", meinte sie. „Sie müssen mir einmal unbedingt mehr erzählen …" sie wurde unterbrochen, die Stimme von Dr. Scharf ertönte durch die Gegensprechanlage.

„Bitten Sie Herrn Berry herein!"

Doktor Scharf war ein großer, kräftig gebauter Mann in den Fünfzigern. Der perfekt sitzende, doppelreihige Anzug dürfte von einem Maßschneider angefertigt worden sein. Alles an diesem Mann strahlte Optimismus aus. Die braunen Augen blickten aufmerksam, an den Schläfen hatten sich viele Fältchen gebildet, was auf ein frohgemutes Wesen schließen ließ. Als Albert eintrat, erhob er sich hinter seinem riesigen Schreibtisch und drückte ihm mit einem freundlichen Lächeln kräftig die Hand. Doktor Scharf wies mit einer freundlichen Geste auf den Sessel vor seinem Schreibtisch.

„Was kann ich tun für Sie?", fragte er einladend.

Albert wollte die kostbare Zeit des Anwalts nicht über Gebühr beanspruchen und bemühte sich um eine kurze, aber lückenlosen Darstellung der letzten Monate, beginnend mit der unglücklichen Auseinandersetzung mit Konrad. Er berichtete über seine Flucht, die Legion und die abenteuerliche Rückkehr.

„Das hört sich wie in einem Roman an", sagte Doktor Scharf anerkennend. „Sie sollten ein Buch schreiben", meinte er und lächelte.

Dann wurde er sachlich. „Also, wie kann ich Ihnen helfen?"

Albert legte die Briefe vor, die vom Gericht erhalten hatte. Doktor Scharf studierte kurz die Unterlagen.

„Die juristische Position ist klar. Sie sind wegen schwerer Körperverletzung angeklagt. Aber das soll Sie nicht beunruhigen, selbst bei klaren Situationen der Notwehr erfolgt primär immer eine Anklage wegen Körperverletzung, das Gesetz ist so. Aber es wird, hoffe ich, gelingen, das Gericht davon zu überzeugen, dass Sie in Notwehr gehandelt haben. Ihre Verlobte wird eine Schlüsselfigur sein, um das zu bezeugen. Das wird doch keine Schwierigkeit sein, oder?"

Albert, die Probleme mit Katrin vor Augen, fühlte sich bei der Annahme des Rechtsanwalts nicht ganz wohl. Dieser überging Alberts Schweigen und setzte fort. „Wir benötigen alle Schriftstücke des Gerichts, Sie müssen schnellstens die am Postamt lagernden Briefe abholen."

„Ich habe derzeit aber keine Ausweispapiere, um mich bei der Post zu legitimieren und sie zu übernehmen."

„Ach ja, die Legion hat Ihnen alle Papiere abgenommen." Doktor Scharf überlegte eine Weile. „Haben Sie noch den Staatsbürgerschaftsnachweis?", fragte er dann.

„Der ist noch zu Hause."

„In diesem Fall ist es nicht schwer neue Dokumente zu bekommen, tun Sie Folgendes: Machen Sie zuerst Verlustanzeigen für Pass und Führerschein und beantragen dann neue Dokumente."

„Aber wenn die Legion die österreichischen Behörden über meine Desertion informiert ...?", wollte Albert zu bedenken geben, doch Doktor Scharf unterbrach ihn. „Ich habe gehört, wenn die Legion der Deserteure nicht innerhalb von ein paar Tagen habhaft wird, ist es für sie erledigt, es gibt keine weiteren Nachforschungen."

40.

Albert fühlte, dass sich die dunklen Wolken lichteten. Schritt für Schritt würde er nun ein Problem nach dem anderen angehen. Die positive Darstellung des Anwalts stärkte in ihm Zuversicht und hatte eine befreiende Wirkung. Mit ihm, Albert fühlte es instinktiv, würde er einen Gutteil seiner Schwierigkeiten, vor allem die gerichtlichen, lösen können.

Er fuhr nach Haus und versuchte, sich zu entspannen. Viel Zeit hatte er nicht zu verlieren, der Weg nach Neuwaldegg zu Katrins Tante war lang, Blumen musste er auch noch kaufen. Nachdem er sich kurz ausgeruht hatte, zog er ein frisches Hemd an und verließ seine Wohnung. Im nahe gelegenen Blumengeschäft kaufte er für ein kleines Vermögen einen riesigen Strauß roter Rosen. Um nach Neuwaldegg zu gelangen, musste er zweimal die Straßenbahn wechseln. Das war ungewohnt für ihn, denn seit seinem vierzehnten Lebensjahr hatte er nur selten öffentliche Verkehrsmittel benutzt. Meistens war er mit dem Fahrrad unterwegs gewesen, und als er den Führerschein erwarb, fuhr er mit alten Autos, die er günstig bei Gebrauchtwagenhändlern kaufte und an denen er herumbastelte, um sie fahrbereit zu machen. Die Fahrt dauerte unerwartet lange, er fürchtete schon, sich zu verspäten. Erst nach einer Stunde stieg er an der Endstelle der Linie 43 aus und bog in eine Seitenstraße ein, in der hauptsächlich Villen und exklusive Wohnhäuser mit Vorgärten und schönen Terrassen standen. Es war ein angenehmer, warmer Abend, die Gärten versprühten einen angenehmen, erdigen Geruch, vermischt mit dem Duft der sprießenden Frühlingsblumen. Die Gehsteige waren von Ahornbäumen gesäumt, deren Knospen bald austreiben würden. Doch Albert bekam von alldem nichts mit, denn seine Anspannung wuchs von Schritt zu Schritt. Als er vor dem Haus von Katrins Tante Christine, einem alten, aber schönen Haus mit einem spitzen, weit hervorspringenden Dach und einer großzügigen Veranda, stand, begann sein Herz zu klopfen. Die Freude, Katrin wiederzusehen, ließ ihn all die Probleme ausblenden, sie endlich wiederzusehen, beherrschte und erfüllte ihn gleichzeitig. Wenn sie ihn noch liebte, und er war sich sicher, dass sie ihn noch liebte, würde sie ihm das kurze Intermezzo mit Chantal verzeihen.

Albert atmete tief ein und läutete. Ein Summerton ertönte und das grün gestrichene Gartentor sprang auf. Er schritt den leicht abschüssigen, von Kies bestreuten Weg auf das Vorhaus zu. Tante Christine erwartete ihn bereits und ließ ihn, ein mildes Lächeln auf den Lippen, eintreten. War sie im Geschäft eher praktisch gekleidet gewesen, so präsentierte sie sich nun in einem, für ihre mollige Figur etwas zu eng anliegenden, schwarzen Hemdblusenkleid mit Stickereien am Saum. Ihre dunklen Haare glänzten und das dezent aufgetragene Make-up betonte das ebenmäßige Gesicht.

Als er Katrin erblickte, verschlug es ihm die Rede. Sie war in den letzten Monaten nicht nur reifer, sondern noch schöner geworden. Gekonnt hatte sie mit einem leichten Make-up ihre vollen Lippen und die dunklen Augen unterstrichen. Sie trug ein fließendes, ober den Knien endendes Kleid mit einem Cut-Out am Ausschnitt. Es betonte ihre schönen Beine und den Busen durch den Schlitz am Ausschnitt. Auf ihrem Gesicht hatte sich eine Falte eingegraben, und sie blickte ihn mit großen Augen ernst an. Ein leichtes Beben floss durch seinen Körper, seine Kehle war wie zugeschnürt, wortlos überreichte er ihr den Strauß, den sie mit ausgestreckten Händen wie ein Schutzschild vor sich hielt. Er wollte sie küssen, zumindest wollte er ihr die Hand geben, aber durch diese abweisende Geste war ihm beides nicht möglich. Noch immer war kein Wort gefallen. Die Tante spürte die Spannung, die zwischen ihnen lag.

„Kommt, setzt euch", sagte sie um Entspannung bemüht, „ihr werdet euch sicherlich viel zu erzählen haben, ich mache einstweilen Tee."

Katrin nahm auf einem alten, gepolsterten Sessel Platz und schlug die Beine übereinander.

„Wenn du wüsstest wie glücklich ich bin", endlich fand Albert seine Sprache wieder, „dich zu sehen." Ein prüfender Blick traf ihn, und ein bitteres Lächeln legte sich auf ihre Lippen. „Ich kann ohne dich nicht leben", setzte er nach, „ich bin durch die Hölle gegangen, um bei dir zu sein."

„Ohne mich nicht leben", wiederholte sie bitter, „ich scheine aber nicht die Einzige zu sein, ohne die du nicht leben kannst!"

„Du spielst auf Chantal an, lass mich dir das erklären …"

„Ich kann diesen Namen nicht hören", rief sie zornig aus, „wie konntest du mir das nur antun!"

„Wenn sie mir nicht geholfen hätte, wäre ich nicht hier. Als ich aus dem Lazarett geflüchtet bin, wurde ich von der *FLN* durch die Wüste gejagt. Meine Füße wurden durch die Steine aufgerissen und ich hatte tiefe Wunden. Sie hat mich zu sich nach Hause genommen und verarztet. Dann ist sie zu mir ins Bett gestiegen und hat mich verführt. Die Gewissensbisse plagen mich noch heute."

„Du kannst natürlich nichts dafür", erwiderte sie ironisch, „wahrscheinlich hast du sie auch mit einem deiner Tricks rumgekriegt, so wie du mich damals am Strand verführt hast."

Albert schluckte. Wie konnte sie nur seine Liebe so durch den Schmutz ziehen.

„Warum unterstellst du mir das?", sagte er leise, „für mich war es etwas Besonderes."

Sie nahm das Blatt Papier, das vor ihr auf dem Tisch lag. „Lies selbst, wie deine Geliebte noch in süßen Erinnerungen schwelgt." Sie schob ihm das Blatt hinüber. Albert warf nur einen kurzen Blick darauf.

„Der Brief interessiert mich nicht, das Traurige an der Angelegenheit ist, dass sie sich in mich verliebt hat. Ich verdanke ihr mein Leben, aber noch einmal, ich liebe nur dich."

Katrin erwiderte nichts.

„Du hast keine Ahnung, was ich riskiert habe, nur um so schnell wie möglich wieder bei dir zu sein", setzte er fort. „Bei der ersten Feindberührung hat man mir ein Himmelfahrtskommando umgehängt, ich wurde schwer verwundet und wäre fast verblutet. Wenn der Kumpel, mit dem ich geflüchtet bin, mich nicht gerettet hätte, wäre ich damals gestorben."

„Ich habe keinen einzigen Brief von dir erhalten", sagte Katrin nachdenklich nach einer Pause, „ich habe mir solche Sorgen gemacht, ich glaubte schon, dass du nicht mehr am Leben wärst."

„Was?", entfuhr es Albert, „ich habe dir jede Woche geschrieben, so wie wir das vereinbart hatten. Das gibt es doch nicht!"

Katrin legte ihre Stirn in Falten. „Es tut mir leid, ich habe keine Briefe von dir bekommen. Trotzdem bin ich jede Woche in deine Wohnung gefahren, um den Briefkasten zu leeren und die wichtige Post zu sichten. Dabei ist mir der Brief von dieser ….", sie unterbrach sich, „in die Hände gefallen. Nachdem das Kuvert auf der Rückseite mit einem Abdruck eines Lippenstiftes versehen war, habe ich ihn nicht nur geöffnet, sondern habe mir die Freiheit genommen, den Brief zu lesen. So viel Französisch verstehe ich noch, um zu begreifen, wie sehr dich diese Frau liebt."

Als Albert schwieg, setzte sie fort:

„Wie habe ich um dich gekämpft, um dein Ansehen, jeden Tag gab es deswegen Streit mit meinen Eltern. Mein Vater warf mir vor, mit einem Raufbold und Frauenhelden liiert zu sein." Dann sagte sie gedehnt: „Leider hat er recht behalten."

Diese Worte trafen Albert wie einen Faustschlag. Er wollte etwas erwidern, doch er war wie niedergeschmettert. Er hatte geglaubt, dass sie ihn noch liebte, und nun sah sie in ihm einen Raufbold und Abenteurer.

„Ich konnte diesen Druck nicht aushalten und bin ausgezogen, ich habe auch aufgehört, im Modesalon zu arbeiten. Das hätte ich mir alles ersparen können."

Albert traute seinen Ohren nicht. Wie oft war er am Rande des Todes gestanden, nur um diese Frau wiederzusehen.

„Ich bin sprachlos", sagte er leise, schleppend, „ich liebe dich über alles, und du verletzt mich zutiefst. Du hast keine Ahnung, durch welche Hölle ich gegangen bin, um so schnell wie möglich zu dir zurückzukehren, du hast nicht die mindeste Vorstellung."

„Du vergisst, welche Schuld du auf dich geladen hast, du warst es, der mich zutiefst verletzt hat", sagte sie heftig.

„Was hätte ich tun sollen? Ich war verwundet, die Militärpolizei war hinter mir her, ich konnte nirgends hingehen, in einem Hotel hätten sie mich sofort an die Polizei verraten. Bei Chantal konnte ich untertauchen und sie hat mich gesund gepflegt. Als ich merkte, dass sie mit mir ins Bett gehen wollte, habe ich ihr gesagt, dass ich eine andere Frau liebe. Das war ihr aber egal."

Ein abweisender Zug legte sich über Katrins hübsches Gesicht. Albert fühlte, dass er schlechte Karten hatte.

„Chantal, Chantal, immer diese Chantal", sagte sie unwirsch.

„Ich war heute bei meinem Rechtsanwalt, er ist überzeugt, dass man das Gericht von Notwehr überzeugen kann. Ich werde also freigesprochen", sagte er mit einer gewissen Genugtuung. Vielleicht konnten sie positive Zukunftsaussichten auf seine Seite ziehen.

„Wenn ich rehabilitiert bin, werde ich mir sofort einen neuen Job suchen. Ich werde mich voll in die Arbeit hineinknien und viel Geld machen, es wird dir an nichts fehlen", sagte er mit Nachdruck.

Das erste Mal trat ein Lächeln auf Katrins Gesicht.

„Verzeihe mir doch bitte", sagte er eindringlich, „ich kann ohne dich nicht leben. Du musst mich doch auch noch liebhaben, wenigstens ein bisschen."

„Was erwartest du von mir, soll ich deine Amouren vergessen und mich an deinen Hals werfen?"

„Nein, ich möchte nur, dass wir in kleinen Schritten wieder auf uns zugehen und unsere große Liebe wieder zum Erblühen bringen."

Katrin sagte eine Weile nichts. „Es ist viel Zeit vergangen", sagte sie schleppend, als ob ihr die Worte schwerfielen, „es ist einiges vorgefallen ...", sie stockte, „ich habe mich ..., nein, ich kann es dir nicht sagen."

„Was kannst du mir nicht sagen?", fragte Albert Unheil ahnend, „du kannst mir alles sagen."

„Es ist so schwer", sagte sie, doch dann brach es aus ihr hervor, „ein anderer Mann möchte mich unbedingt heiraten."

Albert begriff nicht sofort. Verständnislos starrte er Katrin an.

„Das kann nicht wahr sein", stotterte er, „sag, dass das nicht wahr ist." Er hatte das Gefühl, als ob ihn eine unbekannte Kraft zurückgeworfen hätte.

„Du musst mich verstehen", begann sie zögernd, „ich war monatelang ohne Nachrichten von dir, ich wusste nicht, ob du noch lebst oder ob du eine andere Frau gefunden hast. Als ich den Brief deiner Geliebten gelesen habe, der du offensichtlich auch ein kostbares Geschenk gemacht hast, habe ich den Glauben an unsere Zukunft verloren. Ein alter Freund, mit dem ich studiert habe und der einige Jahre in Deutschland gearbeitet hat, ist zurückgekehrt. Ich bin mit ihm einige Male ausgegangen, dabei sind alte Erinnerungen wieder wach geworden. Er möchte mich heiraten."

„Aber du", stotterte er, „du wirst ihn nicht heiraten, weil du mich liebst."

„Du musst verstehen, Albert, dass ich mit einem Mann, auf den ich mich nicht verlassen kann und der alle Bande zu meiner Familie und zu meiner Arbeit durchgeschnitten hat, nicht leben kann."

Diese Worte schnitten wie Messer in seine Brust. Er konnte noch immer nicht glauben, dass ihn Katrin verlassen würde. Er war ratlos und verzweifelt zugleich. Welche Möglichkeiten konnte er noch ins Auge fassen, um Katrin zu gewinnen? Er hatte versucht, ihr die lebensbedrohende Situation in Algerien zu erklären, um die kurze Beziehung zu Chantal zu rechtfertigen. Er hatte ihr gesagt, wie sehr er sie liebte, und sie angefleht, ihm zu verzeihen. Vielleicht fürchtete sie, den Zeitpunkt für die Gründung einer Familie zu versäumen, und hatte deshalb dem Werben eines alten Freundes nachgegeben. Es war fatal, was konnte er noch tun? Eines wollte er nicht mehr, er wollte keine weiteren Erniedrigungen ertragen.

„Es ist so traurig", begann er gefasst, „dass du dich von mir trennen willst. Ich habe dir gesagt, wie unendlich ich dich liebe, daher kann ich es nicht verstehen, dass du und deine Eltern mich und meine Liebe zu dir derart durch den Dreck zieht."

Er machte eine Pause. Katrin schwieg, es schien, als ob ihr Tränen in die Augen stiegen.

„Deine Auslagen für die Miete und den Wohnungskredit überweise ich dir auf dein Bankkonto", sagte er und wunderte sich über seine Gelassenheit, „meinen Wohnungsschlüssel kannst du wegwerfen, ich habe einen Reserveschlüssel."

Albert merkte, wie ihre Hände leicht zitterten, als sie sich mit einer fahrigen Bewegung durchs Haar strich.

„Nein, nein", sagte sie leise, „den gebe ich dir zurück, aber", sie wirkte verwirrt, „ich weiß nur im Moment nicht, wo ich ihn aufgehoben habe."

Albert ging darauf nicht ein. „Wegen der Zeugenaussage bei Gericht wird sich mein Rechtsanwalt mit dir in Verbindung setzen, aber vielleicht sind Konrad und Margot schlussendlich so fair und bezeugen, dass es Notwehr war, in diesem Fall brauche ich dich diesbezüglich auch nicht mehr belästigen."

„Warum bist du auf einmal so abweisend?", fragte Katrin, offensichtlich irritiert von Alberts Sachlichkeit, „natürlich werde ich zu deinen Gunsten aussagen", sagte sie.

„Ich bin nicht abweisend, aber den Schlag, den du mir versetzt hast, den muss ich erst verkraften. Du wirst wahrscheinlich nie mehr in deinem Leben einen Mann finden, der dich so tief liebt wie ich. Aber vielleicht einen smarteren, einen begüterten aus der gehobenen Schicht, der vor allem den gesellschaftlichen Erwartungen deiner Eltern entspricht. Mein Gefühl sagt mir, dass du die falsche

Entscheidung triffst, und das ist ein Drama, nicht nur meines, auch deines."

Einige Augenblicke verstrichen.

„In deinem Interesse hoffe ich jedoch", sagte er gedämpft, „dass ich unrecht behalte und du glücklich wirst." Bei den letzten Worten brach seine Stimme, und die Worte kamen nur bruchstückhaft über seine Lippen.

„Albert", sagte Katrin leise, Tränen hatten das Mascara ihrer Wimpern aufgelöst und zogen nun schmale dunkle Streifen auf ihrem hübschen Gesicht, „warum tust du mir so weh?"

„Das glaube ich nicht, wo du dich doch in einen anderen Mann verliebt hast", sagte er anklagend, „du hast meine Liebe zerstört, für die ich mein Leben mehrere Male riskiert habe."

Katrin erwiderte nichts, sie weinte still in sich hinein.
„Ich gehe jetzt und werde ab dem heutigen Tag deine Wege nicht mehr kreuzen. Du hast mich tief verletzt. Aber ich bin dir nicht böse."

Katrin verlor nun vollends die Fassung. Sie weinte bitterlich. Bereute sie ihre Entscheidung, nun, da sie mit deren Tragweite konfrontiert wurde? Doch sie machte keine Anstalten, Albert zurückzuhalten. Dieser seinerseits wollte keine Erklärungen mehr, sie würden doch nur in Vorwürfen enden und darüber hinaus seine Person herabsetzen. Das konnte und wollte er nicht mehr über sich ergehen lassen.

Er erhob sich langsam. „Leb wohl, Katrin", sagte er mit brüchiger Stimme, seine Emotionen waren plötzlich so stark, dass er sie kaum kontrollieren konnte. Er atmete tief durch, in der Hoffnung, sich zu beruhigen. „Ich bin dir für die wunderschöne Zeit immens dankbar und ich werde diese glücklichen Tage nie vergessen."

Er hatte Probleme, die letzten Worte auszusprechen, seine Kehle war wie zugeschnürt und sein Herz krampfte sich zusammen. Als er sich zum Gehen wandte, stand Katrin auf und legte ihre Arme um seine Schulter. Sie presste ihr Gesicht an das seine. Albert spürte, wie ihre Tränen seine Wangen benetzten. Eine Weile verharrten sie in ihrer Umarmung, ihre Nähe legte sich wie ein Schleier der Wehmut um ihn. Dann löste sie sich von ihm.

„Leb wohl, Albert, ich wünsche dir viel Glück. Ich werde dich nie vergessen!"

Ohne sich umzuwenden wandte er sich der Tür zu und verließ das Haus. Katrin war sein Leben gewesen, für sie hatte er gekämpft und alles riskiert. Er verspürte eine unheimliche Leere, er konnte keinen Gedanken fassen und fühlte sich uralt, als er zur Straßenbahnstation schlich, es war ihm, als ob er sich in einer anderen Welt bewegte. Ohne Katrin war die Welt eine andere für ihn geworden.

41.

Es kostete Albert Überwindung, die folgenden Tage zu überstehen. Vor allem die Einsamkeit drückte ihn nieder. Seine Gedanken kreisten immer um Katrin. Er wollte sie unterdrücken, je mehr er es versuchte, desto präsenter waren sie. Oft verfiel er in Apathie und Antriebslosigkeit. Ein paar Tage vertrödelte er, ohne etwas Konstruktives zu unternehmen. Doch dann gab er sich einen Ruck und suchte mit seinen verbliebenen Dokumenten die zuständigen Ämter auf, um wieder in Besitz von Pass und Führerschein zu kommen. Er kam zur Einsicht, dass er durch Untätigkeit nur noch trübsinniger würde. Er musste sich zwingen, wieder ins Leben zurückzufinden. Sollte er wieder mit dem Boxen beginnen? Vielleicht würde es nicht schaden, besser jedenfalls als Tag für Tag herumzuhängen. Doch letztlich schob er die Zweifel beiseite und fuhr in den Club. Dort war er die große Attraktion, Guttmann, der Trainer, brach das Training sogar früher ab.

„Heute gibt es für alle Freibier. Die Rückkehr unseres Kumpels Albert muss gefeiert werden."

Albert war berührt durch die herzliche Aufnahme. Guttmann bat Albert, etwas über seine Erlebnisse bei der Legion zu erzählen. Albert berichtete über die Schikanen bei der Ausbildung, über seinen Gefängnisaufenthalt und über die erste Feindberührung. Er sprach über seine Verwundung und über seinen Entschluss, mit seinem Kumpel Philipp zu desertieren. Zum Schluss zog er ein Resümee.

„Ich bin geflüchtet, weil ich fürchtete, wegen Mordes verurteilt zu werden. Um einer Gefängnisstrafe zu entgehen, bin ich zur Legion gegangen. Die Tragik an der Geschichte ist, dass der Raufhandel, in dem ich verwickelt war, eigentlich Notwehr war. Die Schinderei und die Risiken bei der Legion hätte ich mir sparen können, denn ich werde freigesprochen. In Algerien ist eine Revolution im Gange und bei der Legion steht man an vorderster Front, man ist praktisch das Kanonenfutter für die reguläre französische Armee. Bevor diese in die Kampfhandlungen eingreift, schickt sie die Legion vor. Die Verluste sind hoch, daher erleben die meisten Legionäre nicht die Beendigung ihres fünfjährigen Vertrages."

Als Albert seinen Bericht beendet hatte, brach ein Stimmengewirr aus, man klopfte ihm anerkennend auf die Schulter. Er war der Held an diesem Abend.

„Du bist uns natürlich als Sparringpartner herzlich willkommen", sagte Gutmann, „ich sehe, dass die letzten Monate nicht spurlos an dir vorüber gegangen sind. Wenn du trainieren willst, werden wir dich langsam aufbauen. Früher hast du im Mittelgewicht geboxt, ich glaube, jetzt müssen wir dich eine Gewichtsklasse tiefer einstufen. Wenn ich mich nicht irre, hast du durch die Strapazen an Gewicht verloren."

Albert war froh, dass ihn der Club wieder aufgenommen hatte. Um die Einsamkeit zu umgehen, verließ er in den nächsten Tagen schon am frühen Nachmittag seine Wohnung und begab sich in den Box-Club. Sein Hauptaugenmerk legte er auf die Verbesserung seiner Kondition und auf die Schlagtechnik. Albert war früher ein beliebter Partner für das Sparring, das Trainieren unter kampfähnlichen Bedingungen, gewesen. Er war schnell und hatte einen harten Schlag.

Nach einigen Tagen wurde er von Guttmann aufgefordert, in den Ring zu steigen und ein paar Runden zu boxen. Albert zog sich um und wärmte sich auf. Er bearbeitete zuerst den schnell schwingenden Doppelendball, der mit einer elastischen Leine am Boden und am Plafond befestigt war. Dann wechselte er zum Sandsack. Er übte verschiedene Kombinationen, linke Gerade zum Kopf, rechte Gerade zum Körper, dann rechte Gerade zum Kopf, linke Gerade zum Körper und so weiter, dann Haken und den Nahkampf. Er merkte, wie seine Schläge langsamer und kraftloser wurden, es war ihm aber egal. Als Trainingspartner wurde Johann bestimmt, ein erfahrener Boxer, der seit seinem siebzehnten Lebensjahr boxte. Albert kannte ihn gut, er hatte in der Vergangenheit, vor seinem Intermezzo bei der Legion, oft mit ihm im Ring trainiert. Johann war ein smarter Bursche, atypisch für einen Boxer, denn er kam aus einer bürgerlichen Familie, seine Eltern betrieben einen gut gehenden Autohandel. Albert hatte Zweifel ob er schon reif für das Ringtraining war, schließlich hatte er viel an Substanz verloren, aber kneifen wollte er auf keinen Fall. Er bekam ein flaues Gefühl im Magen. Ich werde fürchterliche Prügel beziehen, dachte er.

„Bereit?", erkundigte sich Johann und warf einen prüfenden Blick auf Albert.

„Eigentlich nicht, ist aber egal", sagte Albert gleichmütig. Selbst beim Boxen konnte er die schleichende Apathie, die ihn seit dem Verlust von Katrin befiel, nicht ablegen.

Schon nach kurzer Zeit merkte man, dass Albert weit von seiner früheren Form entfernt war. Er bemühte sich zwar, aber er war langsam auf den Beinen, und außerdem hatte er boxtechnisch dem austrainierten Johann nichts entgegenzusetzen. Anfänglich bemühte er sich immerhin, mitzuhalten und seine alten Boxtugenden abzurufen, doch schon bald befand er sich in der Defensive. Zunächst konnte er noch Treffer vermeiden, freilich, mit Fortdauer des Trainings fiel er immer mehr zurück und konnte den Schlagserien, die Johann gegen ihn abfeuerte, nichts mehr entgegensetzen. Es war furchtbar, was er nehmen musste. Trotzdem stand er noch immer und fiel nicht. Mittlerweile hatten viele Kameraden das Training unterbrochen und verfolgten neugierig den einseitigen Verlauf.

„Wahnsinn, was Albert einsteckt, Guttmann sollte das Sparring abbrechen", sagte einer der Kameraden mit besorgter Miene. Er löste sich vom Ring und holte Guttmann herbei.

„Stopp", rief dieser, „genug."

Etwas steif, aber erstaunlicherweise, ohne zu wanken, kletterte Albert aus dem Ring. Guttmann war ihm beim Abnehmen des Kopfschutzes behilflich.

„Jesus Maria", brummte er, „warum hast du dich so zurichten lassen?"

„Ist doch egal", sagte Albert gleichgültig, „bei der Legion lernt man einstecken."

Dabei hatte ihn der Kopfschutz vor dem Schlimmsten bewahrt, nur die Nase war in Mitleidenschaft gezogen worden und blutete heftig.

„Komm mit", befahl Guttmann, „ich werde dich verarzten."

Albert folgte ihm in sein Büro. Dort wurde in einem Sanitätsschrank alles Notwendige aufbewahrt um kleinere Verletzungen zu behandeln. Guttmann reinigte das blutverschmierte Gesicht und das Cut am Nasenflügel, das durch eine Schwellung und das Aufplatzen der Haut entstanden war. Mit stoischer Ruhe ließ Albert die Prozedur über sich ergehen.

„So, das hätten wir", sagte Guttmann zufrieden, „hat schlimmer ausgesehen, als es in Wirklichkeit ist. In ein paar Tagen sieht man nichts mehr. Aber sag mir einmal, was ist

denn los mit dir? Ich beobachte schon einige Zeit, dass du depressiv bist. Was ist denn passiert?"
„Was passiert ist? Meine Freundin hat mir eröffnet, dass sie einen anderen Mann liebt. Das hat mir den Lebensnerv gezogen. Wenn ich gewusst hätte, was mich hier erwartet, wäre ich in der Legion geblieben: Früher oder später hätte ich daran glauben müssen, und das wäre gut gewesen."

Man sah Guttmann an, dass er berührt war.

„Albert, Albert", sagte er eindringlich, „das Leben geht weiter, in einem Jahr wirst du nicht mehr daran denken. Du darfst nur eines nicht, in dieser Apathie hängen bleiben. Je früher du den Verlust deiner Geliebten akzeptierst, desto früher wirst du ihn überwinden."

Nach den Qualen in der Legion, den Fährnissen bei der Flucht aus Algerien und dem Ende seiner Beziehung zu Katrin konnte er nicht mehr tiefer sinken nach den Schlägen, die er soeben bezogen hatte. Er war ganz unten angelangt, er wusste, dass es mit ihm nicht noch mehr abwärts gehen konnte. Diese Gewissheit war der Wendepunkt. Zu Hause angekommen bereitete er Tee zu und legte sich auf sein Sofa. Obwohl seine Glieder schmerzten und seine aufgeschlagene Nase höllisch brannte, fühlte sich das Leben auf einmal leicht an.

42.

Trotz der negativen Erfahrung, die er beim Kampftraining mit Johann gemacht hatte, blieb er dem Box-Club treu und erschien jeden Tag zum Training. Seine Kondition verbesserte sich zusehends, und, was noch wichtiger war, er hatte die Verkrampfung abgelegt. Er boxte locker, bewegte sich schnell und machte in der Technik Fortschritte. Er hatte noch nicht das Niveau von früher erreicht, aber er war nicht mehr weit davon entfernt.

Eines Tages erhielt er die Nachricht vom Verkehrsamt, dass er seinen Führerschein abholen könne. Die Ausstellung eines Reisepasses hatte man ihm aufgrund des noch anstehenden Strafprozesses verweigert. Im Augenblick war der Führerschein allerdings wichtiger für ihn. Nach einem Resümee seiner finanziellen Situation stellte er fest, dass er noch Geld für die Anschaffung eines billigen Gebrauchtwagens hatte. Er rief einen Schulfreund an, der in einem Autohandelsunternehmen beschäftigt war und schilderte seine Situation. Sein Freund schlug ihm mehrere Fahrzeuge vor und versprach, ihm beim Preis entgegenzukommen.

Albert fasste zwei Fahrzeuge ins Auge. Einen Opel, der trotz der hohen Kilometerleistung gut erhalten war, besonders gut gefiel ihm jedoch eine Citroën DS, ein großes Auto mit einer futuristischen Karosserie. Er kannte dieses Auto, denn in Algerien wurde dieses Auto von Personen der gehobenen Schicht gefahren. Der großzügige Innenraum, die bequemen Sitze und die hervorragende Federung beeindruckten ihn. Nach einer kurzen Probefahrt hatte Albert seinen Entschluss gefasst. Er musste diese DS haben. Doch dieser Wagen war nicht billig. Wovon sollte er leben, wenn er keinen Job in der nächsten Zeit finden konnte? Doch er verdrängte diese Befürchtungen.

Die nächsten Tage war er damit beschäftigt, sein neues Auto auf Hochglanz zu bringen. Trotz seiner angespannten finanziellen Situation kaufte er ein Autoradio. Er verbrachte einige schweißtreibende Stunden mit dem Versuch, das

Radio einzubauen, bis es endlich klappte. Die Ausfahrten mit seinem Auto bereiteten ihm Vergnügen. Dieses Auto hob jedes Mal, wenn er einstieg und losfuhr, sein Selbstwertgefühl. Er wollte keineswegs mit dem großen Wagen angeben und Leute beeindrucken, es war eher der psychologische Effekt und das souveräne Fahrgefühl, mit diesem großen und imposanten Wagen unterwegs zu sein. Das schöne, fast schon frühsommerliche Wetter verleitete ihn, Ausflüge in die Umgebung Wiens zu unternehmen. An den südlich von Wien gelegenen Teichen sah man schon die ersten Badenden, das inspirierte ihn, es diesen gleichzutun. Obwohl das Wasser noch frisch war, schwamm er ausgiebig, um sich dann auf einer mitgebrachten Decke auszustrecken, um die Sonne zu genießen. Am späten Nachmittag fuhr er ins nahe gelegene Gumpoldskirchen, um in einem der vielen Weinlokale einen kräftigen Imbiss zu sich zu nehmen und ein Glas Wein zu trinken. Es war nicht die optimale Ernährung für einen Sportler, aber das kümmerte ihn wenig.

Eines Tages brachte der Briefträger einen eingeschriebenen Brief. Das Landesgericht forderte ihn auf, als Beschuldigter in zwei Wochen vor dem Gericht zu erscheinen. Er rief sofort Doktor Scharf an.

„Es wird einen Strafprozess geben", erläuterte Doktor Scharf, „gemäß der Anklage handelt es sich um ein Delikt, das mit einer Freiheitsstrafe von fünf bis zehn Jahren geahndet werden kann. Das Gericht wird sich daher aus einem Berufsrichter und zwei Laienrichtern zusammensetzen. Am besten, Sie kommen so rasch wie möglich zu mir, damit wir unsere Strategie abstimmen können. Meine Sekretärin soll Ihnen einen Termin geben."

Die attraktive Sekretärin, der die kleine Unterhaltung bei seinem Erstbesuch offensichtlich in bester Erinnerung geblieben war, machte sich erbötig, für ihn etwas zu arrangieren.

„Ich werde einige Termine verschieben, dann können Sie schon morgen nach Tisch kommen, sagen wir um achtzehn Uhr", sagte sie mit surrender Stimme.

Scharf erhob sich und drückte Albert die Hand, wobei er ihn mit einem leichten Klaps beruhigend auf die Schulter klopfte. Mit einer einladenden Geste wies er auf den bequemen Fauteuil vor seinem Schreibtisch.

„Ich sehe ein Problem", begann er seine Ausführungen, „eigentlich ist es kein wirkliches Problem, aber ein Punkt, auf den wir unser Augenmerk legen müssen." Es schien also doch keine ausgemachte Sache zu sein. Die ursprünglichen Informationen, über die Chancen bei Gericht wegen schwerer Körperverletzung freigesprochen zu werden, hatten offensichtlich nur dazu gedient, ihn zu beruhigen. Albert blickte ihn erwartungsvoll an.

„Es ist zu erwarten, dass, bedingt durch Ihre lange Abwesenheit, die gegnerische Partei den Vorfall derart darstellt, dass man kein schuldhaftes Verhalten für Konrad Kastner ableiten kann. Die Anklage lautet auf schwere Körperverletzung. Das ist immer so, selbst wenn es sich tatsächlich um Notwehr handelt. Sie müssen mir nun den Sachverhalt schildern, zurückgehend auf eventuelle Zwischenfälle und Auseinandersetzungen, die Sie vor der Schlägerei mit Konrad Handel bereits hatten."
Albert erzählte, wie es zu den ersten Konfrontationen mit Konrad kam.

„Ausschlaggebend war der Umstand, dass ein Mädchen, mit dem er sympathisierte, sich letztlich mir zuwandte."

Er schilderte die Provokationen, wie es zum ersten Schlagabtausch gekommen war und zu dem unerwarteten Showdown in Wien.

„Nach dem Aufbruch vom Lokal in Grinzing hat er mich am Ausgang erwartet. Er wollte unbedingt mit mir abrechnen, nachdem er in Antalya den Kürzeren gezogen hatte. Mein Versöhnungsangebot hat er rundweg abgelehnt, ich bin sogar so weit gegangen, mich bei ihm zu entschuldigen."

Albert machte eine Pause. Es fiel ihm schwer, diese düstere Begebenheit in seinem Gedächtnis wachzurufen.

„Auf einem unbebauten Grundstück in der Nähe des Heurigenlokals ist es dann zur Auseinandersetzung gekommen. Ich hatte ihn bereits besiegt, doch in seinem grenzenlosen Hass wollte er mich mit einem Stein erschlagen. Er streifte mich glücklicherweise nur, riss mich aber zu Boden und setzte zu einem weiteren Schlag mit dem Stein an. Im letzten Moment konnte ich mich wegdrehen und bevor er ein weiteres Mal den Stein ergreifen konnte, hatte ich diesen erwischt und schleuderte auf ihn."

„Und weil Sie fürchteten, ihn getötet zu haben, sind Sie geflüchtet und haben sich in der Fremdenlegion verdingt", sagte der Rechtsanwalt.

„So ist es. Doch dann erfuhr ich anlässlich eines Telefongespräches, das ich mit der Mutter meiner Freundin nach Monaten führte, dass Kastner gar nicht gestorben war", führte Albert weiter aus, „an diesem Tag fasste ich den

Entschluss, aus der Legion zu desertieren. So paradox es klingt, eine schwere Verwundung erleichterte mein Vorhaben, denn bei der ersten Feindberührung nach der Grundausbildung wurde ich angeschossen und schwer verletzt. Das war der Schuss in die Heimat. Denn im Lazarett, in dem ich gesundgepflegt wurde, erhöhten sich meine Chancen auf eine Flucht ungemein, vor allem weil das Lazarett in unmittelbarer Nähe zu Bône, einer bedeutenden algerischen Hafenstadt, lag."

„Sicherlich kein leichtes Unterfangen", sagte Scharf mitfühlend.

„Es war schrecklich", sagte Albert sinnierend, „ich habe während der Flucht einige Male dem Tod in die Augen geschaut. Als ich aus dem Lazarett flüchtete, wurde ich von einer Gruppe von Rebellen der *FLN* entdeckt. Sie haben mich wie einen Hasen gejagt und mit Maschinenpistolen beschossen. Trotzdem habe ich mich bis Bône durchgeschlagen, dabei sind meine Schuhe draufgegangen und ich habe mir in dieser Steinwüste die Fußsohlen wundgelaufen. Die letzten Kilometer wollte ich mit einem Taxi zurücklegen. Der Fahrer des Taxis, ein Sympathisant der *FLN*, merkte, dass ich bei der Legion war und wollte mich unbedingt der *FLN* ausliefern. Ich habe ihn während der Fahrt k.o. geschlagen, ich musste ins Lenkrad greifen, um nicht im Straßengraben zu landen."

„Eine wahre Odyssee."

„Es war eine permanente Gratwanderung zwischen Leben und Tod. In Bône traf ich mit
meinem deutschen Kumpel zusammen", setzte Albert fort, „mit ihm hatte ich schon vor längerer Zeit beschlossen zu

flüchten. Die Überfahrt von Bône nach Toulon war auch nicht ohne, denn der Kapitän und seine Leute auf dem Phosphordampfer, der uns nach Toulon bringen sollte, wollten uns ausrauben und ins Meer werfen. Kein Hahn hätte nach uns gekräht, da wir praktisch keine Identität hatten. Wir konnten jedoch vor der Küste von Toulon mit dem Rettungsboot flüchten. Fast wäre das schiefgegangen, denn die Gauner wollten uns mit ihrem Dampfer rammen, Gott sei Dank sind sie zu nahe ans Ufer gefahren und auf Grund gelaufen. Das war unsere Rettung."

„Ein Wunder, dass Sie noch leben", warf der Anwalt ein. „Ihre Freundin muss ja überglücklich sein, dass Sie wieder bei ihr sind. Sie ist übrigens eine wichtige Entlastungszeugin in der Gerichtsverhandlung für uns."

Albert schwieg einen Augenblick. „Ich hoffe es, denn sie hat sich von mir getrennt. Während meiner Abwesenheit hat sie sich in einen anderen Mann verliebt", fügte er stockend hinzu.

Scharf blickte ihn mitfühlend an. „Ihnen bleibt nichts erspart."

Albert errötete leicht. „Die Trennung hat mich fast aus der Bahn geworfen. Aber schön langsam beginne ich es zu verkraften." Albert benötigte einige Augenblicke, um sich zu finden.

„Kommen wir noch einmal zurück auf die Gerichtsverhandlung", sagte Doktor Scharf dann. „Welche Personen sahen den Raufhandel?"

„Eigentlich nur zwei Personen, meine Freundin", Albert korrigierte sich, „meine damalige Freundin und Konrads Freundin Margot."

„Und vor dem Lokal, hat niemand beobachtet, wie Konrad Sie zu dieser Auseinandersetzung provoziert hat?"

„Ich kann mich nur an Arnold erinnern, mit ihm habe ich in Antalya das Zimmer geteilt. Er kann bezeugen, dass Konrad bereits im Urlaub Streit und Auseinandersetzungen vom Zaun gebrochen hat."

„Gut", resümierte der Anwalt, „wir werden Ihre Ex-Freundin und Arnold als Zeugen
nominieren. Ich nehme an, dass für die gegnerische Partei diese Margot in den Zeugenstand treten wird."

Mit aufmunternden Worten wurde Albert verabschiedet.

43.

Die Gerichtsverhandlung war für Donnerstag um zehn Uhr im Landesgericht Wien angesetzt. Albert erschien bereits um acht Uhr in der Kanzlei, um sich mit dem Anwalt auf die Verhandlung vorzubereiten. Die Sekretärin wollte ihm Kaffee anbieten, doch Albert, der bereits eine Anspannung verspürte, lehnte ab. Doktor Scharf schärfte ihm ein, so kurz wie möglich auf Fragen des Richters zu antworten und auf keinen Fall von bereits gemachten Statements abzuweichen.

„Jedes Wort zu viel ist kontraproduktiv", hämmerte er ihm noch einmal ein. „Entscheiden über Schuld und Unschuld werden der Richter und zwei Laienrichter, die Schöffen, die

Mehrheit gibt den Ausschlag. Außer wenn der Richter auf Unschuld entscheidet, kann er von den Schöffen nicht überstimmt werden, sonst entscheidet, wie gesagt, die Mehrheit."

Auf der Fahrt in das Landesgericht mit der luxuriösen Limousine des Anwalts rief Albert noch einmal die Erlebnisse dieses verhängnisvollen Urlaubs in sich wach. Scharf kannte sich im Landesgericht aus, er hatte schon viele Verhandlungen in diesem Haus durchgezogen. Zügig strebte er dem für sie vorgesehenen Verhandlungssaal zu. Manche der Beteiligten standen bereits herum, so Konrad und Margot, die sich in Begleitung eines älteren Mannes befanden. Es musste sich um den gegnerischen Anwalt handeln. Die eng beieinanderstehenden Augen hatten etwas Stechendes an sich und blickten finster drein, sein Gesicht wurde von einem kurz gestutzten Vollbart umrahmt.

Konrads Gesicht war auf der linken Seite durch eine lang gezogene, rötliche Narbe entstellt, auch der Mund war hässlich verzerrt. Er streifte Albert mit einem hasserfüllten Blick. Margots Haare waren in einem unnatürlichen hellen Blond gefärbt. Die frühere Naivität ihrer Gesichtszüge hatte einen ernsten, angespannten Ausdruck angenommen. Etwas abseits hielten sich Katrin und Arnold auf. Albert zögerte einen Augenblick, doch dann ging er entschlossen auf die beiden zu. Er begrüßte sie und dankte ihnen für ihr Kommen und ihren Beistand. Man spürte die Spannung, denen sie alle ausgesetzt waren, schließlich bedeutete es Stress, in einen Strafprozess verwickelt zu sein, vor allem, wenn man niemals mit Gerichten zu tun gehabt hatte.

„Ich bin sicher, dass du freigesprochen wirst", ermunterte ihn Arnold, „Konrad hätte dich fast umgebracht, Gott sei Dank ist es anders gekommen!"

„Dein Wort in Gottes Ohr", sagte Albert und blickte den Freund dankbar für dessen Unterstützung an. Dann wandte er sich Katrin zu.

„Wie geht es dir?"

„Gut", antwortete sie. „Ich …", sie wollte noch etwas sagen, doch Tränen traten in ihre Augen. Spontan ergriff sie beide Hände von Albert und flüsterte: „Ich wünsche dir viel Glück, Albert."

Albert war erstaunt über Katrins Gemütsregung, er wollte etwas erwidern, doch plötzlich vernahm er die Stimme von Doktor Scharf: „Es ist Zeit, Herr Berry, die Verhandlung ist eröffnet, gehen wir hinein."

Der Richter und die beiden Schöffen nahmen ihre Plätze ein. Der Richter war ein smarter, grauhaariger Mann mit schmalem Gesicht und dunklen Augen. Um seine Mundwinkel hatten sich zwei tiefe Falten eingegraben. Der eine Schöffe war ein kräftiger Mann mit schütteren Haaren. Seine Oberlippe und sein Kinn zierte ein Bart, der das gutmütig wirkende Gesicht etwas markanter erscheinen ließ. Albert schätzte ihn auf Mitte fünfzig. Schöffe Nummer zwei war eine Frau, die mit ihrer großen Statur und ihrem erhabenen Busen fast majestätisch wirkte. Ihre dunkelblonden, halblang geschnittenen Haare hatte sie nach hinten frisiert. Ein dezentes Make-up betonte ihre langen Wimpern. Auch sie dürfte die fünfzig schon überschritten haben.

Albert und Doktor Scharf nahmen auf einer Bank, rechts vom Richtertisch, Platz. Konrad und sein Anwalt auf der linken Seite. Der Zuschauerraum war gut besetzt, war doch der Vorfall seinerzeit durch alle Medien gegangen und nun vor dem Prozess hatten die meisten Zeitungen über den Tag der Verhandlung informiert. Der Richter hob seinen hölzernen Hammer und klopfte mehrere Male auf eine Unterlage. Das Gemurmel im Saal verstummte.

Der Richter eröffnete den Prozess mit dem Vortrag der Anklage. Wie zu erwarten, wurde auf schwere Körperverletzung und Tötungsabsicht geklagt. Nachdem der Richter die Anklage vorgetragen hatte, rief er Albert in den Zeugenstand.

„Herr Berry, bekennen Sie sich im Sinne der Anklage schuldig?"

Albert verneinte.

Der Richter forderte ihn auf, zur Anklage Stellung zu nehmen. Albert schilderte die ersten Provokationen, denen er bereits im Urlaub ausgesetzt war.

„Er hat in der Gruppe überall kundgetan, dass ich eine Abreibung verdient hätte …"

Bevor Albert fortsetzen konnte, erhob sich Konrads Anwalt und erhob Einspruch.

„Euer Ehren, diese Vorfälle sind Behauptungen des Angeklagten und haben mit der Straftat nichts zu tun."

Der Richter entsprach dem Einspruch. Doch nun schaltete sich Doktor Scharf ein.

„Euer Ehren, für die Provokationen und die Drohungen des Klägers gibt es Zeugen, sie waren der Ursprung für die weiteren Aggressionen von Herrn Kastner. Ich bitte, den Zeugen Arnold Palmer aufrufen zu dürfen."

Der Richter gab dem Ansuchen statt. Arnold wurde vom Gerichtsdiener aufgerufen. Albert verließ den Zeugenstand, als Arnold den Saal betrat. Arnold erzählte, wie Albert mehrere Male provoziert wurde und Kastner in der Gruppe verlauten ließ, dass Albert eine Abreibung verdient hätte. Konrad Kastner, der vom Richter aufgefordert wurde, Stellung zu nehmen, bestritt die Vorhaltungen.

„Wir könnten nun verlangen, dass Kastner seine Aussage bezeugt", flüsterte Doktor Scharf Albert zu, „aber es kommt eine bessere Möglichkeit, wo wir sein Lügenkonstrukt aufdecken können."

Die Verhandlung wurde mit Verhören von Albert und Konrad Kastner fortgesetzt, wobei sich Letzterer, wie zu erwarten war, als Opfer von Alberts Aggressionen darstellte.

Dann ließ Doktor Scharf Katrin in den Zeugenstand rufen. Sie berichtete, wie Kastner nach dem Heurigenabend vor dem Ausgang Albert erwartet und auf eine Schlägerei bestanden hatte.

„Herr Berry hat versucht, Herrn Kastner von der geforderten Auseinandersetzung abzubringen", führte sie aus, „ja, er hat sogar angeboten, sich bei Kastner zu entschuldigen. Doch dieser bestand auf einen Kampf."

Dann wurde die Schlägerei abgehandelt. Kastner bestritt, wie zu erwarten, dass er zuerst mit dem Stein zuschlagen wollte. Katrin widersprach leidenschaftlich und emotionsgeladen und bezeichnete Kastners Darstellungen als gemeine Lüge. Sie schilderte wahrheitsgetreu den Verlauf des Kampfes.

In der Folge wurde Margot in den Zeugenstand gerufen. Ihre Verkrampfung war nicht zu übersehen und zeugte von extremer Nervosität. Auf Befragen bestätigte sie die falschen Darstellungen von Kastner. An ihren Unsicherheiten merkte man aber deutlich, dass es ihr schwerfiel, die Wahrheit zu verdrehen. Sie verhaspelte sich mehrere Male und stotterte immer wieder. Worauf Doktor Scharf den Richter bat, die Zeugin ins Kreuzverhör nehmen zu dürfen. Zuerst befragte er sie über die Dauer der Beziehung zu Kastner, um die Nähe der Zeugin zum Angeklagten hervorzuheben.

„Stimmt es", setzte er mit gehobener Stimme fort, „dass Herr Berry angeboten hatte, sich bei Ihrem Freund zu entschuldigen, um den Kampf zu vermeiden?", wobei Scharf das Wort Freund bewusst dehnte.

Margot biss sich auf die Lippe. Noch bevor der gegnerische Anwalt eingreifen konnte, sagte sie kaum hörbar: „Ja".

„Falls das stimmen sollte", warf der Anwalt ein, um die Aussage von Margot zu relativieren, „so hat das mit der Kampfhandlung selber nichts zu tun."

Doch Doktor Scharf setzte sein Verhör fort. Er bat sie, den Kampf aus ihrer Sicht so genau wie möglich zu schildern.

Margot versuchte auszuweichen, indem sie behauptete, sich nicht mehr gut zu erinnern.

„Es war doch so", setzte Scharf fort, „dass Herr Kastner bereits von Herrn Berry entscheidend besiegt worden war. Er war vor dem k.o., um einen Terminus des Boxsports zu verwenden. Welchen Grund hätte er gehabt, Kastner mit einem Stein zu bedrohen?"

Nun begann Margot stotternd eine Geschichte zu konstruieren. Sie verwickelte sich in Widersprüche, einmal behauptete sie, dass Albert bereits besiegt am Boden lag, dann sagte sie, dass er einen Stein aufgehoben hätte, was implizierte, dass er stand und nicht am Boden lag.

„Ich ersuche Sie, Euer Ehren", die Stimme Scharfs klang hart und fordernd, „die Zeugin über die Folgen des Meineids zu belehren!"

Dem Richter schien Scharfs Ansuchen zu missfallen. „Was in diesem Saal zu geschehen hat, bestimme ich, daran brauchen Sie mich nicht erinnern", sagte er kühl. Dennoch klärte er Margot über die Konsequenzen einer falschen Zeugenaussage auf.

Doktor Scharf forderte sie noch einmal auf, den Hergang des Kampfes zu schildern, wobei er seinen Ärger über Margots Lügenmärchen nicht verbergen konnte. „Aber dieses Mal der Wahrheit entsprechend", forderte er mit erhobener Stimme.

Margot errötete derart, dass man es in den letzten Reihen des Saales noch erkennen konnte. Anfänglich versuchte sie, bei ihrer ursprünglichen Darstellung zu bleiben, doch dann dürfte ihr die Tragweite einer falschen Zeugenaussage bewusst geworden sein. Sie gab zu, dass Konrad Kastner bereits schwer geschlagen war.

„Dann, dann", stotterte sie, „sind plötzlich beide am Boden gelegen."

„Und was passierte dann?", bohrte Doktor Scharf nach.

„Sie sind beide am Boden gelegen und ..."

„Und?"

Margot setzte mehrere Male an, um die Antwort zu formulieren. „Und dann haben sie um einen Stein gekämpft", stieß sie letztlich hervor.

„Stimmt es, Frau Margot Domes", hakte Doktor Scharf nach, seine Stimme hatte einen lauernden Unterton, „dass Sie Ihrem Freund zugerufen haben, dass er nicht mit dem Stein auf Herrn Berry einschlagen solle?"

Der gegnerische Anwalt schritt ein. „Einspruch, Euer Ehren", fuhr er dazwischen, „man versucht, der Zeugin Suggestivfragen zu stellen."

Der Richter wies den Einspruch zurück. Sein strenger Blick ruhte auf Margot. „Beantworten Sie die Frage, hat Herr Kastner einen Stein gegen Herrn Berry erhoben?", fragte er barsch.

Margot ließ einige Sekunden verstreichen. „Ich war so aufgeregt, ich kann mich nicht mehr erinnern", sagte sie ausweichend.

Sie war mit ihren Nerven am Ende. Sie brachte kein Wort mehr hervor und schluchzte laut. Sie musste sich am Zeugenstand festhalten, um nicht umzukippen. Über den Gerichtssaal legte sich betretenes Schweigen. Ein Gerichtsdiener brachte Margot zu ihrem Platz. Dann bat der Richter Kastners Verteidiger um sein Abschlussplädoyer. Margot als Zeugin war keine Entlastung gewesen, ihre Unsicherheit ließ sie wenig glaubwürdig erscheinen. Daher stützte er sich hauptsächlich auf die Behauptungen von Konrad Kastner. Trotz seiner Bemühungen war sein Plädoyer wenig überzeugend.

Doktor Scharf hingegen konnte durch die Zeugenaussagen eindeutig belegen, dass Kastner die Kampfhandlungen ausgelöst hatte, trotz der Bemühungen von Albert, diese zu vermeiden und eine gütliche Lösung zu finden.

„Kastner hatte diese nicht nur provoziert, sondern war auch der Initiator der tätlichen Auseinandersetzungen gewesen. Der erste Schlag war immer von ihm ausgegangen. Als er das zweite Mal den Kürzeren zog, ergriff er einen Stein, um Albert Berry zu erschlagen. Zweimal hatte er mit dem Stein zugeschlagen, erst dann hatte mein Mandant, um sein Leben zu retten, den Stein im letzten Moment vor Kastner ergreifen können und diesen auf Kastner geschleudert."

Als Doktor Scharf geendet hatte, ersuchte der Richter die Schöffen, sich zur Urteilsfindung zurückzuziehen. Doch schon einige Minuten später trat das Gericht wieder zusammen. Man konnte die Spannung im Saal spüren.

„Sie werden sehen, Sie werden freigesprochen", raunte Doktor Scharf Albert zu.

„Glauben Sie?" Albert stand kurz vor dem finalen Akt seiner langen Irrfahrt und war zum Zerreißen gespannt.

Nachdem sich die Schöffen mit dem Richter kurz abgesprochen hatten, wurde das Urteil verkündet. Sie hatten einstimmig auf unschuldig und Freispruch entschieden. Albert musste sich zurückhalten, um nicht die Arme hochzureißen und einen Jubelschrei auszustoßen.
Vor dem Gerichtssaal erwarteten Albert Journalisten, die ihn mit Fragen bombardierten, und eine Menge von Leuten, die er nicht kannte, die ihm aber zum Freispruch gratulierten.

Als sich der Trubel etwas gelegt hatte, umarmte Doktor Scharf seinen Mandanten. „Gratuliere, Herr Berry", sagte er mit einer sichtlichen Rührung, „es ist geschafft."

„Sie waren großartig Doktor Scharf, ich danke Ihnen."

Er warf einen letzten Blick auf Konrad, in der Hoffnung, nie wieder in seinem Leben die Wege dieses Menschen kreuzen zu müssen. Draußen wurde er von Katrin und Arnold erwartet.

„Ich danke euch, ihr habt mich gerettet", sagte er bewegt.

Arnold klopfte ihm auf die Schulter. „Ich freue mich wahnsinnig, die Wahrheit hat gesiegt."

Auf Katrins Gesicht spiegelte sich Freude und ein Schimmer von Wehmut. „Ich freue mich so für dich", sagte sie leise.

„Jetzt habe ich es endgültig geschafft, ich bin frei", sagte Albert, „euer nachhaltiger Auftritt vor dem Gericht hat Schöffen und Richter überzeugt, ihr wart super."

Er machte eine Pause. „Und dir", er blickte Katrin an, „habe ich es zu verdanken, dass ich noch lebe. Immer wenn ich in Algerien in Schwierigkeiten war, habe ich an dich gedacht. Das hat mir Kraft gegeben, ich wollte unbedingt überleben, du weißt warum ..."

Arnold schien gemerkt zu haben, dass die beiden allein sein wollten. „Wir müssen unseren Erfolg feiern, gehen wir doch einmal am Abend essen", schlug er im Gehen vor, „haltet mich auf dem Laufenden, wann unsere Siegesfeier steigt."

Als sie unter sich waren, blickte Albert Katrin lange an. „Wie geht es dir?"

Katrin seufzte. „Es geht", antwortete sie kurz.

„Und", er machte eine Pause, „bist du glücklich?"

„Glück!", Katrin lächelte gequält, „ich war einmal glücklich, selbst als dieses Verhängnis über uns hereingebrochen war. Ich liebte einen Mann, von dem ich glaubte, dass er treu ist und zu mir zurückkehren würde."

„Für mich war es damals in Algerien eine Überlebensfrage, dass ich bei dieser Frau untergekommen bin. Ihr verdanke ich mein Leben. Dass unsere Liebe daran zerbrochen ist, kann ich noch immer nicht begreifen."

„Vergiss es, ein neues Leben liegt vor dir und ich ..."

„... und du wirst heiraten", unterbrach er sie, „du wirst dich in den Armen deines Mannes in Erfolg und Reichtum sonnen und deine Eltern, vor allem dein Vater, werden vor Stolz zerspringen!"

Albert merkte, wie sich Katrins Augen mit Tränen füllten.

„Du und diese Schlampe hat unser Glück zerstört", sagte sie stockend, „und jetzt sagst du solche Sachen, du bist gemein."

Ein bitteres Lächeln erschien auf Alberts Lippen. „Verzeih meine Bitterkeit, Katrin, aber ich liebe dich noch immer und werde dich mein ganzes Leben lang lieben." Er merkte, dass ihm die Emotionen hochkamen. Erst nach einigen Augenblicken fand er die Sprache wieder.

„Ich kann ohne dich nicht leben. Manchmal glaube ich, dass mich die Sehnsucht umbringt. In diesen Momenten bedauere ich, dass ich in Algerien nicht gefallen bin."

„Bitte sag so etwas nicht, Albert, ich …" Plötzlich warf sie sich in seine Arme.

Einige Augenblicke verstrichen, dann sagte Albert leise: „Katrin, im Moment ist mir, als ob unsere Liebe nie aufgehört hätte", hauchte er.

„Mir auch", flüsterte Katrin.

„Dann komme zu mir zurück, jetzt, da wir es nach so langer Zeit geschafft haben."

Sie blickte ihn an und wollte sich langsam lösen, doch Albert hielt sie noch einen Augenblick an sich gepresst und küsste sie.

„Ich lasse dich jetzt gehen", sagte er leise, „aber komme zu mir zurück!"

Ein Hauch von einem Lächeln umspielte ihre Lippen. Sie blickte ihn an und drückte ihm einen sanften, zärtlichen Kuss auf den Mund. Dann löste sie sich definitiv von ihm und strebte dem Ausgang zu. Albert blickte ihr nach, bis sie seinen Blicken entschwunden war.

44.

Als er sich endlich zum Gehen wandte, glaubte er zu schweben. Ein Gefühl der Leichtigkeit umflutete ihn, Straßen und Häuser erschienen ihm in einem hellen, fast unwirklichen Licht. Er nahm noch immer Katrins Duft wahr, als sie sich an ihn geschmiegt hatte. Das Wiedersehen mit ihr hatte die Wunde in seinem Herzen, die er fast schon für geheilt glaubte, wieder aufgerissen, und er sehnte sich glühend nach ihr. Ich wünschte, ich würde sie nicht so grenzenlos lieben, dachte er.

Als er am nächsten Morgen das Haus verließ, um sich frische Semmeln für das Frühstück zu besorgen, begegnete er Rauchberger, dem Hausmeister.

„Gratulationen zu Ihrem Freispruch", sagte dieser überschwänglich und schüttelte ihm die Hand. Albert furchte erstaunt die Stirn. „Wieso wissen Sie …"

„Es steht doch in der Zeitung!"

Nachdem er die Bäckerei verlassen hatte, erstand er in einer Trafik mehrere Tageszeitungen. In der Tat, alle berichteten über den Hergang des Strafprozesses, wobei auch über den seinerzeitigen Anlass, den Raufhandel mit dem dramatischen Ausgang, berichtet wurde. Zu Hause angekommen, füllte er seinen uralten italienischen

Espressokocher aus Aluminium mit frisch gemahlenen Bohnenkaffee und braute sich eine Tasse herrlich duftenden Kaffee. Als er die noch warmen Semmeln aus der Bäckerei mit Butter und Marmelade bestreichen wollte, klingelte das Telefon.

„Hallo, Berry", tönte es aus dem Hörer, „Gratulation zu Ihrem Freispruch!" Diese direkte, respektlose, doch mit Jovialität vermischte Ansage konnte nur von Hackmann, seinem ehemaligen Chef, stammen.

„Herr Hackmann?"

„Na, das freut mich, dass Sie die Stimme Ihres alten Chefs noch erkennen. Sie haben uns damals ganz schön im Stich gelassen, Sie Schlimmer!", tönte das laute Organ Hackmanns durchs Telefon.

„Es tut mir leid, Herr Hackmann, ich hoffe, Sie verzeihen mir. Aber damals sah ich keine andere Möglichkeit." Albert pausierte einige Sekunden. „Wie kann ich es wieder gutmachen?"

„Indem Sie schnellstens zu uns kommen und Ihre Arbeit wieder aufnehmen!"

Albert schluckte. Das hatte er nicht erwartet. „Herr Hackmann, ist das wirklich Ihr Ernst?", fragte er zögernd.

„Natürlich, Sie haben einiges nachzuholen."

„Herr Hackmann, Sie sind der beste Chef der Welt!", Albert konnte seine Freude kaum zähmen.

Hackmann lachte. „Ich werde Sie bei unserer nächsten Meinungsverschiedenheit daran erinnern, junger Freund. Können Sie morgen um zehn Uhr bei mir vorbeischauen?", fragte er abschließend. Albert, noch immer aus dem Häuschen, sagte zu.

Er konnte nicht an all die Gaben glauben, die ihm, wie er meinte, nun in den Schoß fielen. Der Freispruch und nun das Angebot, an seine ehemalige Arbeitsstätte zurückzukehren. Schon am nächsten Tag präsentierte er sich in der Firma. Als er die breite Glastür des Firmeneingangs durchschritten hatte, schien es, als ob die gesamte Belegschaft auf sein Erscheinen gewartet hätte. Bürotüren öffneten sich und Mitarbeiter traten heraus, um bewundernde Blicke auf ihn zu werfen. Hackmann begrüßte ihn unerwartet herzlich, zuerst schüttelte er ihm die Hand, und dann umarmte er ihn sogar väterlich. Man begleitete ihn in das geräumige Besprechungszimmer. Auf einem breiten, mit einem weißen Tischtuch dekorierten Tisch standen Sektflaschen und eine Menge Gläser.
Hackmann hielt eine kurze und launige Ansprache. Er bezeichnete Albert unter anderem als verlorenen Sohn, der wieder zurückgekehrt war.

„Sie haben eine Menge erlebt, viel riskiert nehme ich an, können Sie uns kurz Ihre Abenteuer
schildern, wir sind wahnsinnig neugierig", sagte Hackmann mit einer Mischung aus Bewunderung und Mitgefühl.

Albert, überrascht durch den umwerfenden Empfang und nicht vorbereitet, eine Rede zu halten, kämpfte einige Augenblicke mit seinen Emotionen. Doch dann empfand er eine gewisse Befreiung und Genugtuung darin, über seine Beweggründe und sein Schicksal zu sprechen.

„Die Tragik war, dass ich meinem Schicksal nicht entkommen konnte. Aber wer kann das schon? Der Raufhandel, der mir aufgezwungen wurde, hat mich in ein tiefes Loch gestürzt. Ich glaubte, meinen Gegner tödlich verletzt zu haben. Es war zwar Notwehr, aber trotzdem bin ich Hals über Kopf zur französischen Fremdenlegion geflüchtet. Ich weiß, ich habe Ihnen dadurch große Probleme in der Firma verursacht, Sie mussten für mich in die Bresche springen, dafür bin ich Ihnen aufrichtig dankbar." Er pausierte, um seine Erinnerungen wachzurufen.

„In der Legion wurde ich schikaniert und bei der ersten Feindberührung in ein Todeskommando gehetzt. Ich wurde angeschossen und mein Leben hing an einem seidenen Faden. Ich war noch nicht ganz genesen, da beschloss ich, mit einem Kumpel, einem Deutschen, zu flüchten, zu desertieren mit einem Wort. Die Flucht auf einem algerischen Phosphorfrachter mit einer kriminellen Besatzung wäre fast schiefgegangen, man wollte uns umbringen, unserer letzten Groschen berauben und ins Meer werfen. Wir mussten Grenzen illegal überqueren, selbst in meine Heimat Österreich kam ich über die grüne Grenze. Und was erwartete mich hier? Eine Gefängnisstrafe von zehn Jahren. Doch die Gerechtigkeit hat gesiegt, ich wurde freigesprochen, und jetzt stehe ich hier vor Ihnen und freue mich auf meinen Job und auf die Zusammenarbeit mit Ihnen. Nochmals vielen Dank für Ihren herzlichen Empfang, vor allem für die Chance, die Sie mir geboten haben."
Die Mitarbeiter hatten ergriffen seinen Ausführungen gelauscht.
Nach seiner kurzen Rede traten einige Augenblicke Stille ein, doch dann brach begeisterter Applaus aus. Alle drängten

sich zu ihm und wollten ihm die Hand schütteln. Er war der Held, man bewunderte ihn. Es dauerte noch einige Zeit, bis sich die Kollegen zerstreuten und wieder ihrer Arbeit nachgingen.

Als er die Firma verließ und in seinem Auto Platz nahm, startete er nicht gleich den Wagen. Die Hände am Lenkrad, schloss er eine Weile die Augen. Er kam sich wie ein neuer Mensch vor, keine gerichtliche Verfolgung, keine finanziellen Sorgen mehr. Doch irgendwie hing er noch in der Luft. Er startete den Wagen und langsam, seinen Gedanken nachhängend, fuhr er an. Er war nun ein freier Mann, schon bald würde er wieder ein normales Leben beginnen, mit festen Arbeitszeiten und beruflichen Herausforderungen. Aber er hatte Angst vor den Abenden, vor den Wochenenden. Er konnte nicht immer im Box-Club herumhängen. Ich werde eine andere Frau finden und Katrin vergessen, sagte er sich. Doch er konnte sich einreden, was er wollte, seine Gefühle würden sich seinem Verstand nie unterordnen, er würde Katrin nie vergessen. Er seufzte, als er seine Wohnungstür aufschloss. Niemand würde da sein, dem er seine Erfolge mitteilen und mit dem er sie feiern könnte. Eine plötzliche Leere bemächtigte sich seiner.

45.

Er hängte sein Sakko auf die Kleiderablage im Vorzimmer. Ein blumiger Duft schwebte in der Wohnung. Er warf einen Blick ins Wohnzimmer und fuhr erstaunt zusammen. Der kleine Esstisch war gedeckt, eine Flasche Champagner, Gläser, Teller, Bestecke. Albert fuhr sich mit der Hand über die Augen. Träumte er? Nachdenklich nahm er den Champagner zur Hand und betrachtete das Etikett. Echter, französischer Champagner. Doch plötzlich durchzuckte es ihn freudig. Katrin war dagewesen, sie hatte ja noch die

Schlüssel. Aber wieso war für zwei Personen gedeckt? Als er den Blick hob, öffnete sich die Schlafzimmertür. Katrin erschien mit einem Lächeln auf den Lippen. Albert brachte kein Wort hervor, er war wie vom Blitz getroffen.

„Leider habe ich dich den ganzen Tag telefonisch nicht erreicht. Ich wollte dich informieren, dass ich dir deinen Schlüssel vorbeibringe. Da niemand abgehoben hat, habe ich mich entschlossen, bei dir vorbeizuschauen." Lächelnd hielt sie ihm den Schlüssel hin.

Ihre Schönheit blendete ihn. Sie trug ein rosafarbenes Feinplissee-Kleid mit einem Taillenband, das ihre feminine Silhouette besonders zur Geltung brachte. Einige Sekunden vergingen, bevor er Worte fand.

„Mir wäre lieber, wenn du den Schlüssel behalten würdest", sagte er endlich, seine Stimme klang zittrig.

„Na gut", sagte sie amüsiert, „wenn du nichts dagegen hast, wenn ich von Zeit zu Zeit vorbeikomme, dann behalte ich ihn eben!"

„Katrin, ich", er wollte etwas sagen, aber es fehlten ihm die Worte, „ich ... ich liebe dich so ...", presste er endlich hervor.

„Und da krieg ich keinen Kuss?" Katrin spielte noch immer mit dem überraschten von Albert.

Langsam löste sich die Verwirrung bei ihm. Wie aus einem gebrochenen Damm flutete seine aufgestaute Liebe und Sehnsucht aus ihm und er überschüttete sie mit Zärtlichkeiten.

„Katrin, sag bitte, dass ich nicht träume", sagte er und küsste sie immer wieder.

Als sich der erste Enthusiasmus des Wiedersehens gelegt hatte, nahmen sie am Tisch Platz und genossen die von Katrin mitgebrachten Köstlichkeiten. Albert berichtete von seiner Wiedereinstellung.

„Ich werde Geld verdienen, so viel, dass du dein Auto behalten kannst, und auf das Reiten brauchst du auch nicht verzichten. Dein Vater ist ja davon überzeugt, dass ich dir diese Annehmlichkeiten nicht bieten kann, aber er wird sich wundern!", sagte er mit einem leichten Groll in der Stimme.

„Glaubst du, dass ich diese Dinge unbedingt zum Leben brauche?", fragte Katrin mit einem leichten Lächeln. „Es gibt etwas, was noch viel schöner ist ..."

Sie neigte sich ihm zu und küsste ihn. Es war einer dieser Küsse, die erwartend und verheißungsvoll waren, Vorboten einer keimenden Leidenschaft. Er warf einen Seitenblick auf Katrin. Er dachte an früher, an die wunderschönen Momente, als sie sich liebten, an die Behutsamkeit, mit der sie ihr Liebesspiel einleiteten und sich kontinuierlich, aber immer intensiver ihrer Lust hingaben.

Er fragte sich, ob er so viel Glück verdient hätte. Im Grunde hatte er nun alles zurückbekommen, was schon einmal sein war, auch die Frau, die er geliebt hatte und noch immer über alles liebte. Man könnte es Gerechtigkeit nennen, aber für Albert war es ein Geschenk, für das er tiefe Dankbarkeit empfand.